言視舎 評伝選

森崎和江

Morisaki Kazue

内田聖子

Uchida Seiko

言視舎

森崎和江（1927～　）1976年5月　『からゆきさん』取材の折に
写真提供＝松石泉

森崎和江＊目次

森崎和江

私のなかに「欠如」が生きている。まるでほろびさろうとする千年のサイクルのように、いや創造へむかうこれから先の千年の入口のように。

（森崎和江『さわやかなる欠如』）

序章　息災ですか

森崎和江さん。あなたの手紙はいつもこうはじまります。「聖子さん――」、まるで旧知の親友であるかのように。そして「わたしも、すぐにでもお会いしたいですよ」と続く。

私はある決意みたいなものを胸に抱いて、やっと上梓にこぎつけた『新版 谷川雁のめがね』を森崎さんに送り、「お目にかかりたい」と手紙に書いたのだった。

私が『新版 谷川雁のめがね』を脱稿したのは、3・11東日本大震災が起る直前のことであった。私の故郷は福島県南相馬市である。TVでは、わが知った町や村が津波に呑みこまれる映像が繰りかえし流された。私は目を覆うばかりの画面にうう、と獣《けもの》のような声をあげた。故郷の人たちとは一週間ほど、連絡がつかなかった。本など出している場合じゃない。私は版元にお願いして、出版を一年ほど遅らせてもらうよう頼み、快く受けいれられた。

翌年、桜が咲く頃、神奈川に住む小学校時代の同級生が関東に避難している人たちをつれて、わが家にやってきた。六名のほとんどが身内から犠牲者を出していた。一人は波打ち際で見つかった兄の遺体確認のため帰郷し、もう一人は、妻や孫とも別れ、老母をつれて関東にいる妹のところを頼っていた。中には、兄弟姉妹、甥、姪まで入れると十名以上が犠牲になった人もいた。我々は、ことばもなく鼻をすすった。みな、よたよたと歩き「元気でいるんだよう」と声ばかり張りあげて別れた。

手紙を出してすぐ、森崎さんから返信があった（二〇一三・四・十四）。

〈『新版 谷川雁のめがね』をありがとう。震災から一年、毎日ひとりで、テレビを見つめながら身ぶるいする思いでこらえています。原発事故は今もなお、多くの問題をかかえています〉

そして、〈すぐにでもお会いしたいですよ〉といった後、こう綴ってあった。

〈六月末日まであれこれと雑多な予約で身動きできないでいます。七月はきっと大丈夫です。あなたのご都合をおしえてね〉

私は、森崎さんは忙しいのだな、と思った。少しほっとした。こちらも心の余裕が欲しかったから。

間もなく（四・十七）、森崎和江・中島岳志の対談集『日本断層論』が送られてきた。私の目的は、『脈』という雑誌で「谷川雁特集」をやるための取材だったので、大いに役立った。

〈このなかには谷川雁さんとの交流のことにも触れています。晩年の雁さんです〉

私は彼女のおおらかさに大いに感じいった。最初の手紙に、谷川雁さんのことを聞きたいのです、とおずおず述べていたのだ。終わったこと、過去のこととして断わられても仕方がないのに、彼女は「私なんかの話で役に立つのかしら」と、むしろ喜んでくれた。

追いかけるように（四・二十）、国民宿舎「ひびき」のパンフレットが送られてきて、手紙にはこう書いてあった。

〈六月末日まで仕事が入っていましたのに、七月八日に北九州市女性史の会から講話を、七月四日も県外からの仕事が入ってしまいました。ごめんなさい。七月九日以降は、今のところ予約は入っていません。聖子さんからのお知らせとお電話をお待ちしています〉

森崎さんはこのとき（平成二十四年）八十五歳。まだまだ県外からも声がかかる現役なのだ。なんと恵まれたひとだろう。私は旺盛な行動力に感服し、その覇気ある向上心に倣《なら》いたい気持ちでいっぱいになった。早速電話でこちらの都合を告げると、すぐさま明るい声がかえってきた。

「あら、そう、七月十四日？　いいわ、そうしましょう」。彼女はカレンダーをみるようなそぶりで含み笑いをした。森崎さんの声はとても華やいでいて、若々しかった。

七月十四日は「巴里祭」——むろん森崎さんと巴里祭は何の関係もないのだが。彼女の声はやわらいで、そんなことを思わせるゆとりさえ与えたのである。あの映画は、タクシー運転手と花売り娘の恋だったかしら……。

「もしもし、聖子さん」

私の不埒な考えはたちまち現実にもどされた。

「お宿はどうなさる？」

実は、そのことで迷っていたのだ。七月十四、十五、十六日の「海の日」をふくむ連休は博多最大のお祭り「山笠」のピークで、全国から観光客が集まり、博多市内のホテルは予約もとれないことを聞いていた。かといって、取材に日帰りは無理だろう。

〈東京からお出でになる方はみなさん、『ひびき』にお泊りになるのよ〉

森崎さんの電話は暗に、そういっているように聞こえた。昼食は玄界灘に面した「ひびき」で摂ることになっていた。パンフレットにはお皿の上から飛びはねそうな活魚の写真が載っていた。

私は即答しかねて、もういちど考えさせてください、といって電話を切った。

私はまだ、「巴里祭」の二人の恋のゆくえを思っていた。それでも森崎さんのやさしさあふれる対応に気持ちがなごんで、今回のインタビューは成功すると確信した。

四月から七月までは、まだ間があった。私は資料をあたって、じっくり構想を練ればいいと考えていた。五月に入ってからの手紙（五・一）によると、森崎さんは通院しているようであった。

〈今朝八時半に娘の車に同乗して、福岡市東区にあります和白病院の脳神経外科の診察に行ってきました。和白病院に私は整形外科と眼科に三ヶ月に一度通院しています。脳神経外科には五室の診察部屋があり、私が診ていただいている白水先生は副院長でいらっしゃいます。次回は五月二十九日で採血検査がありますので、朝食なしで福岡東区へと行きます。車で一時間です。白水先生はたいへんおやさしい方で、いつも雑談をして帰ります〉

これだけならさほど驚くことはない。順調に齢《よわい》をかさねている証拠だろう。一病息災ということばもある。森崎さんが医師と談笑する光景を想像した。

手紙には、岩波書店からとどいたばかりという『図書』というPR雑誌が添えられてあった。その巻頭文を読んで、私は居ずまいをただした。短い文章なので、全文掲げてみたい。

「ミニ・キッチンと原稿書き」

現在私は庭に面した六畳二間の襖を取り払い、西側の部屋の中央に作った掘ごたつに両足をおろして原稿を書いている。西壁の三分の二を占めるミニ・キッチンでは電気炊飯器が蒸気を吹き上げている。なぜこのような仕組みにしたかというと、十二年前のこと、この部屋から中廊下を通って突き当りにある台所で昼食用の煮魚をガス台にかけて、原稿に向かっていた。たまたま二階の自室で仕事中の息子が二階から駆け降りて来て台所へ走り、水音を立てたあと、私の部屋の襖を開けると、「そこの押入れをミニ・キッチンにしなさい。わが家だけが火事になるのはかまわんが、ご近所に迷惑を掛けたらどうする」と私を叱った。「あ、忘れていた、ごめんなさい」と走って台所へ。鍋に魚が焦げついていた。

すぐに、家を建ててくれた建築会社に連絡してミニ・キッチンを作っていただいた。水道を引いて、電灯や換気扇をつけてさわやかなキッチンを作ってくださった。私は個人用の冷蔵庫を求めてキッチンと並べ、その上にオーブントースターを置いてレースの覆いを掛けた。息子が電気調理器をプレゼントしてくれた。

こうして、この年の七月十八日からミニ・キッチンの前の掘ごたつに両足をおろして原稿に向かっている。夏は網戸を通して庭から風が中廊下を吹き抜けていく。冬はこたつ布団を掛けて電気ごたつを入れているので暖かい。

近年は来客も座敷へ通すこともなく、この部屋に迎えている。東京の放送局で働く女性が、「次世代孫世代から離れた個室が仕事をする女には欠かせないわね、わたしもミニ・キッチンにする」と話された。

（『図書』二〇一二・五）

なんとささやかに慎ましく、女性らしい文章であろう。私はすうっとミニ・キッチンのある部屋に吸いこまれる気さえした。主婦作家や、厨詩人《くりや》（こんなことばがあるかどうか）のような、ぬかみそ臭くはなく、いっそたおやかで清々しい。

女性と家事労働は、女性が仕事をするとき必ずやぶつかる問題である。俳人の杉田久女は明治半ば、お茶の水（東京女子師範）出身という恵まれた家庭で育ちながら、結婚してからは中学教師の夫とともに終生、旧弊な片田舎の小倉住まい。そのため、手もと不如意もあってお手伝いをやとう余裕もなく、師の虚子にこう詰めよっている。

〈先生、台所からよい俳句ができるようになるでしょうか。毎日毎日、三度三度の厨での食事の支度、同じくり返しになって見聞が狭くなります。旅にでも出たら、また目新しい感覚が湧くかと存じますが、主婦の身ではそれもかないませず、台所にしばりつけられていますと、感動をまとめるということがとてもむつかしゅうございます……〉

虚子の答えはこうだった。

〈俳句はどこにいてもできますよ。実生活に足をつけて、写生の勉強を一心にするのに、台所も旅もかわりはありませんよ。台所の窓から見る空の色も、俎板の上の野菜も、毎日同じではない。ものをよくみつめてこまかい写生をする。しかし、ただこまかく写生すればよいというだけではなくて、のべていることは平凡陳腐なようだが、そこにその作者でなければいえぬ奥ふかい趣のあるもの、そんな句がよいと思う。私は、婦人が台所のことを詠むうちに、おのずと女でなければ感じ得ない情緒や描写を句にあらわす、そういう風に期待しています……〉（田辺聖子『花衣ぬぐやまつわる……――わが愛の杉田久女』）

このことばは久女でなくても大いに刮目《かつもく》させられる。しかし、森崎和江からこの悩みを聞いたことはない。著書にも見当たらない。彼女も時代がちがうとはいえ、植民地の朝鮮で現地のお手伝いさんに囲まれて十七歳まで育った（それが後に原罪意識として彼女を苦しめるのだが）。日本に帰ってからは結婚して二人の子どもをもうけ、のっぴきならぬ事情から、廃鉱となった炭坑町に住みつく。

これも運命のめぐりあわせというべきか、あるときから奥さん稼業は廃業するのだが、パートナーがいるときもいないときも、ずっと台所を大事にして、来る日も来る日も、飯作りをしてきた。ご自分のお子さんのために、彼女を訪れてくる無名のひとのために。彼女にとって、台所は戦場でいうところの本丸であろう。そこから日々、ひとに会い、話を聞いて書きとめてきた。私の知るかぎり、台所仕事から離れようとしたことは、一度もない。どんなに体調がわるいときでも、お勝手仕事は苦痛ではない、といっている。ここにあるのは、日常にしっかりと根を下ろした骨太の生活感で、それを抜きに森崎和江は語れないのである。

手紙は、〈七月十四日、『ひびき』で昼食をすませて、この（ミニ・キッチンのある）部屋でインタビューを受けましょう〉

と結んであった。

梅雨に入って雨が降りつづいた。途中、ラボ・スタッフが一人、カメラマンを申し出てくれて同行することになり、そのことを知らせていた。葉書が届いた（七・三）。

〈七月に入りました。昨日までこちらは激しい雨が降りつづいていました。今朝も雨でしたのに、今、午後の三時十五分ですが、突然陽の光が西の方から射してきました。空はまだ曇っています。ラボ・スタッフの方が同行してくださるのですね。ご一緒にタクシーで私宅に来て下さって、私もそのタクシーに乗せていただき、国民宿舎『ひびき』の食堂で昼食をして、わが家で『谷川雁のめがね』についてのインタビューですね。ありがとう。たのしみです。なんだか雁さんも一緒に来てくれる思いです。彼にも逢いたいな。……お待ちしています〉

私は雨の情報が気になった。折あるごとに、九州地方の天気予報をながめていた。手許に当時の新聞がある。「平成24年7月11～14日にかけて〈九州北部豪雨〉発生」という記事である。

〈九州北部を中心に豪雨が続き、熊本県阿蘇市阿蘇乙姫で816・5㎜、大分県日田市椿ヶ鼻656・5㎜、福岡県八女市黒木町で649㎜に達するなど、記録的な期間総雨量となりました。7月15日に気象庁は、この大雨を〈平成24年7月九州北部豪雨〉と命名しました〉

私は居ても立ってもいられず、行く二日前に森崎さんに電話をした。

「雨？　福岡は降っていませんよ」

外をながめている気配がして、わりとのんびりした声が返ってきた。胸をなでおろした。

ところが、出発する前日の朝十時頃だったろうか、私は東京に出る用事があり、電車に乗ろうとしているときであった。私の携帯電話が鳴った。森崎さんだった。

「今朝方から福岡も大雨になりました。ものすごい豪雨です。一緒に昼食を食べましょうといっていた『ひびき』への道路も決壊しました。行けなくなりました。すみませんが、取材の日を替えていただけませんか」

私は用事をキャンセルし、電車に乗るのをやめて、いそぎ家に帰ってTVをつけた。家の中まで浸水している映像がなんども映った。チャンネルをまわし、天気図を見た。厚い雨雲が九州北部の空をおおいつくしていた。

幾度もチャンネルをカチャカチャさせて、私は決断がつかなかった。すでに雑誌の原稿締め切りは迫っていた。この日は、それぞれの都合を合わせて決めたのだった。日にちを替えるにしても、みんなの都合がうまくいくかどうか。いずれにせよ、この天気では飛行機も飛ばないだろう。

ぼんやり天気予報をながめ、私はあれこれ考え、踏ん切りがつかずにいた。出発を一日遅らせるのはどうか。どうやら雨雲は日本海の方にうつってくれるようだ。森崎さんに電話をした。

「明日はやめます。明後日の十五日はどうですか。雨もやみそうですよ」

「ちょっと待ってください。スケジュール表を見ますから」

受話器をとおして、彼女の独りごとが聞こえる。（ここをつぶして……と、こうすればいいかな……）。すでに入っている用事を調整してくださっているようだ。

「もしもし、大丈夫です。明後日の十五日にしましょう」

あらためて彼女の声が聞えた。私ははやる気持ちをおさえて、こういった。

「ありがとうございます。いそいで航空会社に電話をして、チケットのキャンセルと新しく予約をしなければなりません。あらためて電話をします」

航空券がとれなければ、すべてがおじゃんだ。心臓がばくばくした。私はあわてる心のなかで、好事《こうず》の前には困難や試練が待ちかまえているのだ、といい聞かせていた。幸い、朝いちばんのチケットがとれた。これで宿泊もなくなり、日帰りの強行軍となる。気持ちが急《せ》いた。

当日の朝早く、私は夏空のもどった福岡空港に降りたった。いそぎ鹿児島本線に乗ってラボ・スタッフと落ちあい、車中で軽く打ち合わせをした。博多駅から約一時間、最寄りのT駅で降りて、約束どおり森崎さん宅に電話をいれた。タクシーは十分あまり、彼女は暑いなか、家の前で待っていてくれた。私は客人をむかえるその姿勢に彼女の本来の姿を見たような気がした。

乗り継ぎがうまくいったので、時間はまだ十一時を過ぎたところ、昼食には早すぎる。「宗像《むなかた》大社に寄っていきましょう」

森崎さんは一緒にタクシーに乗りこむと、坂を下って右に曲がって、と運転手にてきぱきと指示した。同じ住宅地のスープの冷めない距離に、娘さん一家が住んでいるのだ。「娘の恵の家なの」。ご長女の家を見せたかったのだ。ちょうど出てきた高校生くらいのお孫さんに車の中から声をかけた。「これから東京のお客さまをご案内するところ。ママによろしくいってね」。そこにはふだんの森崎さんがいた。

「宗像大社は海の路の神様なの。海の正倉院と呼ばれる、沖の島の財宝がいっぱいあってね」

「はあ」

タクシーは遠回りして大社に着いた。私はとまどっていた。勢いこんで来て、すぐさまインタビューをはじめたかった。豪雨のため、一日来福が遅れた。そのもとをとりたかった。

「東京から来た人に見せたかったのよォ」

受付や守衛の人とはおなじみのようであった。どんどん先にいって、二階、三階と見て歩いた。国宝がならんでいた、というより、すべてが国宝であった。あるところで、森崎さんの足がぴたっと止まった。

「私、びっくりした。慶州で見たのと同じものがあったの」

それは王冠のような形をした金製の指輪で、古代朝鮮・新羅の王陵から出土したものであった。慶州は新羅の首都である。

「はあ」

私は資料で、森崎さんが一時暮らした慶州をとても愛していることを知っていた。しかし、思慮のあさい私は、まだ彼女の深い想いまでには至らなかった。そこにこそ、森崎和江のルーツがあるのだが。

話は前後するが——

二〇一四年八月、私は東京・丸の内の出光美術館で、「宗像大社国宝展」を開催するのを聞きつけて出かけた。秋になって涼しくなったら、再び、取材で福岡入りするつもりでいた。私は森崎さんの案内でご本尊の宗像大社を訪れたにもかかわらず、気が急いて、あたふたと見て歩いたことを、悔いた。やはり、森崎和江——宗像大社——慶州はつながっていたのだ。それを時間に追いかけられて、おろそかにしたバチが当たったのだと思った。お盆休みの昼間、都心の美術館は大人の観客が大勢来ていたが、じっくり見ることができた。

沖の島は、玄界灘のまんなかにぽつんと針で突いたように浮ぶ無人島である。宗像神社の奥の院でもあり、森崎の心をとらえるのは、大陸との海路にあって、出土品のほとんどが古代朝鮮のものとみられるからであった。古くから海運をいのって多くの神事がおこなわれ、島で見聞きしたことを話してはならない。一木一草たりとも持ちだしてはならない。いまだに女人禁制といわれる「神の島」である。（昭和二十九年以降）三次にわたる沖の島学術調査団によって、約十二万点もの神宝が発見された。それらは大和朝廷よりおごそかな祭司がおこなわれていた事実を物語るもので、「海の正倉院」と呼ばれるゆえんである。

岩かげ、崖の上、浜辺、樹木で囲まれた円い台地など、いにしえの祭祀《さいし》場がスライドで映され、中国からわたってきた銅鏡やササン朝ペルシャ製とみられるカットグラスなどもあって、大陸との交流がさかんであったことをしめしている。

そして、あった。新羅からやってきた金製の指輪が。陵墓から掘りだされた指輪が、ガラスケースのなかで光り輝いていた。一千数百年の新羅の、いのちのぬくもりを現世に伝えているようであった。森崎さんが幾度となく慶州を思い、涙したという指輪。現在、住んでいる宗像で、生まれ故郷とつながっていることは、どんなにか彼女を癒したことであろう。

いまや、博多港から釜山《ぷさん》まで空路だと三十分。フェリーでさえ二時間半で着く。だが、森崎さんにとっては、近くて遠い大陸なのだ。

私は、出光興産の創業者である出光さんが、福岡県赤間村（現在の宗像市）出身であられ、その縁で「国宝展」がひらかれている（今回は三十七年ぶり、三回目）ことをよろこばしく思った。出光さんは戦時中から大社復興にとりくみ、戦後も学術調査や、社殿造営に尽力されたという。

宗像三神はすべて女神であり、宗像大社の森閑とした境内は現代でいう、パワースポットともいえる。森崎さんがこの近くに棲みついたことは、単なる偶然であったが（その経緯は後に述べる）。

話を福岡にもどそう。私たちは再び、待たせておいたタクシーに乗り、一部開通した道路をかろうじて走ることができた。

国民宿舎「ひびき」は、玄界灘のまんまえだった。ちょうど昼どきで、五階の展望レストランは観光客や地元の人で混んでいた。近隣の人にとっても名所なのだろう。料理が運ばれる前の、わずかな時間でも無駄にしたくない。すでにタクシーの中でも取材ははじまっていた。受験で日本に来たときの様子や、戦争末期の学徒動員のことなど、確かめたいこと、聞きたいことがいっぱいあった。

森崎さんは「もう、インタビューはじまるのォ」といいながらも、私の矢つぎばやの質問に終始、にこやかに答えてくれた。現在と過去を織り交ぜながら。とてもリラックスして、なごやかな雰囲気であった。周囲はひっきりなしに客が入れ替わり、私たちのように長居するのはめずらしかった。

「どうしてこんなに混んでいるのだろう」

「今日は連休の中日《なかび》だからね」

昨日でなくてよかった（聞けばその翌日から福岡は再び大雨になった）。

私は森崎さんに会えて心底、うれしかった。パノラマ状に見える海の彼方には、往き交う船が小さく見える。

「どうしてこんなに混んでいるの」

「連休だからですよ」

この会話は三回、繰りかえされた。これを、老いという人もいるだろう。

しかし私は、感動のあまり、人間は同じことを幾度もいうのだと思った。(ああ、いい天気!)といったご挨拶のように。年齢を重ねると、どうでもいいことは淘汰されて、つよく印象に残ったもの、はげしく感情をゆさぶられたものだけが口をついて出る。それは人間のあるべき姿なのだと思って、好ましく映ったのだった。

一時過ぎ、こんどは森崎さんのお宅に移動して、卓袱台を囲んだ。

私はあっ、ミニ・キッチンのある部屋、と小さく声をあげた。森崎さんは『母音』や、たった一部しか残っていないというガリ版刷りの『無名通信』を出し、端正な字で書きこんだノートを見ながら、みずからの足跡をたしかめるようにはなした。時折、呼吸をするかのように口走った。

「ああ、雁さんに逢いたい」

そして、二度涙ぐまれた。

それは、弟さんを自殺で亡くしたことと、『サークル村』での強姦・殺人事件に話がおよんだときであった。森崎さんは、エロスをうしない、体調不安定となって、起きあがることができなくなった。そんな半病人の彼女はまるで何かに呼ばれるように旅に出て、漁師や海女の話を聞いてまわった。潮風に吹かれ、その土地の気質に身をゆだねることは、彼女の薬とも栄養剤ともなるのだった。

七十歳、白内障の手術を受けたときは、おもしろい体験をした。麻酔薬を注射すると、瞳の上を水が流れる。そして水晶体が光の粉になって……、まるで花火の夜空を見上げているようで、病室にもどってもしばらく鮮やかな残像に心をゆだねていた。人造水晶体と交換して、眼帯がとれると、こんどはぱあっと虹の国になった。

八十歳を越えて、右膝の一部が壊死し、歩行が困難になり、松葉づえのお世話にもなった。そのたびに新しい発見があり、新しいいのちに出会う。まるで病気一つひとつが新しいいのちに出会う好機であるかのように。私が取材に訪れたときは、松葉杖も必要でなくなっていた。私はあえて、たゆたう思いに身をまかせていた。

風かとおもった
わたしですね
みしらぬわたしなのですね
しっているつもりのわたしの歳月

森崎さんの心のなかを、いのちの声が舞う。

吹いているけはい
風かとおもったら
わたしですね
みしらぬわたしなのですね

（『見知らぬわたし——老いて出会う、いのち』）

齢を重ねるごとに、やわらぐいのち。そして、彼女はいう。
同性も好きだが、異性も好き。

どうぞ、生きているうちに、たのしい男と遊べますように、って。

そんな不死鳥のような森崎さんに、私は会いたい。森崎さん、息災ですか。

第一章　からゆきさん

一　連雀

1

私は、「森崎和江」という名を谷川雁から聞いた。不明を愧《は》じていうのだが、私は谷川雁の何ほどのことも知らなかった。「伝説的詩人」であることも、大正行動隊ではカリスマ的オルガナイザーとしてその名を馳せたことも識らなかった。あの有名な評論『原点が存在する』や「東京へゆくな」という詩を読んだのも、大分たってからである。

私はその頃、ラボ・テューターをしていた（谷川雁はラボ創設者の中心人物）。テューターとは子どもの指導者、といった意味である。谷川雁は、私たちラボ・テューターにとって、充分すぎるほど緊張にあたいする人物であった。彼は、ラボの専務理事であり、物語テープ（現在はＣＤ）制作室長であった。社長は、ほかにいた。だが、ラボの根幹をなす物語テープの制作責任者ということは、われわれテューターにとって、トップのひとりであることに変わりはなかった。

新しい物語テープができると、谷川雁は「講話」というかたちで、テューターやラボ・スタッフの前にあらわれ、五感がとぎ澄まされるような声で語った。それは、書物でも読んだことのない、学者や学校の先生がはなすのともちがう、聴く者の内なる昂揚感を刺激するものであった。

「物語というのは日常から異郷へ、異郷から日常へ、ひとつの境界線をこえて飛びこんでいく。あるいは向こうからやってくる」「『ジャックと豆の木』の異郷は天上にあり、『浦島太郎』の竜宮は地下で、『おむすびころりん』は地下」「異郷には何かいいものがある。宝物だったり、見目うるわしき女性であったり、あるいは不老長寿の実という、〝生命のもと〟といったものがある」

私はこうしたことを『新版　谷川雁のめがね』に著したのだが、いまでも谷川雁のやや緊張した面持ちや、背筋のピンとはった姿勢を思いだすことができる。彼のめがねの奥がくもることはなかった。

「この生命の源に到達するためには、さまざまな困難を克服しなければならない。それがあるとき偶然に、あるいは努力や偶然がかさなって異郷への道すじが見つかる。『ジャックと豆の木』のジャックがミルキーホワイトと交換した豆、『浦島太郎』の海ガメ、ときには船が日常世界から異郷へ道すじをつくるための橋渡しとなる。ときに困難とたたかうためにイヌ、サル、キジといったフェローシップを必要とする場合もある。しかも源にはそうさせまいとする番人、山男、怪物などの非人間がいる」

彼の話は変幻自在にあちこちに飛び、ただひとつ所にとどまることはなかった。そして、多くの場合、日常世界から異郷へむけて旅立つのは若者であるとして、冒険をして生命の源なるものを獲得して幸せになる、といった物語の原形に触れ、こう続けた。

「天人の羽衣は向こうからやってきて、『桃太郎』の桃は（行くことのできない）おじいさん、おばあさんに生命の実が流れてきた。だから川は洗濯のための川だけでなく、生命の源を乗せてくる不思議な川でもある。桃太郎は長ずるにおよんで異郷に探検に出かける。『かぐや姫』は向こうから迎えがやってきて、もどっていく形……」

こうして文字にすると、いかにも理屈っぽく聞えるが、そうではなかった。

誰でも知っている幼児向けの『そらいろのたね』（福音館・再話）では、こう語っている。

キツネが、

「いいかみんな、このいえはぼくのだぞ」

といばっていったとたん、家はどんどん大きくなり、最後にはつぶれてしまう。どこまでも大きくなって太陽にまでも届きそうになった家に、破滅がこないわけがない。そのことの意味を、子どもたちとはなしあったか。谷川雁はそういった。

そして、ラストは、

「キツネがのびているそばには、ただ〝そらいろのたね〟と書いた札が立っているだけでした」

で終わるのだが、私は一瞬、呼吸をとめられたように感じた。ちょうど百人のラボっ子（ラボでは生徒のことをこういった）と発表会をしたばかりだったので、そこまで考えていなかったことに気づいたのである。私は三十年たった今でも、このシンプルで動物がたくさん出てくる絵本を手にすると、悔恨と懐旧の念に駆られて胸が熱くなる。

このように谷川はときおりテューターの前にあらわれて、旱天の慈雨のようにしずくを滴らせた。それは東京の会議であったり、中部支部総会であったり、中・高・大学生の前であったりする。私は話を聴いた後、しばらくは放心状態でぼおっとしていた。

ラボ・センターは新宿の西口から歩いて十五分のところにあった。谷川が「駅から歩くと、会いたくない人ばっかりに会う」といっていた頃である。だから、ラボ・センタービルで谷川雁に遭遇したときは、ちぢみあがった。

それがどうしたことだろう、あるとき私は谷川雁にさそわれ、どうしたわけか、「底辺女性史に興味をもっている」と答えた。余りに緊張していて記憶も定かではないのだが、どんな本を読んでいるのか、とても訊かれたのであったろうか。当時、私はドキュメンタリーとか、ノンフィクションにはまっていた。

谷川雁は、いった。

「森崎和江にも『からゆきさん』がある」

不覚にも、私は森崎の作品を一つも読んでいなかった。私は恥じいって、家に帰るとすぐさま『からゆきさん』を購入して読んだ。


あるほのあたたかな日だった。綾さんに呼びだされて、いっしょに、とある産婦人科の扉をおした。かの女は中絶をするのだ、という。わたしはそのことを頭のなかでしか知らなかったので、しりごみしたが、それでもその表情に押しまくられて、つきそっていった。

「せんせい、この人もそのなかへいれてやってください」

わたしはあわてて扉の外へ出ようとしたが、腕をつかまれて、内診室のなかへひきずりこまれた。

「せんせい、この人にみせてやって、いんばいをみせてやってよ」

わたしは動顚した。どうしたのよ、綾さん……。わたしは救いを求めるように医者を見上げた。涙があふれてきた。

数時間後、待っていたわたしのところで、麻酔から覚めた綾さんが天井を見つめたまま帰ってきた。

「バカね、あなた。何か分かったかもしれないのに。かならずあなたの参考になったはずよ。ね、あの詩を超えられたかもしれないでしょう」


このようにはじまる『からゆきさん』を、私はどれくらい理解したであろうか。綾はおキミの養女である。おキミはかつて女郎屋の女将をしていて、死んだ綾の母親も「からゆき」だった。その血をひく子を、綾は産めないというのだ。

一体、「あの詩を超えられた」とは、どういうことだろう。「あの詩」とは、「ほねのかあさん」という詩のことをいっているらしい。

〈くちびるがうまれたよ／ももいろのあせ／かわいいおしゃべり／夏空をきらきらかける／むきだしの／熟《う》れたおしゃべり（後略）〉

森崎と綾は詩の雑誌で知りあった。森崎は苦しい胸のうちを、ことばに託して詩を綴っていたのだが、綾にもいうにいわれぬ苦闘があったのであろうか。

「からゆき」とは、唐天竺に売られていく娘たちのことをいう。十代そこそこでからだを売ることを強要され、口入屋から口入屋へと転売されて、ふるさとに帰れないままゆきくれる娘たちのことである。だが、この狂気は何だろう。「いんばいとは、女三代にたたる」とは、どういうことなのか。

私は怖気づきながらも、頁をめくらざるを得なかった。

いまではおキミは年老いたので日本に帰り、普通に暮らしている。が、ときどき夜叉になるのだという。そんなとき、森崎はせっぱつまったように綾に呼びだされた。「あなた、ぜひおキミに会って話を聞いてやってよ。おねがい。あの人、あたしでももうだめなの。あのまま埋もれるのをつらがっているのよ。あたし、あの人にとりつかれて死んでしまう……あなた、ひきうけてよ」と執拗に訴えかける。

お互い、世帯をもって一、二年した頃、と森崎は書いているから、それは松石始と結婚した当時のことであろう。終戦から七年たち、森崎二十五歳。翌年には長女が生まれたが、その直後に弟に自殺され、傷心の極みにあった。こうした修羅のときにあって、森崎自身もいても立ってもいられず、呼びだしに応じていたのだろう。やがて『からゆきさん』を書くのだが、それには森崎の、なみなみならぬ決意が籠められていたのである。だが、それに気づくにはまだ時間がかかる。ここではしばらく、おキミの話を追っていきたい。

おキミは天草の牛深の生まれで、幼いころ「因業小屋」に養女に出された。当時は養子や養女といった名目で、芸人や娼妓として売られる例はいくらもあった。それは口べらしでもあったが、売られた者もそのおかげで、どこかで食べてゆけたのである。明治末年、十六歳のとき、おキミはまた養女に出された。新しい養父は李慶春という人で、小屋にいた少女と二人、朝鮮にわたった。おキミはこうして「からゆき」になったのだった。

少女はいつしか八人になって、貨物船に乗せられた。李が船員をつれてきて、おショウバイするようにいった。お父さんになった李の命令は絶対であった。おショウバイすると、ごはんを食べさせてくれた。さらに門司で六人ふえて、いちばん幼い子は十二だった。か細いからだで咳をし、その咳とともに血が飛んだ。どこか具合わるいようであった。

おショウバイは昼も夜もあって、少女たちはよく泣いた。

ある日、おキミが甲板に出ていると、玄界灘の波の向こうから一群の小鳥がかん高いさえずりをあげて、降りこぼれるように船へ舞いおりてきた。しきりにシュルシュル、チリ、チリ、チリと鳴いた。ふと、一羽がおキミの肩にとまった。ひとしきりチリチリチリと鳴くと、やがていっせいに飛びたち、たちまち海原の奥へ消えていった。九州の方へ。自分たちが向うのとはんたいの方へ。

連雀《れんじやく》は日本に冬鳥としてわたってきて、体長は約十八センチと雀より大きい。別名、唐雀《からすずめ》ともいった。親から離れ、行く末も知らずに大人の男の相手をしなければならない少女は、こんな小鳥に心を寄せたのであろう。

就航中、十二歳の子が危篤におちいった。山口県のどこかでせりおとされてきた子で、とうとう息絶えた。残された十三人は、その子にとりすがって泣いた。

「あんた、よかったなあ、もうおショウバイせんでよかごとなって。うちら、いまからおショウバイせんならん。あんた、よかったなあ」

いちばん年長のおキミは、みんなでおとむらいをしてやろうといった。誰かがお経を読まぬと成仏できないといったが、誰もお経を知らなかった。それで、「青葉しげれる」という歌をうたうことにした。

青葉茂れる桜井の　里のわたりの夕まぐれ／（中略）／父は兵庫に赴《おもむ》かん
彼方の浦にて討死せん／いましはここ迄《まで》来れども　とくとく帰れ故郷《ふるさと》へ

これは戦《いくさ》にゆく若い父親が、幼いわが子を抱きよせて、別れを惜しむ歌である。意味が分からなくても、最後の「とくとく帰れ故郷へ」が少女の死にもふさわしいような気がして、みな一生懸命うたったものと思われる。涙が頰をつたった。森崎は綾から聞いたおキミの話を、ひと言ももらさず頭に入れようとした。メモはとらなかった。

森崎の取材方法は、問わず語りにはなす相手にじっくり付きあうことであった。後にたくさんの炭坑労働者の話を聞くことになるが、テープレコーダーはおろか、ノートを使うこともない。「だって、炭坑のおばちゃんたちはテープレコーダーのスイッチを入れたら話なんてしてくれませんから」。それが森崎の、いまでいうポリシーだった。「民衆とはそういうものでしょう」というのが彼女のスタンスで、ＴＶで得々とはなす現代人とはちがうのである。

船員がくれた古い毛布になきがらをくるんで、おキミら数人が抱いて甲板から海へ放してやった。うらやましくて涙がとまらなかった。おショウバイしなくてもよくなったあの子は、親元へ帰っていったのだろうか。

「あの子のおっかさんに知らせんと、たましいが帰れんよ」

誰かがいった。

おキミは十三人を代表して李慶春をさがした。船員たちの部屋で酒を飲んでいた。

「あの子の家と親の名を教えてください。あの子が死んだことを、おっかさんに書いてやりますから。おっかさんが心配しとるでしょうから」

おキミの泣きはらした目へむけて、李慶春がこたえた。

「親はわしだよ。おまえら、みな、わしの娘になったんだ。親はほかにには、おらん」

「でも……、あの子の生みのおっかさんに知らせんと……」

「親はわしだ。証文みるか？　生きても死んでも関係ない。知らせることはいらん、と、ちゃんと書いてある。戸籍でもわしの娘になっとる。おまえら、みな、戸籍抜いて、わしの戸籍にはいっとるからね。わしのほかに親はおらん。ええか」

おキミは血がひくのをおぼえた。目の前がまっくらになった。

それでも、李は子どものやりたいようにやらせただけ、ましであったといえる。多田亀（多田亀吉）という男は、マニラに一群を密航させる途上、言うことをきかなかったフデという娘を強姦し、見せしめとして絞殺、死体を海に投げ棄てた。読者も思わず息をのみ、震撼とさせられる場面だが、鬼畜生を前にして少女たちの誰が抗議のことばなぞ口にすることができたであろうか。彼女たちの心は凍りついた。涙も乾いて、人間でなくなっていった。

おキミが分かったことは、死んでもゆくところがないことであった。証文を見せられて、売られたのではなく、棄てられたのだ、ということが。そのことがようやく、身にしみてきたのだった。

ここまで読んで、私はまだ『からゆきさん』を書く森崎の真意をつかんだとはいえなかった。森崎はなぜ、このような悲惨な運命の少女たちを書かなければならないのだろう。そこには何か、深くて重い意味が籠められているにちがいない。

ずっと後になって森崎は、自分の植民地体験を客観視したくて『からゆきさん』を書いた、と語っている。みずからの幼魂にきざんだ疑問を解く手がかりとして。『からゆきさん』でおキミと綾を追うことは、日本のアジア侵略が、異国で春をひさぐ彼女たちにいかに深い傷を負わしてきたか、それを描くことでもある。

しかしなぜ、自分と対極にある「からゆき」を、という疑問がとけたわけではなかった。森崎は、日本の植民地であった朝鮮で十七歳まで育っている。それは朝鮮の真綿でくるむようなもので、オモニ（おかあさん）の生活を知らず、ことばも知らず、ただただ一方的にその肌ざわりや香りを知り、負ぶってもらって髪の毛を唇につけ、昔話をしてもらい、眠らせてもらったのである。人格形成のほぼ成長期間を、まるごと黙って育ててくれた朝鮮への思いを忘れることはできない。自分という人間の基本的な感覚や嗜好はすべて、朝鮮の人びとや風土からもらったのであった。

ある人はいうだろう。「たかが子どもの時代ではないか。自分で好きこのんであそこで生きたわけでもなし」と。だが本人にすれば、「そう思ったとて無駄である。選択せずにその地のすべてを吸収して自己を形成したことが、救いのないつらさ」だというのである。

つきつめれば、森崎の体験もまた「からゆき」のそれとまったく異質だったわけではない。彼女は「不特定多数の朝鮮人民衆は、ひとときも植民地生まれの女の子を、彼らがつくりあげた無言の対内地対策の視線から自由にさせなかった……私は十七歳まで、朝鮮人の幼児から老人にいたるまでのまなざしに集団姦を感じなかったことは一度もない」といって、はばからないのである（『はのくにとの幻想婚』）。

集団姦とは……それはなにも、男女の淫乱な関係のみを指すのではないであろう。

森崎は、みずからの植民地体験と、自分が「日本人」であることが結びつかずにもがき苦しんだ。そして長い年月の末、ゆきついたのは自分自身のことではなくて、それとはまったく対照的な「からゆき」を書くことであった。自分と同じように（たとえそんな意識がなかったとしても）、アジアの多民族に接しつつ、性というタブーの領域で彼らを犯した。被害者であり加害者でもある、いたいけな娘たちを見つめることである。それは、自分の背後から槍で突き刺すようないたみを伴なうものであった。そして、これで残影は消えるものではないが、重いペンを持ちつづけなければならないのだと、みずからにいい聞かせる。

やがて私は、「からゆき」のことも知りたいが、著者の森崎和江をもっと識りたいのだと、気づいたのであった。

2

ある日、森崎は天草をぶらぶら歩いていた。綾から「からゆき」の話を聞いて、どのくらいたったろうか。『サークル村』も終結して、谷川雁は東京へ去っていた。

椿の咲く港の、だんだん畠のほとりで、ひっそりと地蔵さんを洗っている老女の姿が目にうつった。南洋に働きにいっていたので子どもはいない、という。次の瞬間、老女はこともなげにいった。

「働きにいったちゅうても、おなごのしごとたい」

このときの印象は、たいそう鮮やかに残っている。それは何かの啓示のようにも聞こえた。早春の村で、ゆきずりの女に、老女は仕事の手も休めずにそういうのである。少し離れたところにはお百姓が野良仕事をしていたし、綿入れで着ぶくれした子らが遊んでもいた。

おなごのしごとたい。

おなごのしごとたい。このことばは、その昔、村のなかで、どんなぐあいに収まっていたのだろうと、ふと思った。

春の陽射しはまぶしいほどだった。あのとき村を歩いていた森崎は、暮らしに疲れていたので、ことさらに印象深いのかもしれなかった。それからというもの、「からゆき」が村の人々にとって何であり、自分にとっても何であるかをたどっていきたいと思うようになった、と回想している。

森崎は幾日も、朝七時の汽車に乗って、小倉から博多の図書館まで新聞を読むために通った。そして、地元の新聞である福岡日日新聞や、門司新報の記事をたんねんに拾っている。それが日本人になるための、ゆいいつの近道であるかのように。すると、いつしか「密航婦」「醜業婦」といった文字が飛びこんでくるようになり、それが「からゆき」のことだと分かって衝撃を受けた。

娘たちのほとんどは口入屋に頼んで、またはだまされて、闇にまぎれるように船に乗せられた。そこではじめて世間に公表できない密航だと気づく。諾威《ノルウエー》汽船ソームル号（千六百八十屯《トン》）の報道がある。

「香港へ向け門司を出発し、六連島《むつれじま》を通過したる後、約六時間を経過せし時、海上に於て本船の甲板上に二三の日本婦人を発見し、大いに怪しみ精密に船内を調査せしに、日本婦人四十八人、別々に潜み居るを発見し、続いて右誘拐者八人をも発見……」（福岡日日新聞、明治三十八年十月十日）

翌日、「四十八人の密航婦」の続報が出た。

娘たちはどのようにしていたかというと、「船底の石炭庫の内に其の大半を潜ましめたれば、彼等密航婦は石炭粉にまみれ糞尿さへ其所《そこ》になしたれば、実に不潔極まる扮装にて、食事もろくろく与へざれば既に疾病を発し居るものさへあり」というひどいものである。

また「便所に閉じこめられていた六人の娘を車夫がみつけて奪いあいの乱闘となった」（東京日日新聞　明治二十六年六月二十三日）というのや、函詰め事件はこうである。

「此程横浜より醜業婦を海外に密航せしめんと企てたるものあり。年頃なる四人の婦を各々一箇の函にいれ、その蓋を密封して、恰《あたか》も通常の荷物の如く取り繕ひ、何食はぬ体《てい》にて税関に持ち運び、関税吏も敢てあやしまず、役夫も只の荷物と心得、其函を或は横にし、或は倒し、或は高い所より落しなどしければ中なる生荷物、何でたまるべき、苦しまぎれにアッと叫び、密計忽《たちまち》ち露見」（時事新報　明治二十七年六月十七日）した。

ほかにも十七人の娘が屋根裏にひそませられたりして、これを被害者といわずして何というか。誘拐者もあきらかなのに、誘拐罪に問われることもなく、まして婦女売買罪などどこにも見当たらないのが、森崎にはどうにも腑に落ちないのだった。

また娘たちは「バレイショ」と陰語で呼ばれ、バレイショ二十などと海外の遊女宿主と電報を交わしていた。

だが、こうして新聞紙上にあらわれるのは、ごく一部でしかない。

国内でも出稼ぎをするには口入屋を頼るしかなかった。東京では桂庵といった。芸妓、酌婦、仲居、宿屋女、下男、下女といった職種に手づるをもっていて、同業者とのネットワークを活用し、法外な手数料を手にする新手《あらて》の業者もいた。桂庵、口入屋といえば、口先だけ上手で、あくどい冷酷なやつと相場が決まっている。芸娼妓専門の口入屋を女衒《ぜげん》といった。

口入屋の下請けもいた。遊び人や酌婦あがりの女などをつかって、子守りや女中などを往来でつかまえては、もっとうまい仕事口があると、ささやかせる。お七婆《ばば》という世話やき婆は、下関の某医師方に下女奉公するお末（十八）が年若く容貌も醜からぬのをみて「自分の娘が韓国釜山に下女奉公をなし居れるが、沢山の給金をもらふ為毎月十円宛《ずつ》送金をなす故」、おまえさんも行ったらどうかねとはなしかけた。お末は「浅果《あさはか》にもウカと乗りて二つ返事で行きませうと答へたるにぞ」というわけで、お七婆はお末を自宅につれていった。同じように、ほかの娘たちもさそって、一ヶ月も自宅で遊ばせつつ出航を待たせた、とある。ちなみに、お七婆は四十八歳である。

このような女斡旋業者はなにげない姿で、巷に横行していた。産婆が手引きしたり、下宿屋のおかみ、髪結い、お針の師匠、看護婦、酒屋、女工らがその手を染めていた。ここまでくると、年増の女すべてお七婆である。

その後、少女たちはプロの業者に集められ、やがて元締めの大親分にたどりつく。「極上の妾を世話してくれ」といわれれば、手数料をはずんでもらって、下請負が上玉をさがしてくる。「一月から二月ほど妾としてかこい、贅沢させておけば、必ず言うことを聞きます。そして（飽きたころ）門司で密航させる」という手順である（福岡日日新聞　明治三十八年十月二十九日）。もちろん、本人のみならず関係者の宿賃、食料はすべて娘の借金に加算された。

明治三、四十年頃、上玉の女ひとり五百円というのが相場だった。多田亀のようにやり手の男になれば、ひとり死ねばひとり補てんして、年間五、六百人の女郎を転がしていた。新聞によれば十三年間に千八百余人、金額にして二十五万円の利をあげていた、とある。

森崎はこうした話を聞いていると、少女たちの姿がちらちらして耐えられなくなる。おキミや綾とのつきあいが長いので、息がつまって頭がくらくらする。綾はふと、憑かれたような眼つきでこんなことをいう。

「あなた、売られるということ、少しは分かった？　一代ですまないことなのよ。売られた女に溜まったものは、その子の代では払いのけられないわよ、どこまでいっても」

綾もまた、おキミの妄執に苦しんでいるのだった。

森崎和江は谷川雁と棲《す》んで『無名通信』を出していた頃、いろいろな女のひとの声を聞きたくて、赤線地帯を訪ねたことがある。「話を聞きたいんです。女娼を紹介してください」といって。「奥さんのようなひとの来るところじゃなか」

どこも体よく断わられた。それから十数年たって、あきらめるどころか、いまや終生のテーマの一つとなりつつある。その間に起った幾多の試練が、彼女を鍛えたのか、あるいは彼女自身が這いあがってきたのか。おそらくその両方であろう。

私は森崎和江の著書から、彼女のしの竹のようにしなる精神力が、最初からあったのではないことを知っている。吹雪にあい、豪雨にあらわれ、寒風にさらされて、たましいが鍛錬され、たわむ弾力性を持つにいたったのだ。その間には何度も地べたに振りおとされ、絶望の淵に立たされた。そのたびにひとを愛し、ひとを信じ、這いあがってきたのである。そのことについては後に譲るとして、ここでは、伴走者として谷川雁や、松石始がいて、多くの炭坑労働者や女坑夫がいたことだけを記しておこう。その前に、もう少し「からゆき」のことを続けなければならない。

小雨の降るある日、森崎はかつて女郎屋のあった海辺の町へ行った。おキミと綾がしばらく住んでいた元赤線地帯があることを、聞いていたからである。戸を閉めた家々が続いて、ようやく老いた女が顔を出した。

「からゆき」の働いた海外の娼楼もこのようなものであったろうと、森崎は思いを馳せる。シンガポールでもシベリアでも、男たちは国内の女郎屋に似せてつくったらしい。かつてはここに娼妓や客の男たちがひしめいて、嬌声が聞えていたのだ。玄関の板張りも、階段も、二階の部屋も、廊下も、そのざわめきを覚えている。女郎たちが顔をそろえて客引きをした顔見世だけがとりはらわれて、その跡だけが鮮やかに板の間に残っているのも、よけいに印象を深くした。

「客がついた子どもから、つぎつぎに二階にあがっていくので、客のつかん子どもはかわいそうでしたばい。寒いときもここには火がないとですから。ぶるぶるふるえながら客を待っていましたばい」

女郎屋では、客のための火鉢の炭も娼妓持ちだった。炭や水を取りに階下におりていけば、一回いくらの金銭を稼ぎから引かれた。その分だけ、客へのサービスに欠ける、とみなされるのだ。

「子どもはそりゃもう、一所懸命ですばい。客がつかんと食事ぬきになるとですから。へっ、客がないと、食事はありまっせん」

この街では「遊び」と「時間」と「泊まり」に分けていた。「遊び」は二階にあがって一回。まあ、二、三十分といったところ。「時間」は一時間。どちらも頃合いになったら、下から呼鈴で知らせる。「泊まり」は午後の十時以降。ひと晩で四、五人客をとれる子は、大きい顔をしていた。

「客のとれん子は、つらいもんですばい。そして、新しい客をとったら、うらかべかえすちゅうて、次にもまたその客をとらな、笑われますけん。三回目からは、ほかの子にとられてもいいばってん。寒いときは、表の戸少しあけて、外を通る男に声かけよりましたばい」

この女将はかつて、女郎屋につとめていたのだろう、老いてもなお美しく、粋なひとであった。

雨がひどくなって、女将の声がかき消されそうになった。

「子どもは口入屋に頼めば、いくらでもつれてきたとですばい。親が自分でつれてくる子もいますばい。親が売りにきた子は、これはかたか。逃ぐるこた、なか。けど、親がちょびちょび金せびりにきますたい」

女将はいわなかったけど、親の金せびりがひどくなったら、娘を海外に売ってしまう。海外とこんな小さな街の女郎屋にも、その間をつなぐ者として、誘拐者や、世話やき婆などが存在していたのである。

「客をとるのがはじめての子どもは、たいてい泣きますばって、これがまたたまらんちゅうて、水揚げを何回かします。水揚げ中は傷つけられると困りますけん、若いもんはやめて、中年の男をあげます。ええ、遊びや時間なしの泊まりだけ。たいてい女郎屋のおやじたちです。こんどおまえ方の水揚げさせろ、て。まあ、ね、こんなとこのおやじですけん」

森崎は恐怖のあまり、耳をふさぎたくなる。女将を笑いとばすようにいった。

「男ちゅうのは泣かれるとたまらんとじゃなかですか。なあに、子どもはすぐなれて稼ぎますばい」(『からゆきさん』)

ここで森崎は、娘たちの出身地が、長崎、熊本、福岡に集中していることに気づいた。なかでも長崎市、島原地方、天草がきわだって多く、それが炭坑の人たちの出身地と重なることも何かの暗示のように思える。島原半島の口之津には、明治三十年代末まで「からゆき」の港があり、外国船に石炭を積むすきに女たちを乗りこませていた。

しかし、何といっても江戸の鎖国時代、長崎がゆいいつ海外に開かれている窓口だったことが大きいであろう。国内の出稼ぎより、手っとり早い。隣家の娘がゆくなら、うちも、といった感覚で、さほど警戒心がなかったのではないかと思われる。

一方、東北地方の農村でもたびたび大凶作に陥って、農家の娘が身売りされたり、親兄弟のために遊里に身をしずめる例もたくさんあったが、一気に海外まで結びつくことはない。むしろクローズアップされるのは『女工哀史』や『あゝ野麦峠』に描かれる紡績女工の姿である。ここでは、明治、大正、あるいは昭和の太平洋戦争前まで、という長期にわたって、地方性はあっても、少女たちは社会的に、性的にもしいたげられてきたということを記憶にとどめておくべきであろう。

二　歌垣

1

その頃、森崎は九州のいなか町で、年輩の女たちと月に一度、お茶飲み会をひらいていた。昭和のはじめに朝鮮で生まれ核家族で育った森崎は、知らないことばかりであった。そんな中、おやと耳を傾けたのは、明治や大正の頃の村びとの性意識である。

たわいないお喋りをしていて花が咲くのは、何といっても夜這いであった。夜這いに話がおよぶと、みな、よく知っている、とだけいって、ころころと笑った。彼女たちは若者宿を知っていた。かつては娘宿もあったらしいが、それはなくなっていた。

明治半ばの話である。娘が一定の年齢に達すると、親から村の若者組に酒肴がおくられ、若者宿や娘宿での夜のあそびを許される。このことについて、大人たちはさしでがましいことはいわなかった。誰もが身におぼえのあることだし、夜這いにも不文律があって、男女間のことは村の中に限られており、結婚すれば若者宿を出るのが暗黙のルールだったからである。

森崎は、このような風習は外部から「蛮行」といわれようと、容易に変化しなかったといい、かつての若者たちの性愛に触れている。安芸の倉橋島の尾立浦では、昭和のはじめまでおこなわれていた。

「男も女も十四、五歳になると、それぞれ若衆宿娘宿という家に泊りに出る。一軒の宿には四、五人ぐらい、心の合った者が一しょに泊る。互いに宿兄弟と呼んでいる。男の宿兄弟は打連れて夜遊びに行く。娘宿では夜の八時九時まで夜なべをしている。その娘たちを宿から宿へと歴訪するのである。……他所の人には信じにくいことかも知らぬが、娘たちには一種の貞操観念が中々強固であった。同宿までは許容しながら、最後の唯一つの点のみは固守する。許す許さぬは女の考えである」（菅多計『民族』二巻）

こうなると、現代の女の子たちのいうフリーセックスとはちがうのかもしれない。森崎は、「からゆき」を多く出している村で、彼らがその奉公先を知りつつ少女らを送りだしたり、「おなごのしごと」を切りあげて帰ってきた娘たちを嫁に迎えたりしたことを、思いだす。

誤解をまねきやすいが、森崎はなにも、不特定多数の異性を相手にする風俗のようなものを推奨しているわけではない。「からゆきさんがこのような風土のなかで育ったことを、心にとめておきたい」だけなのだ。ここには理屈ぬきの、幅ひろい性愛があって、「むしろ、性が人間としてのやさしさやあたたかさの源であることを、確認しあう素朴な姿」があると、大きな心で述べているのである。

私はここで、古代、万葉の時代から歌垣《うたがき》というのがあったことを想起した。男女が山や海辺に集まり、相互に求愛の歌謡をかけあう、呪的信仰の習俗である。おもに春の播種《はしゅ》期や秋の収穫期におこなわれた。人の性行為が植物の生命力をたかめると信じられていた、というのだから、何ともおおらかである。やがて都市部でもおこなわれるようになり、奈良時代にはいると、中国から伝わってきた踏歌と合流して、宮廷芸能の一つともなった。

若衆宿を野蛮な行為だと、森崎は一蹴しない。村の男女関係にしても、狭い意味にとらわれず、歌垣にちかい考えをとっているのであろう。それは森崎自身の大きな包容力と、人間を見抜く深い洞察力や好奇心からくるのだと、私には思える。

「からゆき」を出す村は、貧しかった。だまされるかもしれなくても、そこを一歩踏みこえねば道がひらかれぬ、その、のっぴきならぬ思いが彼女たちの行動を後押しした。彼女たちはわずか十二、三歳で、一つの決断を迫られたのである。そのひもじく、寒いくらしの底に、夢さえ抱いたのかもしれない。この気脈なしに娘たちも村びとも「からゆき」を生きぬくことはできなかった。そのきびしさを忘れてはいけない、と森崎は結んでいる。

時代は、戦争のさなか、日本はロシアに宣戦布告して、朝鮮半島に兵をあげ北上していった。日露戦争である。これを機に「からゆき」に関するニュースは一斉に消え、紙面は戦争の記事一色となった。一方で、正規の公娼による出稼ぎが増え、「芸娼妓の渡韓はやうやく流行となりたるが如し」と報じられている。公娼制は国がみとめた制度だったから、とがめるどころか、密航さえしなければ警察はそれを護りさえした。

やはり密航による渡航はなくなってはいなかった。やがて、朝鮮半島から奉天付近にかけて占領地がひろがると、「からゆき」の誘拐密航はどっと増えた。営利にめざとい業者は、占領地へなだれこむように娘たちを送ったのである。紙面には「韓国へ密航」という文字が多くみられるようになった。その前に朝鮮は国号を韓国とあらためていた(明治三十年)。

侵略地での女たちはどうだったのだろうか。ある女郎は、「日本の男より、西洋人の男のほうがよっぽどおなごにやさしかばい。わたしらの好かんことは、無理にゃせんもん」という。「かえれ、というたら、すぐかえりよったばい。やさしかもん」

日露戦争たけなわの頃、占領地の大連に民間人の渡航がゆるされている。それに付随して夏には、料理屋七十軒、女郎八百人と増えていった。前線に出る軍人や、帰ってくる兵士で、娼楼街はごったがえした。女郎屋に群がる男たちを、従軍記者は「恰《あたか》も一顆《つぶ》の砂糖に蟻の蝟集《いしゅう》するが如し」(福岡日日新聞　明治三十八年九月六日)と報じている。

女たちの競争もはげしくなって、私娼窟も増えた。炭坑の娘たちは、門司から出航するとき「お金サたくさんもうけて早くお帰りまっせ」といって、送りだされた。この頃には大連を中心に各地にわたる女の数は三万にもなり、必然的に密航も多くなった。福岡、長崎、熊本、山口、大分、広島、愛媛、高知など、やはり大陸に近いところに集中している。奉天では「千五百の男が五百人の売春婦を養い置く次第にて、男三人に売春婦一人の割合に当たった」(福岡日日新聞明治四十年十二月十七日）と記されている。

「からゆき」はこのようにして、国の公娼制にすっぽりと包みこまれていったのである。その公娼制は第二次世界大戦で日本が敗れてもなお、生きつづける。

日露戦争に勝利した日本は、日韓協約をむすび、一方で男たちによる公娼制をもますます盛んにしていった。当然のごとく遊郭が設置され、「居留地の一遇を区画し、名義は芸妓として内地よりぞくぞくと娼妓またはその類の女を輸入し、公娼を営ませ、検梅し」た。それにつれて、飲食店や小料理屋をかねた私娼窟が増えたのはいうまでもなく、日本軍隊が帰国する京城や仁川には、公娼私娼の家々が軒をならべた。一九一〇年（明治四十三）八月二十二日、日韓併合がなると、それに呼応するように、関釜連絡船は「からゆき」で満ちた。

「八月三十日ごろより、にわかに荷客が激増し、毎連絡船は積み残す乗客少なからず。それらは併合の発表とともに逸早く濡れ手に粟の大儲けをなさんとする手合いなるが、特に人目をひくは、年若き婦人の多きことにて、彼らはわづかに二、三十円の金のために父兄の承諾書をもち、朝鮮に渡りしうえは酌婦たるのみならず、いかなることも抱主の指揮に任ずるといへる証書を持参せり」（福岡日日新聞　明治四十三年九月六日）というものである。

おキミとおなじ少女らの渡海であった。

梅毒検査に引っかかったら仕事を休まなければならず、それが怖い。当時は梅毒ではなく唐瘡《とうがさ》といい、検査のことは「陰門開観」といった。だが十代になるかならぬかで売りに出された少女には、なにゆえそのような検査をしなければならないのか、納得できるものではない。ロシア船が入港した折りは、水兵を登楼させる前に「陰門開観」するという達しがきて、女たちは体のなかの真珠を抜きとられるのだと思った。真珠を抜きとられると、長生きできないとされた。今日の人は笑うかもしれないが、写真を撮られると魂が抜かれると、おびえた当時のことである。

政府も女郎屋に通達を出すようになった。「蚤と借金はかくしてもおのずとあらわれる。だが、瘡はかくすこともできない。鼻が落ちたり目が見えなくなったりする」とおどして、検査させようと努力した。

おキミを身うけした男は、おキミのあと、これぞと思う女を引きぬいては娼家をひらかせた。その数、なんと七人。おキミは第二夫人である。綾の実母は第七夫人で、七人の中でただひとり子を産むことを許された女であったが、綾が三つのときに朝鮮と清国の国境の町で死んだ、と聞かされただけである。

その男Mは農家の長男で、日清戦争の後、二十四歳のときに玄界灘をわたった。朝鮮語をおぼえるたびに大豆を一つぶ食べるといった苦行を自らに課し、気がついたら朝鮮人を数百人つかう工事請負業者となっていた。日露開戦とともに鉄道が次々と敷設され、それにともない娼楼も雨後のタケノコのように増えていった。

「釜山を北に距る三十五里、京釜鉄道の線路に沿える一都会大邱は、人口殆んど二万五千、近来邦人に入り込む者、まさに三千にのぼらんとす。しかも多くは鉄道人夫、醜業婦等にして、確実なる資本家、商人は寥々」（福岡日日新聞　明治三十七年六月十四日）たるものであった。

大邱は森崎が生まれた地である。もちろんこのときは、その痕跡もない頃だが、すでに帝国日本が入りこんで鉄道建設がはじまっていたことが分かる。その中でもMは、成りあがりとして一旗あげた部類に属するのだろう。

朝鮮を縦断する京釜線京義線の工事はすでに始まっていた。おキミたちの娼楼は工事現場にあわせて、国境ちかくから山のなかへと移動した。娘たちが二十歳にならぬまま早死にするのは、その娼楼での買われ方にあった。その背後には、鉄道敷設に反対する朝鮮人のはげしい抵抗があったのである。

朝鮮は日本の植民地になる以前から独立をうばわれ、他国によって踏みにじられてきた。その象徴として、鉄道建設がある。それは朝鮮人のためではなく、他国の軍隊がはいり、全面支配をしやすくするためのものであった。

おキミもまた、その生き証人のひとりであろう。

朝鮮人が性欲を満たすために娼楼にあがることには、耐えられた。けれども、朝鮮人にはそうではない者もいた。彼らは四、五人でおキミを朝まで買いきって、酒を飲ませ、とりかこんで座を立たせなかった。買った以上は、動物でもなぶるように嬲《いたぶ》るのだった。彼らは家や土地を売り、山を越えて日本人の女を買いにくる。性欲を満たすためではない。失禁するのを笑って見ているなど、もっと根ぶかい渇きをもって、おキミらを苦しめた。そこには日本人への憎悪がむきだしになっていた。

それでも天草女は泣いた後はからっとして、腰巻き一つで川に飛びこんで泳いだりした。情にあついのも、天草女の特徴であった。

2

おキミは二年ほどして、少女たちの姐《ねえ》さんにされた。新しく入ってきた子の面倒をみなければならなくなった。めそめそ泣いているひまはない。月のものがはじまっても、紙や棉をかたく詰めて仕事に出た。そんな娘たちの最も気をつかうのは妊娠であった。李慶春から、きつくいわれていた。

少女たちはそのどうしようもない問題を、どのように処置していたのだろう。

おキミは三十人をこえる娘たちの生理を毎朝聞いて、順調であるかどうかチェックする。妊娠を避けるためには洗浄しかなかった。クレゾール液を大きな桶にいれて、ゴム管を差しこんで洗う。新入りの子は女の体のことなど熟知していないので、つききりで教えなければならない。冬は温突《オンドル》のなかでもクレゾールが凍ったので、体の芯まで冷えた。

生理がとまった子は、イチハツや、ツワブキを使った。根をすりおろして、ガーゼを一寸角に切ったものに包み、子宮口にあてて、一日中そのままにしておく。子宮口がなかなかひらかないときは、ツワブキの茎《くき》を直接差しこんだ。それも恐ろしいことだが、妊娠すれば登楼できないので、もっと忌むべきことだった。

イチハツはアヤメ科の草木で、植物図鑑には根や花に毒性をもち、大量に摂取すると胃腸障害をおこすとあるが、堕胎に効くかどうかは疑問である。ただ、こうした方法は医学的根拠はなく、あくまでも郷里の云い伝えや、人づてに聞いたものであったろう。愛媛県の一部では、堕胎法として、ツワブキやヤマゴボウ、フキ、ミョウガの根を十センチほどに切って、局部に入れて使ったという記録がある（『愛媛県史』民俗下）。

だが何といっても一般的なのはホオズキで、日本の遊廓でもホオズキの根を子おろしの薬として使っていた。直接子宮口に挿入したり、地下茎を乾燥させて飲ませたりした。図鑑にも「ホオズキは風邪や咳、たんなどに効果あり、ヒストニンという成分が腹痛や堕胎にも作用する」と記してある。

堕胎や間引きは明治以前にも表向きは禁止されていた。だが、実際には水面下で日常的におこなわれており、法律のおよばない闇の分野だったのである。それらには多く産婆がかかわっていた。民間薬は身近にあるものでなくてはならず、全国に生育するホオズキは、その点でも最適だったのだろう。

しかし、不衛生な環境でおこなわれる子おろしは、危険と隣りあわせで、いのちを失うことも少なくなかった。

長塚節《たかし》の名作『土』が、東京朝日新聞に連載されたのは一九〇八年（明治四十一）である。夏目漱石の推薦であった。

作者は地主の立場にいながら、「蛆《うじ》同様――獣類に近い」（漱石）小作人の中に、きわめて人間的な、哀しくもいじらしい生の営みがあることを見逃さなかった。物語は、勘次一家の話ではじまる。

妻のお品はまたも孕《はら》んで、グミの根をつかって自分で始末しようとした。ところがそれに失敗して、破傷風にかかってしまい、死に瀕している。そんなお品のところへ、二十里さきの出稼ぎ場から帰ってきた勘次が、ふところから干しイワシを出して妻に与えるシーンである。

勘次はお品の枕元に座った。

「そんなに悪くなくっちゃそれでもよかった。俺らどうしたかと思ってな」勘次は改めてお品にいった。

「お品おまんま食べてか」勘次はつけ足した。

「先刻《さっき》おつうに米のお粥《けえ》炊いて貰ってそれでやっと搔っ込んだところよ」

「それじゃどうだ、途中で見付けて来たんだから一疋《ぴき》やって見ねえか」勘次はお品の枕元へ持って来た鰯の包を解いた。鰯は手ランプの光できらきら青く見えた。

「ほんによなあ」お品は俯伏せになって恁《か》ういった。

「汽船《じようき》に乗って来たってよっぽど費用《かかり》も掛《かか》ったんべな」

「そうよ、二人で六十銭《せん》ばかりだが、此《これ》は俺《おれ》出したのよ……」

「それぢゃ稼《かせ》えだ銭《せに》それだけ立投《たてなげ》にしちゃったな」


（長塚節『土』）

お品は結局、破傷風がもとで死ぬのだが、あとには十五のおつぎと三つの與吉《よきち》が残された。與吉はおつぎに抱かれたとき、いつもよくおつぎの乳房を弄《いぢ》るのであった。うるさがって邪険に叱ってみても與吉は甘えて笑っている。それでも泣くときに、母がしたやうに胸をあけて乳房をふくませてみせても、その小さな乳房はまちがっても吸わなかった。砂糖をつけてみても欺けなかった。おつぎは與吉が腹を減らして泣くときには、米を水にひたしておいて擂鉢《すりはち》ですって、それをくっくっと煮て砂糖を入れてなめさせた。與吉は一箸なめては舌鼓をうって、その小さな白い歯を出して、頭を後にひっつけるほど身を反らしておつぎの顔をじっと見ては甘えた声を立てて笑うのである。

ここに描かれた夫婦と姉弟の姿は、蛆虫でも獣でもない、まぎれもなく人間そのものであった。そこには深く豊かな愛情があり、貧しいがゆえにその愛情の表現はむきだしになっていて、不屈な生の営みすら感じられる場面でもある。

弱肉強食のしがらみの底で生き抜く勘次一家の生活は、「雨が降らない代りに生涯照りっこない天気と同じ苦痛」（漱石）であることには変わりない。涙さえ出ない惨劇のなかで、なおかつ人間性を失わず、むしろ美しい人間愛を発揮する貧農の姿は、読む者にもつよく刻みつけられる。

本題にもどれば、勘次の妻・お品が堕胎につかったのはグミの根であった。植物のクマツヅラなどは民間療法として、ゆでた葉を食べたり、原始的な堕胎に利用したとあるが、グミの例は記録されていない。おそらく関東の一部で、古来から伝承として語り継がれてきたのだろう。

おキミは姐さんとして、十三、四歳の子たちに洗浄ばかりでなく、酒の飲み方や寝床のことまで教えなければならなかった。まだ生理のはじまらぬ少女もいた。泣きじゃくる子に男のかわりに馬乗りになって、なだめすかしつつ夜の仕事を教える。ときに、おキミもいっしょに泣きだした。少女たちにはどう考えても納得のいかない重労働であった。

妊娠と同じくらい怖いのは梅毒である。毎朝、梅毒におかされていないかどうか診てやり、膣や子宮口がただれている子には、ヨードホルムをつけてやり、煎じ薬を飲ませた。それらは富山の薬屋がはこんできた。福岡の新聞には、人骨が梅毒にいいというので、朝鮮で墓をあばいて骨を日本に運んでひそかに売っていた男のことが出ていた。二百数十体運んでいたという。

堕胎といい、性病といい、それらが幼い少女たちに「地球の影よりも濃くかぶさっている」ことに、森崎は身ぶるいした。

あるとき森崎は、女郎たちが奉納した地蔵堂に詣でた。ゆらめく炎と線香のけむりが、どことなく女の髪の毛がまつわりついているように見えた。そなえられたお供物にふと目をやると、願いごとを書いたお札にまじって、男の写真に木綿針を刺したものがあった。戦慄がはしり、森崎の中で、何か、ことりと止まった。やがて、おキミの声が聞えてきた。

「人をのろわば穴ふたつ。人をのろわば穴ふたつ……」

それは人をのろうと自分もまた同じ穴に堕《お》ちてしまう、というおキミの口癖みたいなものであった。千本や二千本の木綿針ではとてもおさまりのつかぬ胸のうちを、そんな呪文でととのえながら生きてきたのであろう。

森崎にとって『からゆきさん』は、話しことばと、書きことば、この二つのことばがやっと自分の中で自然な形でゆきあったものであったと語っている。ここまでの道のりは遠かった。何度も何度も書きかえた。そして話すことと書くことを分けるのではなく、ようやく全身的な表現にゆきついたのだという。

私は、そこまでして書かなければならなかった森崎の心の内を思わずにはいられない。そこには凡俗に育った者にははかり知れない重いものがあったのだろう。一家を背負って唐天竺までいった娘たちとの境界線はいっさいない。自分のふところに入れて、その背中を撫で、彼女らの心が融解するまでいつまでも待つ。これは皮膚感覚というか、深部感覚というもので、娘たちを同じよろこびと傷《いた》みをともなうものなのだ。

それは森崎の特性であるにちがいない。そうであるなら、森崎はなぜ、このような五感で受けとめる方法を身につけたのだろう。生来のものなのか、みずからの手で傷を大きくするような幾多の苦難の末に取得したものか、私はいま、森崎和江への旅が始まったばかりであることに気づかされたのであった。

第二章　ゆうひ　原郷

一　長庶子女

1

取材の途中、ふと森崎和江は、

「わたし、長庶子女なのよ」

といって、からからとわらった。「庶子」は正式に結婚していない両親から生まれた子ども、いちばん上だから「長」、女だから「長庶子女」。

はあ、とまだ得心がいかないといった顔の私に、彼女はそう説明した。そこには（わたし、全然気にしていないのよ。制度上のしくみなんて。父さんと母さんに愛されて生まれてきた子どもだもの）といった、誇らしげなものさえ感じられた。

生まれた地は朝鮮（現・韓国）の慶尚北道大邱《たいきゆう》市三笠町。三笠町は日本人がつけた町名である。旧市街にある日本人住宅の一角で、日本人医師による産院（一宮《いちのみや》産婦人科医）でとりあげてもらった。一九二七年（昭和二）四月二十日のことで、まるまる昭和の子、となる。父庫次《くらじ》三十歳、母愛子二十一歳の長女で、三年後に妹節子、その二年後に弟健一が生まれている。

母は許嫁《いいなずけ》がいるにもかかわらず海をわたって父のもとに走ったので、親のゆるしが得られなかった。旧憲法では、戸主の承諾なしに届け出を提出することはできなかったのである。実際、親戚の奔走で父母が婚姻届けと長女の出生届けとを戸籍係に受理してもらえたのは、敗戦後しばらくたってからであった。これには苦い思い出がある。福岡に来て女専を受験したとき、面接で教授たちが鉛筆の先で戸籍簿の一点を突きあっていたのだ（『精神史の旅　1産土』）。

赤ん坊の頃のことはそれ以上の記載がないので、きわめて丈夫で何ら問題のない子どもだったのだろう。後年になって、父の部屋で画集をみていたある日、本箱の抽斗《ひきだし》に和紙を二つ折りにしたものを見つけた。命名書で、「命名和江」と書いた下のほうに小さい字で、「和はなごやかなるを望み、江は入江の静かで豊かなるを願う」と書いてあった。森崎はあわてて閉じ、他人の秘密をのぞいたようで恥ずかしかった。子どもは男女の愛なしには生まれないもの、と思っていた頃のことである。

森崎は、幼女期の記憶を次のように描いている。

朝、寝床にもぐっていると、パッカパッカとひずめの音が聞こえてくる。何十軒とならぶ将校官舎の玄関先まで、兵卒が馬を曳いて迎えにやってくるのだ。それが目ざまし時計のかわりであった。

四、五歳の頃、父と母とつれだって散歩に出た。母は妹を抱き、さらに身重だった。畠の中の細い農道に出る。いつの頃からか、女の子が人さらいに肝《きも》をとられて死んだ、といわれていた道である。父母ははなしながら歩くので、和江は先になり後になりした。土手の向こうに大邱川があった。母ひとりなら決してつれていってもらえないところである。

「遠くにいってはだめよ。知らない人につれていかれるよ」

母は決まってそういった。

「ひとりで川のほうにいってはだめよ。さらわれるからね」

そのことばの奥に何があるのだろう。土手沿いに小さな小屋があった。あれ何? たずねても母は答えない。

後に、それが植民地朝鮮の中の「鎖国的境界」であることに気づく。黒い霧がかかったようにそこから先は見えなくなっている。いつしか閉ざされてしまった「オモニの世界」であった。それが「ははのくに」であることに気づくのは、かなり大きくなってからである(『ふるさと幻想』)。

川の向こうに丸い藁屋根の家が集まっていて、白いのぼりが見えた。朝鮮人の村で村祭りらしかった。歌と太鼓の音が風にのって聞こえてきた。

ジーンチ、ナーレー　ジーンチ、ナーレー

チョッタ、チョッタ!　チョッタ、チョッタ!

川向こうの広場まで、白い服の人たちが畠の道を踊っていった。

「お祈りしながら踊ってるんだよ。お米がよく獲れますように、って。内地でも村祭りがあるよ」

父がいった。和江は、人さらいがくる広い畠の川向こうに、歌い踊る人たちの集落があることにほっとした。家に帰っても、歌声と太鼓の音はしばらく耳について離れなかった。

家は大邱府の南の郊外にある日本人住宅地で、バス道路からすこし奥まったところにあった。塀の内側には矢車草が咲いていた。

バス道路をしばらくいくと、小さな石橋があって、その先に大邱中学校があった。橋の先まで行ったことはないが、バスは町からやってきて、中学校の正門前を通りぬけ、八十連隊の兵営のほうへ行くことは知っていた。八十連隊の営所から起床ラッパの音が風のまにまに住宅地まで聞こえてくる。

子どもたちはラッパの調子にあわせて歌った。

　起きろよ起きろ　みな起きろ
起きないと隊長さんに　叱られるゥ

消灯ラッパもあった。子どもたちはその真似もした。

　新兵さんはかわいそうだねェ
なぐられて泣くんだよゥ

音は聞こえるが、ラッパを吹く兵隊を見たことはない。春先に軍旗祭があって満員バスが八十連隊へ客をはこんだが、和江は行ったことがなかった。男の子たちは大きくなったら軍人になるのだと答え、和江も軍人や連隊は人の暮らしがあるかぎり、普通にあるのだと思っていた。

「八十連隊のある町」、「りんご園のある町」、大邱はそういわれていた。それでも、連隊と聞くと身構えてしまう。行ったこともないのに、八十連隊が怖かった。男の子たちが、新兵さんはかわいそうだねェ、なぐられて泣くんだよゥ、と歌うからか。あまり人家のない遠くにあるからか。

今日では、大邱《てぐ》というと漢方薬で有名な街である。

幼児は誰もが、生活のせまい範囲を超えるところに怖いものを持つのだろう。「未見のくらがり」である。彼女の家はいわゆる単婚家庭で、父母は若く、年寄りも死者もいない。日本人街に住んでいながら、日本人がきざみつけた山河はなかった。ずっと以前から、日本人街を朝鮮の村むらがとりかこんで住むのが自然だと思っていた。父や母や自分たちが暮らしている大地が、ほんとうは朝鮮人のもので、彼らが血をながして開墾した地だとは考えもしなかった。

八十連隊の奥の山のほうから、朝鮮人のおじいさんが担手《ちげ》を背負ってゆったりと歩いてくる。白い上着のチョゴリに白いズボンのパジを着て。オモニも担手に野菜を入れて売りにくる。

「オルマ？」

いくらですか。それはオモニ（お母さん）、アボジ（お父さん）とともに、最初におぼえた数少ない朝鮮語であった。

遊び相手といったら同じ学校の官吏の子か、将校の子であったから、朝鮮語をはなす機会はなかった。ふだんはひとりで、さびしいと思うこともない。母からレコードを買ってもらって聞いたりした。

「シナ人飴屋のじいさん」の歌は、

〈シナ人飴屋のじいさんは、おどけた帽子に赤い靴。バアバアバアリヤ、バアリヤバ〉

とうたった。「キューピーさん」の童謡は、

〈ピーさんおくには海の向こう。ドンチャップ、ドンチャップ、キューピーちゃん〉

とうたい、バアリヤバじいさんも、セルロイドのキューピー人形も海をわたってくるのだと思っていた。「昭和の子ども」というレコードもあって、こんなふうにうたった。

〈昭和の子どもよ、ぼくたちは……行こうよ行こう、足並みそろえ、タラララ……〉

やはりその頃の歌に、「スクラム組んで」とあって、スクラムって何だろうと思った。現在の昭和の歌といえば、さしずめ「鉄腕アトム」や「ひょっこりひょうたん島」などであろうか。森崎の幼女期は戦前のことで、いくらか戦意を鼓舞する意味合いもあったと思われる。

バス通りをほんの数分、町のほうへ行くとシナ料理の店があった。時折こっそりいって、シナ人のおじさんが大きな団子を台の上でのばし、ばしっ、ばしっと打ってうどんをつくるのを飽かずに見ていた。

「こんどお金もらっておいで」

和江ははっと我にかえって、いそいで家に帰った。その近くには纏足《てんそく》のシナ人のおばさんもいて、子どものよりも小さい足に布製の靴をはいて、泳ぐように歩く。おさな心にも痛いだろうと、かわいそうで見ていられない。それでもおばさんは長いチャイナドレスを着て、バス通りをよちよちと歩いていった。

緑色のとがった屋根の家には、ロシア人夫婦が住んでいた。ロシア人は革命に追われてシベリアからきているという噂であった。すらっとして美しい奥さんと、背が高くて茶色い髪が波うっている旦那さんの間には、色の白い少年もいた。一家でバス通りをゆったりと歩く姿もみられた。

和江が通う日曜学校の先生も西洋人だった。目の青い、黒い袋のような服を着た神父さまが、父につれられた和江の頭を、柔らかいうちわのような手でなでてくれた。西洋人がおクニのことばをしゃべるのも、ロシア人がロシア語をつかうように自然なことだと思っていた。そこに朝鮮人や日本人が加わり、ことばも習慣もいろいろで、野の花がいっせいに咲くようなものだととらえて、不思議とも何とも思わなかった。

こんなふうに、『慶州は母の呼び声』からうかがう森崎の幼女期は、一幅の上質の絵画を見るように豊かですがすがしい。

食料品も雑貨もご用聞きがくるので、母が街まで買物に出かけることはめったになかった。八百屋、さかな屋、肉屋はいうまでもなく、菓子屋も書店も用向きをうかがいにくる。リンゴ園には白い花が咲き、並木道にはアカシアのあまい香りがただよう。

植民地というと、内地では（無知ゆえにだが）顔をしかめる人も少なくないだろう。だが実際には、口うるさい姑もいないし、近所づきあいも楚々として、親戚や縁者に気をつかうこともない。およその時代には考えられないほど異国の生活様式をとりいれ、電気、電話、水道など必要なものはすべて整っていて、文化生活そのものである。内地の女たちのように、かまどや井戸の炊事にわずらわされることもなかった。

後年、森崎が炭坑地帯に住んで、いつまでも七輪に炭をおこしての煮炊きに苦労する場面が出てくる。炭坑の女たちに「まだ、日本が分からないのかのう」とからかわれても、あえて不便な七輪に拘泥するのは、こうした植民地での生活に起因しているものと思われる。自分には顔がない、日本を識りたいともだえ苦しんでいた頃のことである。

「なんてぜいたくな！」

内地から来た人は、決まってそういった。新聞の「楽しき大連」には、「実に大連は婦人の天国に御座候。その生活の自由にしてのんきなる事、内地の遠く及ばざる所に候」（福岡日日新聞明治四十三年三月一日）とある。大連は中国であるけれども、朝鮮とて同じであった。

文藝春秋社から出ている『モダン日本』（昭和十四）の「朝鮮版」には、表紙に韓国の女優を使い、グラビア写真が多く、濱本浩、加藤武雄、大佛次郎ら当時の人気作家が大衆小説を寄せている。そこには「植民地支配・被支配という関係から抜けだした朝鮮・日本両文化のあるべき形を模索した」ものとある。翌年には「朝鮮版」二号が出て、京城繁華街のお店や居酒屋、カフェなどを、今日のガイドブックさながらに紹介している（『植民地朝鮮と帝国日本』）。他に朝鮮人の知識人や民衆のエピソードなど、「内鮮一体」高揚に積極的で、時を経て読むと「ほんとうにそうだったのか」と、思わせられる。しかし、こうした雑誌も一部のエリートが読むだけで、庶民には浸透していなかった。

そして、現地に話をもどすと、他国を侵略する植民地とあらば、政治の風向きひとつで天国から地獄に堕《お》ちる可能性を常にはらんでいるもので、おいおい森崎にもその危機は迫ってくる。

2

日露戦争終結（明治三十八年）後、日本が韓国にたいして第二次日韓条約（韓国保護条約）を強要して、韓国は事実上、日本の植民地となった。翌二月には韓国に総督府をおき、伊藤博文を統監に赴任させて、外交権をはじめ、韓国のあらゆる権利を総督の手におさめはじめた。また、日本政府は韓国支配をより強固なものにするために、これまで以上に移民を奨励している。それが民間レベルにまでひろがり、青柳綱太郎『韓国殖民策』、高橋刀川『在韓成功の九州人』、福本誠『満韓殖民論』など、韓国熱をあおる本も出版された。

さらに第三次日韓協約では、韓国のあらゆる部署に日本人官吏を配置させる一方、秘密協定で韓国軍を解散させるにいたった。これを契機に各地で暴動が起ったが、移民の増加はむしろ過熱した（高崎宗司『植民地朝鮮の日本人』）。

こうした前段階をふまえて、一九一〇年（明治四十三）八月、日韓併合とあいなり、朝鮮半島は完全に日本に併合された。各地に日本人会が発足し、その土地には日本名がつけられた。韓城（京城）には本町、新町、大和町、日出町、寿町などで、釜山にも琴平町、弁天町、南浜町、幸町などが誕生し、侵略とはこういうものかという様相を呈した。

国内は慶尚北道、慶尚南道、忠清北道、忠清南道というように十三道に分けられた。大邱《たいきゅう》（現・大邱《てぐ》市）はその頃からの三大市場の一つであり、京城、平壌とともに商業の中心地であった。町には大きな市《いち》がたち、西門市場といった。朝鮮人参をはじめとする薬草の市はいまでも有名で、さかのぼれば江戸時代の対馬藩との交易にはじまっている。

在朝日本人が増えるにともない学校もぞくぞく設立され、日露戦争後には十八校にすぎなかった小学校が、日韓併合の年には百二十八校にも激増している。女学校や中学校も開校した。

森崎の父・庫次が海をわたるのは、この後（大正十五年）であった。

「森崎和江自撰年譜」にはこうある。

父は明治三十年福岡県三潴郡青木村浮島（現久留米市）に四人兄弟の次男として生誕。生家は菜種油製造業を営む。大正五年、八女中学第四回卒業、早稲田大学史学及社会学科入学。煙山専太郎、安部磯雄に師事。安部磯雄が創立した野球部マネージャー担当。大正九年三月、首席で卒業。ドイツ留学後に大原社会問題研究所へ就任が決定されていた。が、同年生家が倒産。安部磯雄の助力で栃木県栃木中学へ赴任。大正十五年三月、朝鮮慶尚北道大邱高等普通学校に就職。公務員の給料は六割高。人手に渡った生家を買戻し、長男夫婦に母を託す。以来、弟・実の大学進学までを支えた。

朝鮮を属国にした日本人の横暴はひどいものであった。後に詩人となる丸山薫は日露戦争後の六歳のとき、母につれられて京城にわたる。父が韓国政府に警察顧問として送りこまれていたためで、小学三年まで過ごした。その頃、こんな光景を見た。電信柱が折れて、上っていた朝鮮人工夫が地面にたたきつけられて死んだ。「日本人工夫がチェッと舌打ちしながら、その躰をずるずる曳きずって」行った。また、日本人の荷車が坂を暴走し、朝鮮婦人を電柱の間に押しつぶして悶絶させた。荷車の男は「倒れた婦人をそのままにして」行ってしまった。同じ日本人からみても、その蔑視、偏見には目にあまるものがあった。なまじ朝鮮人に同情しようものなら「ナゼ鮮人に贔屓《ひいき》をする、日本人を押潰してよいのか、此非愛国者奴が！」と罵倒される。

俳人の高浜虚子が夫人をともなって朝鮮を旅したのは、併合の翌年であった。虚子がそこで見たのは、さもしく賤しい日本人の姿であった。釜山では、日本人の男が、足りない料金を請求する荷物運びの朝鮮人少年にたいして、五銭しか払わず、「もう其より無い」といって、「子供を突きのけるように」行ってしまった。また、別の旅行人が目にしたのは、人力車に金を支払うだんになると「さも汚らわしいというように、金を道に投げつけた。車夫が足りないと抗議すると、罵倒しながらひっぱたいた」。師範学校の教師でさえ「朝鮮人と犬は殴らないと言う事をきかん」といっていた。一般に「朝鮮人が死んだって風が吹いたほどにも感じない」風潮にあったのである。

また大正末期、五歳だった金達寿がはじめて見た日本人は高利貸しの徳田某であった。徳田は慶尚南道にある金の家に「手に猟銃を持ち、猟犬を引きつれて」あらわれた。そして「祖母や母が泣き叫ぶなか、籾俵を積み出」した。ついには役人がやってきて、「家の柱や、家財道具の箪笥にまで赤い紙をベタベタ貼って」行った。それが「郷里におけるわが家のおわり」であった。金達寿は後に、在日朝鮮文学者の嚆矢ともいわれるようになるのだが、彼が日本にやってきたのは、「高利貸しの徳田が朝鮮にわたった」からだった（高崎宗司『植民地朝鮮の日本人』）。

子どもの頃の森崎は、こうした暴挙を目にすることはなかった。それは、リベラルな家庭方針の父母のおかげでもあるのだが、ある程度、隔離された日本人街に住んでいたからでもあろう。彼女が生まれた当時は併合後二十年たって、都市はととのい、住宅地はのんびりして、表面上は、少なくとも急激な変動を感じさせないほどの治政下にあった。神社も建てられ、寺もできた。第八十歩兵連隊、憲兵隊がおかれ、地方法院、覆審法院が裁判所をつかさどり、管轄する警察署もあった。ほかに商工会議所、米穀取引所、原蚕種製造所、製糸工場、蚕業取締所など、内地さながらである。

坂をのぼると台地が広がっていて、陸軍の将校官舎があった。そこは木立にかこまれていて、垣根をめぐらした家々が奥に向かってならんでいた。その丘の端のほうに、三軒だけモダンな造りの民間の住宅があった。森崎一家は、裏手が空地になっているいちばん奥の家を借りていた。坂の上は大尉以上の軍人で、少佐・中佐・大佐・少将と階級が上になるほど奥に入り、家も大きくなるので分かりやすい。いちばん奥は歩兵第八十連隊の連隊長の家だった。坂の下にも陸軍官舎があった。

坂の下の陸軍購買所から、毎朝注文をとりにくる。レコードもそこで買ってもらった。ときに富山の薬売りもきて、紙ふうせんをくれる。オモニが束ねた松葉を頭にのせて、ストーブの焚きつけはいらんかね、とやってきた。子どもは家のまわりで遊んでいて、奥の方へ行くことはなかった。いちばん奥の広い芝生の家に行ったのは、同級生に連隊長の子が転入してきてからだった(『慶州は母の呼び声』)。

こうして森崎の筆にゆだねるだけでも、のどかで豊かな生活であったことがよく分かる。市街地には朝鮮人の瓦屋根の家々にまじって、日本人の家も建ちならんでいた。ヤンバンサラムの家は大きな屋敷に瓦をのせた高い塀をめぐらし、金持ち風であった。サラムとは人のことで、朝鮮人は日本人のことをイルボンサラムといい、逆に日本人は彼らを朝鮮サラムといった。

一家は朝鮮語を使えなかったから、母はオモニにはなしかけられると、

「朝鮮マル、モルゲッソよ」

朝鮮語は知らないの、といい、そして問いかけた。

「イルボンマル、オモニ、アンデ?」

「アンデヨ」

日本語、おかあさん、だめなの? だめ、だめ。和江は母とオモニの会話をそのようにはなし

ているのだろうと思って、聞いていた。

家にはお手伝いの朝鮮人の娘がいて、ときどき陸軍官舎のあいだの広い道を通って、池のほとりまでつれていってくれた。ある日、「和ちゃん早く早く、きてごらん」というから駆けだしていくと、お嫁さんの行列だった。

「あのお嫁さん、朝鮮サラム？」

「そうよ、日本のお嫁さんもあんなにするの？」

「知らない」

ほんとうに、内地の結婚式のことは知らなかった。

「ネエヤもお嫁さんになるの？」

「そうよ」

ネエヤがよそゆきのチマチョゴリに着替えて里帰りすると、さみしくてたまらなかった。

「早く帰ってきてね。すぐ帰ってきてね」

このネエヤは後になって、ほんとうにお嫁に行った。ネエヤの日本語はたちまち上達したので、和江が相手国のことばをおぼえる必要はなかった。併合後は日本語が強要されたからである。

幼少期と肉親を語る森崎は饒舌《じょうぜつ》である。心の通いあう肉親とネエヤたちにかこまれて日々を暮らし、幸福に酔い痴《し》れている姿が容易に想像できる。しかし成長とは残酷なものである。事態はそう甘いものではなく、その深刻さが見えてきたのだから。十代も半ばになると、「権力によって民族語をうちくだくことはゆるしがたい残忍」さであることに、森崎は気づいた。ことば一つをとっても「わたしたちの生活そのものが、そのまま侵略」だったのだと、振りかえらざるを得なかった(『ははのくにとの幻想婚』)。
この侵略について、長いこと森崎はその不透明さに悩んでいたが、あるとき竹内好のことばに出会って、はっと息をのんだ。竹内好はいった。
「そもそも『侵略』と『連帯』を具体的状況において区別できるかどうかが大問題である」(竹内好『日本とアジア』)
森崎はこのことばを知ったとき、感動でからだがふるえた。良心的な生き方もまた、「連帯という名の侵略」にすぎない。はっと息をとめて日本のくにを見直す思いだった。

父は折々に、「うちは貧乏なんだよ」といって、心の甘えをいましめていた。事実、母が女学生のときの袴をほどいて和江の服に仕立てたりしていた。あっちを向け、こっちを向けといって、しげしげと眺めている姿は、元気な頃の母の思い出として忘れがたい。

最初、父は、大邱公立高等普通学校の教師をしていた。その頃は内地も外地も小学校六年生までが義務教育であった。だが、当時でも就学率は百パーセントというわけにはいかず、それ以前の学校制度の小学校が四年制であったことにならって、四年を終えると子守りや店の奉公に出される子が多かった。樋口一葉は明治五年生まれだが、小学校を四級で退学させられて「死ぬばかり悲しかりしかど、学校は止めになりにけり」と嘆き悲しんでいる。

森崎は周囲の状況から、高等小学校はおろか、女学校まで進んで当然と思っていた。「からゆき」に触れて、いかに自分が内地の状況に無知であったかを知らされるのはずっと後のことである。

大邱には小学校、高等小学校、中学校、高等女学校、高等商業学校、高等農林学校、技芸学校、師範学校、医学専門学校など、ある意味、日本以上の学校がそろっていた。小学校と中学校、高等女学校は日本人が通学する学校で、朝鮮人の通う学校は別になっていた。そして朝鮮人の小学校を普通学校と呼び、中学校を高等普通学校、女学校を高等普通女学校といった。

つまり、森崎の父は大邱公立高等普通学校だから、朝鮮人の少年たちの五年制の中学校に勤めていたことになる。朝鮮人の家庭では当然、朝鮮語であったが、併合後は、国語は日本語ということになり、学校では日本語が義務づけられた。進学する朝鮮人の子弟の多くは知的な家庭の子どもで、日本人と変わらぬ理解力を日本語にも示したと森崎はいう。だがそこには、ことばではいいあらわせない葛藤があったにちがいない。それは彼らをみちびく教師がいちばんよく知っていることであった。

京城の普通学校（朝鮮人学校）に勤めていた清水節義は、朝鮮語の使用がゆるされず、朝鮮の歴史を教えることも禁止されているなかで、朝鮮人の子どもたちの「反感や憤懣が、その顔つき、目つきから手にとるようにわか」った。清水は戦後になって、「母国語を取りあげておいて、いったい何の教育ができよう。作文ひとつ書かせるのにも、他民族のことばでは感情を表現できないのは当然である。……これでは人間形成などありえない」と批判している（『潮』一九七一年九月）。これは、おおかたの朝鮮人生徒を教える教師の悩み、憤怒でもあったろう。

家ではあまり学校のことを口にしなかった父であったが、やがてそれは時局の変化とともに、おおい隠せない現実となってくる。

森崎はネエヤが里帰りしているときなど、父に宿直につれていってもらうこともあった。いそいそと画用紙やクレパスを手提げにいれ、ポプラ並木の学校が見えるところまで、うれしくて、ずっとしゃべっている。父が、ぽつりといった。

「和江は物書きにはなるなよ。おとうちゃんも童話を書いていたけど」

何の話をしていたのか、その父のことばだけが記憶に残っている。物書きにはなるなよ――何か意味のあることを示唆していたのであろうか。父が童話を書いていたことも初耳だし、唐突にそんなことをいうのも不思議でならなかった。

あるいは、自分の挫折体験として語ったのかもしれない、とも思う。そういえば、母が病んで寝込んでいた頃、ドイツ留学が駄目になったことをふと思い出したようにいったことがある。母が笑いながら「そしたら、私と出会いませんでしたね」といったので、父もそれに応じて笑い、話はそれっきりになった。父は恩師の煙山《けむやま》専太郎や安部磯雄を尊敬していたから、ドイツから帰ったら研究所に入って、物書きみたいな職種に就きたかったのかもしれない。またはもっと切実に、戦時下の統制のなかで、物書きは不自由であったから、そんな影響を心配したのだろうか。いまもって、それはナゾである。

併合から十九年目、光州抗日学生事件が起った。光州は半島の南のほうの都市で、日本人中学生が列車通学の朝鮮人女学生をからかったことに端を発する。日本人生徒と朝鮮人生徒が乱闘となり、それは朝鮮各地での抗日学生運動にまで発展した。朝鮮人生徒らは警察や光州日報を襲撃し、六・一〇万歳運動以降、朝鮮半島における最大の独立運動となった。男子学生が通学途中の女子生徒をからかうなどは、どこにでもあることだが、それで収まらないのが植民地の難しさである。

光州事件は父の学校にも波及していたのだろう。幼い森崎の胸の底に、小さく影を落としていることがある。母の涙声で目をさました。「行かなくてもいいでしょう」といっていた。父が叱り、出ていった。

「おかあちゃん……」

心細くなって声をかけると、母はいった。

「おとうちゃんは宿直の先生からお使いがきたから、学校に行ったの。さ、心配しないで眠りなさい」

翌朝、父はいて、何事もなかったように談笑していた。小さな渦巻きのような記憶はそこで途切れている。

夕方、台所に立って卵の黄身でマヨネーズをつくっている母にいう。

「お隣に遊びにいってもいい？」

「夕方はいけません」

「おじちゃんは夕方しか帰ってこないの。おばちゃんの邪魔をしなかったらいい？」

「いけません」

母は器の卵黄をかきまわしながら、きつい口調になる。

「おじちゃんがね、煙草の煙でドーナツ作ったの。またしてあげるっていったから、行ってもいい？」

お隣の金さんのおじちゃんは、道庁か府庁に勤めていた。日本人にも朝鮮人にもめずらしい鼻すじの通ったハンサムで、カラッとしていて豪快だった。男の子と女の子の赤ちゃんがいた。ある日、本を読ませてもらっているとき、おじちゃんが帰ってきた。

「やあ、かずちゃん、きてたの」

そういって背広をチョゴリとパジに着替えると、煙草を吸った。そして、寄っていった和江の頭に煙を吹きかけた。頭の中があったかくなった。

「ほうら、髪が燃えたぞお」

「燃えないよう」

和江はあわてて頭をこすった。

「わるいおじちゃんね」

赤ちゃんを抱いたおばちゃんが、笑ってたしなめた。

こういった描写は映画のひとコマひとコマのように、読者である私の目にくっきりと映る。

金さんのおじちゃんは、金玉均という朝鮮のえらい人の親戚だった。おじちゃんが日本に留学しているときに、日本人のおばちゃんと大恋愛をして、内地からつれてきた。京城にいるおじちゃんの両親はそのことに反対して、一緒に住まないのだという。和江は父母の話から、そんなことを想像した。が、金さん一家は民族意識も差別観もなく、ゆいいつ、親しみを持てる「他人の家」であった。ずっと後のこと、森崎が受験で内地にわたるときに、釜山にいた金さん宅に寄って、お弁当をこしらえてもらって渡海した。

金玉均は、日本の明治の自由民権運動の頃からよく登場する人物である。親日家で、韓国の近代化をはかったが、クーデターに失敗した。そのことで政権をにぎっている保守派ににらまれ、さいごは刺客によって上海で暗殺された。祖国では凌遅刑（肉体をばらばらにする）というひどい処刑をされたが、福沢諭吉らの奔走で、お墓は日本の青山墓地にある。ともあれ「後世の論理で云々する気にはなれない」という森崎の歴史観には、政治的判断とは異なる視点があって、無視できないのである。

3

森崎和江が大邱府立鳳山町小学校に入学したのは三四年（昭和九）である。大邱府の日本人小学校として三番目に創立され、生徒の大半は陸軍将校官舎の子弟であった。それは周囲の状況から何の疑問も与えない、自然の流れであった。しかし、徐々に分かることだが、森崎は次第に、日本人学校でしばしば緊張を強いられる場面が出てくる。

お向かいの陸軍大尉の子の文子ちゃんと同じ組だったので、毎朝声をかける。

「文子ちゃん、行こう」

当番兵が遠い兵舎から馬を曳いてやってきて、つながれた馬はヒンヒン鳴く。官舎の中には縦横に道があり、パッカパッカと迎えの馬が何頭もきていた。玄関や門の内外を当番兵が掃く。馬は長い脚を踏みながら、房のようにさらさらした尻尾でお尻をはらう。当番兵は掃除が終わったら馬の脚を手にとって、足の裏をしらべる。馬の足の裏には金具が打ちつけてあった。

森崎はビロードの服の上から白いエプロンをかけられ、紐は後ろで花結びにされていた、というから、昭和九年という時代を思えば、内地でもそこまで恵まれているのは、ごく一部の上流階級の家庭でしかない。上履き入れの袋は、内側に薄いゴムが張ってある赤い袋で、まりつきをしている女の子がアップリケしてあった。やがて文子ちゃんがおかあさんに送られて出てくる。

「い〜きましょう」

文子ちゃんは緑色とカーキ色のまじったセーラー襟のワンピースで、やはり白いエプロンをその上から着せられていた。

下の官舎の池のまわりを通りぬけると、官舎もここで終わりなので、少し緊張する。「遠くへいってはいけませんよ」と母にいわれた畦道も通った。生き肝をとられた女の子が寝かされていた麦畠を思うと、どきどきした。「ひけしん坊だね、和江は」。母が郷里のことばらしい方言で娘の臆病をあきれた。

ひけしん坊はしばらく続いて、小学校の便所が気味わるくて、おもらしをした。ちょうど文子ちゃんのおかあさんが参観にきていたから、濡れた下着は新聞紙にくるんで、母に「はい、お土産よ」といって渡してくれた。和江は学校にそなえつけの白いズロースをはかされて、すごすごと帰った。

「サイタ　サイタ　サクラガサイタ」「ススメ　ススメ　ヘイタイススメ」を国定教科書でならう頃、畦道にも慣れて、おもらしもしなくなった。一年生は三クラスで、聞けば、軍人、官吏、司法関係者、医者の子が多く、いま思えばやはり特殊な環境であった。

大邱は併合以前から「前途有望なる大邱」と喧伝され、米穀商や金融業者、不動産業など日本人が増えた。農業者が少ないのは、実働より実入りのいい経営者、つまり不在地主になるからであった。森崎の通う学校は第三小学校といわれ、日本人の居住地が広がってできた学校である。

新市街にある第一小学校、第二小学校の子らは、「第三小学校ボロ学校、入ってみればクソだらけ」とはやしたてた。第三小学校は第一、第二小学校の子らのように華やかではなく、奔放さもない。自分たちも「第三小学校ボロ学校」とうたっていた。勤め人の家庭がほとんどで、児童はみなこざっぱりとして地味だった。公職者の俸給は役人も教員も、内地の六割増しだったから、ほとんどの家庭にはお手伝いがいた。

このように森崎の筆からは、のびやかで愛らしい子どもの頃の姿が存分に伝わってくる。

学校に慣れると、楽しみは授業時間より登下校であった。下校のチャイムが鳴ると、はじけるように校門を走りでて、別れ道の三叉路でひとしきりさわぐ。

「さよなら三角、またきて四角」と、友たちのランドセルをたたく。「四角はトーフ　トーフは白い」と、友だちがたたきかえす。それからウサギ、カエル、柳、ユーレイ、電球と続くのだが、さいごの「光るは親父のはげ頭！」までいくことはなく、「またあしたァ」でそれぞれの家路につく。

その頃のことば遊びでこんなのがあった。

「ロシア、ヤバンコク、クロパトキン、キンノタマ」

男の子も女の子も走ったりしゃがみこんだり、道草を食いながらうたってキンノタマであははと笑う。何ともいえない開放感があった。ロシアは地続きだし、クロパトキンは日露戦争の折の敵国将軍である。

当時のわらべ唄には、敵国のロシアやチャンコロ（清国）がよく出てきた。私も、「一列談判破裂して　日露戦争はじまった　さっさと逃げるはロシア兵　死ぬまで戦う日本兵……ハルピンまでも攻め落とし、クロパトキンの首をとり」と姉たちがうたいながら、縄跳びやお手玉をしていたのを思いだす。内地で歌われているのを、誰かが伝えたのだろうか。あるいはその逆かもしれない。

家庭の遊びとちがって、外でおぼえる遊び歌はリズミカルで刺激的だった。

「月曜の晩に、火事が出て、水持ってこい、木ベイさん、金タマ落として、泥だらけ」

月、火、水、木、金、土と続き、学校が休みの日曜はない。家で得意になって妹にうたって聞かせると、叱られた。それから家ではうたわなくなった。

こんなくだりを読むと、森崎和江は案外、快活でお茶目なお嬢ちゃんだったのではないか、と思われてくる。それが植民地での育ち、日本に帰ってから自分で跳びこんでいった社会の荒波にもまれ、みがかれて、思慮深さに深度を増していったのだろう。私が会ったのは八十五歳という高齢であったけれども、ひょうきんの片鱗は持ちあわせていた。半日のインタビュー中、幾度か笑わせられたのである。

夏休みだった。文子ちゃんがプールに行くというので、和江も水着に着がえ、浮輪を持ってついていった。しかしそこは、陸軍官舎内のプールで、将校の子弟専用だった。水しぶきを散らせて遊んでいる子らをみて、黙って帰ってきた。泣きそうになったが、母にくわしい報告はしなかった。

数日後、裏の空地にプールができた。金さんと森崎の家の台所からホースで水を注いで、一日中遊んだ。プールのそばに植えてあるトマトが真っ赤に実り、母がトマトケチャップを作った。

秋になってスケッチ大会がおこなわれた。森崎は家の垣根に腰をおろして、文子ちゃんの家を写生した。師範学校で展覧会があり、「おむかひのいへ」と題をつけたその絵は、賞状をもらった。植民地での図画の時間は、文部省の教科書を度外視して、比較的のびのびとしたものだったようだ。しかし、内地の子どもなら誰でも知っているようなことを知らなかった。森崎はそれを「生活の基盤となる田畠に関する常識」といっている。

ある日、下校の途中、麦笛を作ろうとして田んぼの穂のついている茎を引っぱった。茎はなかなか抜けず、笛の長さに切ろうとしてもできない。

「笛、鳴らんよ。麦でないからだめだよ」

どこかで声がした。朝鮮人の男の子だった。森崎は茎を放って一心に走って帰った。朝鮮人の男の子たちは笛にとてもくわしい。麦笛だって歌をうたうようにピイピイ鳴らす。夕食のとき、聞いた。

「麦笛が作れる麦と、笛にできない麦があるの？　今日、学校の帰りにやってみたけどだめだったの」

「麦笛？　いまあるのはお米でしょ。麦は春なの。田んぼにあるのは稲よ」

「稲？　どうして稲？」

「麦の季節が終わると、お米を作るの。だから、いまは稲を植えてあるのよ」

頭のなかがこんがらかった。

「おかあちゃん、お米と麦とちがうの？」

母が父の顔を見た。

「知らなかったの」と母がいい、

「麦を見たことなかったんだね」と、父がつぶやいた。

翌日、母は和江を呼んで、米と麦のちがいを見せた。植物図鑑も注文して本屋が持ってきた。けれども、写真では区別がつくのだが、どうしても実物と結びつかない。知識で知っているのと実体験とのちがいである。

身近に、農作業にいそしむ日本人がいなかった、といっても、それは言い訳になるだろうか。後年になって森崎は、「それは何よりも植民地の日本人を語るかに思う」と述べている。「古いもの、不便なもの、肉体労働を必要とするものは、クラスメートの家庭でも目にしな」い暮らしの中にあったのだ。

その頃、朝鮮人は米を日本に輸出して、代わりにまずい外米と粟とで空腹を満たしていた。こんな現実を、植民地の子らは知る由もない。

雪が降り、雪だるまを作って、校庭で雪合戦をした。毛糸の手袋をストーブの周りにかけて乾かすのは、内地の子どもと同じである。スキー帽をすっぽりかぶって、耳も襟巻でおおって、毛糸の靴下で雪ソリをした。どこをどう取っても、子どもらの会話に農作業の話は出てこなかったし、米を作っている家庭の子はひとりもいなかった。田植後の青々とした田んぼを見ながら通学しても、オモニやアボジが野良仕事をしていても、それを「米とも麦とも知らずにいるふしぎさ」が、森崎の「幼時を色どっていた」のである。

米と麦の識別ができなかったことの根は深く、森崎のコンプレックスのひとつとなって、尾を引いた（『慶州は母の呼び声』）。

父母は季節ごとの行事を大事にし、端午の節句にはコイノボリを揚げて、しょうぶ湯に入る。節分には父が鬼になり、雛まつりにはお雛さまの前で食事をした。母方の両親にはまだ認められない結婚であったが、お盆には位牌のない仮こしらえの仏壇にほおずきや白玉だんごを供え、母がきゅうりや茄子で小さな馬を作ってご先祖さまを迎えた。真似ごとであろうとも、若い父母の必死な思いのみが眼裏《まなうら》に残る。クリスマスが過ぎ、年の暮れには餅つきもやった。ピアノやバレエ、日本舞踊など、子どもたちのおけいこごともさかんであった。

日本では昭和の不況期で、失業者三十万人といわれていた頃である。植民地という、庇護された特殊な環境が砂上の楼閣のように思えるまでにはまだ間がある。

満州事変は森崎四歳のときで、記憶にはない。三一年（昭和六）、満州（中国東北部）で日本軍は中国軍と戦ったのだ。事実上、日本の中国侵略であった。

二・二六事件のことは、早川のおじさんの記憶とともに鮮明におぼえている。三六年（昭和十一）二月、東京で青年将校がクーデターを起こしたが、未遂に終わった。日本は世界恐慌のあおりで大不況におちいり、政財界の癒着、社会の貧富の差などがはげしくなり、若い将校たちは不満を募らせていたのだ。

森崎は父母の会話でそのことを知り、反射的に早川のおじさんのことを思いだした。父は陸軍官舎の誰ともつきあいがなかったが、どういうわけか、そのころ少佐であった早川のおじさんは「森崎先生おられますか」と、大声で叫んでやってくる。ときに当番兵もつけずに帰宅し、おかあさんと二人暮らしの家から馬を走らせて、ひょっこり現れた。

その朝、大邱も雪が五センチほど積もり、雪道をきしきしいわせながら登校した。それ以後、早川のおじさんの姿をみていない（同前）。

二　自由放任

1

私の子どもの頃も、農家でありながら早々に米びつが底をつき、家族の食いぶちを失くす家がなかったわけではない。

だが、春窮《しゅんきゅう》はちがう。私は森崎和江の書で、はじめてこのことばを知った。

朝鮮でも貧しい農家は春先には食べるものがなくなる。正月を過ぎたあたりから、貯えていた芋や漬物も乏しくなって耐える日が続く。畠の凍った地に野菜はなく、野に摘む野草も芽を出さない。それは内地でも同じであったが、植民地の朝鮮では、一層問題が深刻であった。なぜなら、入りこんできた日本人があり余るほどの食料を買い溜めし、利殖目的に値をつりあげて売ったからである。朝鮮人でもヤンパン家庭では、米麦はもちろんのこと、野菜も豊富に貯え、漬物にして春窮を知らずに暮らしていた。

森崎の通学途中には、アボジが牛の尻を手綱でたたきながら田を耕す光景が見られた。すっかり枯れてしまっている畦道では、鼻をたらした子どもが棒きれで一心に草の根を掘っている。就学年齢になっても学校に通えない子どもたちだった。

大邱には紡績会社や製糸会社がいくつもあって、高い煙突が立っていた。二年生になった森崎は、田畠のなかの畦道ではあきたらず、冒険心をおこして遠回りするようになっていた。バス道路に出て、片倉製糸の正門前で折れてから自宅へ帰る。そのほうが友だちが多いので、長く遊べた。片倉製糸の向い側は住宅地であったから。

ある日、思いついて友だちにいった。

「片倉製糸の中を見せてもらわない？」

「見せてくれるかしら」

「大丈夫よ。見学だもの、見せてくれるでしょ。絹糸作ってるのよ、ここ」

「行こう行こう」

守衛さんにはなし、事務所にいき、係のおじさんに案内されて工場に行った。

だが、工場に一足入って、森崎は後悔した。女の子と目が合ったのだ。森崎はこのときの状況を、こう書いている。

くるくると廻る機械の前に腰掛けて手を動かしながら、ちらとわたしを見たその子は、わたしより幼く見えた。その目はかなしげだった。戸口は開いていた。開いている戸口の、すぐそばにいた。何か考えていた目を、こちらへ向けたのだ。汚れたチョゴリを着ていた。

（『慶州は母の呼び声』）

部屋は機械の音が雑然とひびいて、ゆでた繭のむっとする匂いが充満していた。絹の糸引きは機械がやるのではなく、人の手でやるということをはじめて知った。ずらっとならぶ糸巻きのような機械の前に、ひとりずつ腰かけて、誰ひとり顔をあげない。そんなヒマなどないのだ。

目が合ったのは、いちばん年少の子で、あとは十二、三歳ほどの子や、娘やオモニなど、みな朝鮮人であった。茹でてくさい匂いを出している繭の浮く湯壺のなかから絶え間なく繭をつまんでは、くるくる廻る機械に細い糸をつまみ出して巻いていくのである。仕事が終わることはなく、果てしなく続くかにみえた。女の子たちのいたいけな指は白くふやけていた。

「もういいです。ありがとうございました」

友だちを振りはらって、森崎は走り帰った。頭の中がもやもやとして、整理のつかぬ感情が粘っこく澱んでいた。

私は、森崎はこのときはじめて、自分のおかれた立場をはっきりと認識したのだと思う。毎日ぬくぬくと豊かさを享受して育っている自分が、彼女らを支配している日本人のひとりであることを。これまでは何となく父母の会話や、周囲をとりまく人たちから感じとってはいたが、これほど切実に感じたことはなかった。森崎は妙に居心地のわるさに、さいなまれたにちがいない。

森崎、九歳。これまで純粋培養で育てられてきた少女の、小さな自我のめざめである。これから、徐々にそういった疵《きず》を重ねていくのであるが。

しばらくして色白の女の子が内地から転校してきた。先生が、おとうさんは片倉製糸にお勤めです、といった。森崎は何か、割切れぬ思いがして、なぜ内地からあの工場へ？　と不審に思った。下駄箱のところで二人になったときに、聞いた。

「どうして内地からきたの?」

その子は知らない、というふうに頭《かぶり》を振った。工場で働いていた幼い女の子の顔が目の前にちらついた。何しに片倉製糸にやってくるのだろう。ここには朝鮮人の大人がいくらでもいるのに。にわかに大人にたいする疑念がわいて消えなかった。

妹も入学し、三年生になって、担任も新しい女の先生にかわった。学校から、家庭の教育方針についての用紙がくばられた。父がすらすらと「自由放任」と書いてくれた。それは「自分が正しいと思ったことをのびのびとやり通し、責任を引き受けること」を意図している。そして和江は、製糸工場の女の子を思いだし、「ひとりのひらかれた生き方は、他の人びとの人生をもひらかれたものとしない限りは、ひとりよがりになるのだ」と、肝に銘じて教えられたのであったのだ。

ところが翌朝、この用紙をみた先生の顔色がかわった。眉をしかめ、きびしい表情になったのだ。利発な少女は、何か先生の気分をそこねることをしたことに気づく。表面は知らんふりをしていたが、先生の態度は一転して冷たくなった。何かにつけて除《の》けものにしようとする素振りが、ありありだった。

その頃、自由といえば赤い思想であった。赤いとなぜ悪いのか、大人は説明してくれない。先生は自由ということばが嫌いらしいけど、森崎は父母や金さんのおじちゃんやおばさんのことを、自由というのだと思っていた。そのときの様子を、森崎はこのように描写している。

五月に入ると学芸会がある。幾人かが居残りをして練習をする。わたしもその中にまじってけいこをしている。一、二年のときの担任の先生が振付けをし、新任教師とともにけいこをつけてくれた踊りである。会が終って、町の写真屋がきて記念写真を写す。新任教師がポーズをとらせた。わたしと文子ちゃんの二人に。

「あ、先生ちがいます。わたしがこうやって首を曲げて立っていました」

「いいの、あんたは。先生の言うとおりにしなさい。文子ちゃん、あなたの方が素直でいいわ。やっぱり家庭の教育方針がちがうもの。従順でないといいポーズもとれないわね。文子ちゃん、あなたが立姿なさい。もう少し首を曲げて。そう。あ、かわいい。はい、写真屋さん、おねがいね」

（同前）


こういうとき、子どもはどうするか。親に訴えるか、めそめそ泣いて、理由を聞かれても頭を振るくらいがせいぜいだろう。大人の理不尽を心に感じても、ことばにならないのが普通である。ところが森崎はそのどちらでもなかった。困ったな、と思ったが、父母にははなさなかったのである。そしてお腹のなかで、この先生はあまり立派なひとではないなと思った、という。

その後、すぐ家庭訪問がはじまった。

文子ちゃんの家が先で、先生が出てくるのを待っていて、いった。

「先生、こんどはわたしのところですね」

先生はそれには答えず、ずんずん別の人の家に行った。森崎はその家の前で待ちつつ、思った。

（母になんといおうか）

先生はとうとう「今日はあなたのところには行けません」といって、帰っていった。子どもは教師のえこひいきに敏感である。そして担任の不当なあつかいに胸がつぶれたにちがいない。あえて恨みがましいことは述べていないが、これも在りがちな不条理の一つである。こうして森崎は大人の社会の一端を知らされつつ、成長していくのである。

その頃、森崎は昭ちゃんという男の子と仲良くしていた。昭ちゃんはほかの男の子みたいに戦争ごっこは好きではなく、少しむずかしい話をする。それが面白くて、互いの家を行ったりきたり、遊んだり勉強したりした。

そんなとき、先生に呼ばれた。

「級長と副級長とで仲良くするものではありません。こそこそしているとおとうさんにいいつけます」

「こそこそしていません。うちでも一緒に遊んでいます。昭ちゃんのおかあさんに聞いてください」

はっきりといい返す生徒の目に、腹が立ったのだろう。先生は憎々しげに睨むといった。

「女は従順でなければいけません。はい、といいなさい」

銀ぶち眼鏡の奥から、いら立った視線を放っていたから、とまどった。

「はい、わかりました。気をつけます」

といったが、承服できるものではなかった。わたしと昭ちゃんとが何をしたというのだろう。でも、先生にヒステリックになられると困るのだ。ていねいに礼をして教員室を出ながら、あれこれ思った。

四年生になると男女別々の組になって、昭ちゃんとも別れた。授業も女子は裁縫、男子は工作と内容も変わる。

ある夕方、父があわただしく帰ってきて、外出の用意をした。母はおろおろしながら何事かはなして、呼んだ。

「和江、ちょっといらっしゃい」

「何？」

「昭ちゃんのおとうさんが亡くなられたの」

「どうして！」

「急病で倒れられたの。お仕事で出張してらして」

「昭ちゃん、どうするの？」

父がいった。「今夜はおとうちゃんが会ってこよう。和江は葬式の後、元気を出すよう、慰めてあげなさい」

母が父を見送ってから「昭ちゃんはお家の大黒柱になったのよ。そうでしょ」といった。昭ちゃんが一家の大黒柱となったと聞いて、悲しみが湧いた。美しいおかあさんの顔が浮かんだ。女子クラスが葬儀に出ることはなく、何もかも終わった。子どもらを置いてきぼりにして。学校で昭ちゃんの姿を見ないので、しばらくして官舎を訪ねていった。おかあさんも犬もいなくて、がらんとした家は次の専任者のために、掃除がしてあった。

担任の先生との間の拮抗《きっこう》とともに、胸に重く残る昭ちゃんの思い出である。年端《としは》のいかない子だからといって、親や教師はいい加減にあつかってはいけない。子どもは理屈がいえない分、直感はするどいのだ。ここには、間然《かんぜん》するところなく、少女の森崎の気持ちがあらわれている。

家の裏の空地の向こう側は孔子廟であった。儒教の国である朝鮮は、その創始者の孔子をあちこちに祀っている。もっとも鉄条網が張ってあって、空地から直接行くことはできない。坂道を下って、ぐるっと遠回りしなければならないのだが。

いつか、孔子廟の前あたりで、ままごとにする草花を摘んでいたとき、鉄条網をはさんでひとりの女の子が立っていた。目が合ってにっこりした。寄っていくと、女の子が手に握っていた木の皮みたいなのをくれた。食べてごらん、というようにその子は一本口にくわえた。真似して口に入れると、ピリッと辛みがはしった。二人してニッと笑った。それからじゃんけんをして、勝ったら横に動く遊びをした。鉄条網のあっちとこっちで。

孔子廟のずっと向こうの朝鮮家屋から、子どもを呼ぶ声が聞えた。女の子はちょっと振り返ってから、走っていった。

次の日、空地で待ったが、その子は出てこなかった。その次の日も。朝鮮人の子と二人だけで遊ぶのは初めてで、再び会うことはなかった。おそらく同じくらいの年齢だが、学校には行っていなかったのだろう。日本語が通じなかったから。大人になって聖護院八つ橋というお菓子を食べたとき、あの木の皮は肉桂《ニッキ》だと知った。

盧溝橋《ろこうきょう》事件は三七年（昭和十二）七月七日の七夕の夜、北京郊外の盧溝橋付近で起った。日本軍と中国国民革命軍との衝突事件で、日中戦争（支那事変）の直接の導火線となった。――これがたいていの教科書に出てくる事件のあらましである。森崎は将校の子らが通う学校にいたこともあって、事件の周辺を語っている。それは内地にいては推《はか》り知れない、緊張の中にも弛緩したところがあって、興深い。

はじめに鉄道警備中の日本軍に攻撃をしかけたのは、シナ軍だった。それまでも不平分子である匪賊《ひぞく》との争いはたびたび報道されていたので、すぐに治まるだろうと思っていた。そのうち八十連隊も出征した。

小学生は、軍旗を先頭に出征する将兵を、中央通りの朝鮮銀行の四つ角に整列して見送った。日の丸の小旗を振りながら。文子ちゃんのおとうさんも馬に乗って駅に向かった。ほかにも友だちのおとうさんが何人か出征し、学校では生徒たちが慰問袋をこしらえて送った。

盧溝橋事件はよく起る衝突の一つ——ほとんどの大人はそう思って、楽観視していた。それが局地戦ではなく、中国政府の軍隊との戦いだと知ってからも、戦火はそう続かないと思っていたのである。しかし、よくあることだが実際にはその逆で、真相は一般には知らされていなかった。盧溝橋事件が日本の関東軍の挑発による意図的なものだと知ったのは、かなり後、敗戦後のことである。

明治政府は維新以来、西欧に一歩おくれた分をとりもどすべく、殖産興業と富国強兵につとめ、国民皆兵制度をしいた。日本男子は二十歳になると兵隊検査を義務づけられる。合格して軍隊に入ることを誇りとした。そして、維新後二十数年にして清国をやぶって台湾を領土とし、さらに日露戦争にも勝利した。こうして軍部は高揚感をあおり、戦争賛美に結びつけた。それは戦死しても名誉の死、という思いにつながった。

戦勝によって領土は広がり、新たな市場をうみだした。シナと呼んでいた中国東北部に満州をつくってからは、北支、中支、南支に軍隊を送りこみ、支配し続けた。ヤンチェという人力車に乗るのは日本人で、ヤンチェを引いて走るのはシナ人だった。シナという呼称を誰も疑うことなく、「正式な中国大陸の民族総称だと思い」使っていた、と森崎は語っている。

シナが侮蔑語かどうかは、近年になっても時折、物議をかもしたりする。そもそも「シナ（支那）」ということばは、始皇帝の建てた「秦（シン）」帝国が語源とされ、むしろ栄《は》えある名称という考え方もある。日本にも仏典を通じて伝えられ、平安時代からずっと引きつがれ使用されてきた。

このように「シナ」は外国人が中国をよぶ呼称として、それなりの歴史的根拠があるのだが、問題はその後だ。戦前、戦中、日本の中国侵略と結びついて、中国にたいする蔑称として使用されたことがあり、それが尾を引いているのである。日本政府は当時、「中華民国（中国）」という正式国号を無視し、ことさら「シナ」「シナ人」と呼んでさげすむ態度をとってきた。それは、中国侵略のときに唱えられた「膺懲《ようちょう》支那」（支那を懲罰せよ）といったスローガンにあらわれ、根は深いといわざるを得ない。

話をもどすと、子どもたちは戦争に負けるなど考えもしない。学校の生徒は八十連隊が出征したので、晴々と気分もうきうきしていた。

「文子ちゃん、おとうさんはどこに行ったの」

「北支よ。八十連隊はみんな北支よ」

第三小学校は出征将校の子弟校である。戦勝のしらせが入り、慰問袋のお礼状がとどいて歓声があがった。八十連隊からは軍服の修理が届いて、ボタンつけとかボタン穴のかがり縫いをした。軍服は洗ってあるのだが、汗くさかった。

ここはお国の何百里
離れて遠き満州の
赤い夕陽に照らされて
友は野末の石の下

（真下飛泉作詞・三善和気作曲）

満州は兵士たちにとって、ロマンティックな別天地である反面、故郷から遠く離れた、孤塁の地でもあった。哀愁に満ちたメロディが郷愁を誘うのか、戦後（太平洋戦争）は軍歌が禁止されたにもかかわらず、人びとに愛され、歌いつがれた。私も子どもの頃、戦友が肩をくんでうたうシーンを映画か何かで見た記憶がある。

話はそれるが、これまで私は、植民地における日本人のあり方を微妙に感じとりはじめた少女の森崎をつぶさに描いてきた。しかしそれはほんの序の口で、それからも重い荷となって終生彼女を苦しめるのである。これは森崎だけが特殊だったというわけではあるまい。朝鮮だけでなく、同じ植民地であった満州はどうだったのだろうか。満州で青春期を過ごした、かつての少年・少女たちはどう思っていたのであろう。

森崎より四年遅く（昭和六年）生まれた映画監督・山田洋次は、機関車製造会社のエンジニアから満鉄に転職した父にともない、二歳のときに満州にわたった。満鉄（南満州鉄道株式会社）は、一九〇六年（明治三十九）から四五年（昭和二十）まで満州にあった日本の鉄道会社で、満州を代表する大企業である。

以来、奉天《ほうてん》（現・瀋陽《しんよう》）、ハルビン、新京《しんきょう》（現・長春《ちょうしゅん》）といった旧満州を代表する都市で過ごした。途中（九歳～十二歳までの三年間）、父の東京転勤により内地生活を送ったものの、再び満州にもどる。父の最後の赴任地は大連で、ここで終戦を迎えた。旧大連中学の二年生、十三歳であった。

二〇一〇年十月、山田洋次は映画の仕事で大連に行った折、かつて一家五人が住んでいた家を訪れた。もともとはロシア人が造ったレンガ建ての頑丈な建物で、現存していた。部屋数が八つか九つある大きな家で、現在は中国人五、六世帯が暮らしているらしい。家の前でたたずんでいたら、不審に思った中国人の老女が声をかけてきた。自分が昔、ここに住んでいたというと、「じゃあお入りください」と中に招じ入れてくれたという。

その老女はひとり暮らしで、なんと山田一家が応接間として使っていた部屋の住人であった。山田の父はクラシック音楽ファンで、かつてはこの部屋にマントルピースや大きな電気蓄音器がそなえつけられ、SPレコードもずらりと並んでいたものである。満州に住む日本人は往々にして、内地よりもずっと恵まれた生活を当然のこととして楽しんでいた。ことに満鉄の職員といえば世間に通るエリートで、肩で風を切っているような風情であった。老女は山田よりも少し年上に見える。日本が敗戦した頃はどこにいたのだろう。

「わたしは二歳のときからずっと、この街で暮らしています」

老女の話に、山田はことばを失った。ならば戦時中、彼女は若い娘だったはずである。山田の胸に、中国人がどんなにつらく貧しい暮らしをしていたかがよみがえってきた。

日本人は安い賃金で中国人を雇い、肉体労働や人がいやがる仕事を平気でさせてきた。大連の冬はことのほか寒さがきびしいが、彼らは食料や衣類も充分になく、飢えと寒さにふるえていた。日本人は暖炉にあたり、おいしいものを買いあさって満腹になるまで食べていたというのに——。

しかし、少年時代の山田洋次は、そうしたことにまで思いが至らなかったという。

「日本人は、中国人の土地に植民者として入りこんで、豊かな生活を享受していた。そして、中国人というのは貧しくて、汚くて、頭もわるいという、ひどい差別意識を持っていたんです。中学生だった僕も、なにも考えず、そういう差別の上にあぐらをかいていた。あの頃、街で中国人のこどもを見かけたときに、侮蔑《ぶべつ》のような気持ちを抱いたことを思いだして……そのおばあさんの手を取って謝りたい気持ちになりました」（梯久美子『昭和二十年夏、子供たちが見た日本』）

『男はつらいよ』シリーズをはじめ、『遥かなる山の呼び声』などの名作が中国で上映されている山田監督は、中国を訪れる機会が多い。大連だけでなく、かつて暮らしたことのある都市に行くと、決まってこう紹介される。

「山田監督は少年時代、この街で過ごされたことがあります」

そうすると、彼は身の置きどころがなく、罪人のような気持ちになる。少年時代の自分は中国人の生活のつらさや心の痛みに配慮できず、差別意識もあった。まずそのことをはっきり断わっておかないと、戦争の話はできないのだと、山田洋次はいうのである。

山田洋次はいまや、中国でも尊敬される映画人のひとりであるが、山田のみならず、大方の感懐はこういったものであろう。子どもの頃、うすうすと感じていた思いがある年齢に達して突然、シリアスな問題として発症することはよくあることだ。それは一般人にもありがちなことで責められることではない。ただ、森崎和江の場合、ごく幼少期から人の何倍も敏感に感じていたことで、それだけに根は深いのである。

森崎の話にもどろう。

負傷兵のしらせを耳にする一方で、新聞やラジオから流れる連戦連勝の報道は、学校の生徒をも活気づけた。敵国の首都南京が陥落し、昼は旗行列、夜は提灯行列がおこなわれた。森崎は、師範学校主催のシナ事変に関する児童画展に、千人針と提灯行列を出品し、どちらも入選した。

しかし正月が明け、雪遊びに興ずる頃から、ぱったりと戦局が途絶えるようになる。すでに朝鮮や台湾といった植民地の若者も徴兵に駆りだされていたのだが、一般には知らされていなかった。

2

冬休み明け、川の水もゆるみそうな晴れの日。それはこんな会話ではじまった。

「みんな、ちょっとおいで」

父がいった。

「こんど、おとうちゃんはよその学校に行くことになった」

「どこに！」

和江は四月がくると五年生、妹の節子は三年生、弟の健一は入学して新一年生になる。

「慶州。慶州中学校はこれからできるので、まだ校舎がないんだ。おとうちゃんはそこの校長になることになった」

「学校がないのに、どうして校長先生？」

弟が目を丸くして聞いた。

「慶州はむかし新羅といっていた頃の都だ。内地なら奈良の都のようなものかな。そこに李圭寅さんという立派なお年寄りがおられる。慶州李氏といって、古くからある名門氏族のおひとりなのだが、その方が李氏一門の学校を建てようとされておるのだ」

「ご自分たち一門の学校をですか」

母が驚いた。

「そうだ。以前は書堂とか書院とかいって、一門の子弟を教育する寺子屋ふうの学校をヤンバンたちは持っていた。が、子弟教育をより広い教育の場と考えられたんだ。それが慶州中学の基礎になったんだよ」

森崎は転校はいやだと思ったが、父の話を聞いているうちに、行ってもいいと思うようになった。父はいった。

「何度も何度も県庁や総督府に足をはこんで、公立なみの中学校にするように頼んで、ようやく許可が下りた。朝鮮人も内地人もいっしょに入れる学校だ」

それから母にいった。

「愛子に頼みがある。自宅にも人が訪ねてくるだろう。ぼくの留守中にどんな人が見えても、物品を受けとらないでくれ」

母は「はい」といった。父より九歳年下の母である。

「慶州はいい所だぞ。朝鮮人は誇り高く、そして地道な人びとが多い。伝統のある町におとうちゃんはいい学校を作りたい」

それから母は忙しくなった。親しくしているおばさんと二人、手拭を姉さんかぶりして真綿を引き、ふとんを縫ったりした。


この年の四月、一家は慶州北道慶州邑《むら》に引っ越し、父は慶州中学校の初代校長となった。父の転任の日、姉妹はセーラー服にそろいの草色の帽子をかぶり、弟は白いシャツに紺色の半ズボンをはいていた。質実にせよ、というのが父のモットーであった。母はヘアアイロンをかけて髪をととのえ、淡い色調の着物で伏目がちにしていた。

慶州公立小学校五年に編入した森崎は、よくもわるくも飛躍的な年になった。五年生という年齢もあったろう。戦争も親の世界も遠のくほど、彼女は慶州にどっぷりとはまってしまっていた。

私は宗像大社を訪れたときの、森崎のはなやぎを思いだした。そうか、慶州との邂逅はここにあったのかと、あらためて彼女のルーツをさぐる思いだった。

うれしいことに、慶州小学校は小さな学校だったので、男の子も女の子もいっしょの四十余名であった。森崎はこれで「男女別教育のうつうつした気分は消え果てた」と語っている。担任は情熱あふれる二十代前半の独身の男性教師で、雨の日などは少年小説を読んでくれた。それで安心して学校に本を持ちこんで読んでいると、さっそく「本虫」とあだ名がつけられ、「本虫、外で遊べ」と追いだされる。

クラスメートは野性的で、鼻水をたらしている子をはじめて見た。袖口で拭くので、そこだけてかてかに光っている。女の子は私服の上に幼稚園ふうのスモックのようなものを着て、親の職業が匂わない。前の将校の子のような雰囲気を持つ子も二、三いたが、多種多彩の子にまぎれて、いつしかいっしょになってたわむれている。無邪気な子ばかりではない。よくみると、無頼の徒もいて、親分子分の関係もあり、一匹オオカミふうの子もいた。その子はドスがきいていた。転入直後、一人で帰っているときに折りたたみ式のナイフを突きつけられ、森崎は片足を溝に突っこんだまま、しばらくにらみ合いをした。じっと目を見ていると、ナイフを畳んで去っていった。その男の子は転入してきた女子を見きわめようとし、森崎はそれに勝ったのだ。

　私は、多少の危険はあるとしても、こういう森崎の慶州小学校時代を聞くと、ほっとする。将校の子ばかりでは画一的で、面白味がない。成績は優秀かもしれないが、独創性に欠け、視野のせまい人間になる。こうして育った子が大人になって社会のリーダー層になったら、社会は小さくまとまって委縮したものになるにちがいない。勉強好きな子もいれば、運動面で力を発揮する子もいる。いろいろな人がいてはじめて社会は成りたつのだ。多様性をみとめる成熟した社会こそ望ましい。幼稚園から競争がはじまり、有名学校へのレールを敷くことが子どもにとっていいのかどうか、親は一考を要するべきだ、私はそう思う。

　森崎は転校して、子どもらしさをとりもどした。だいいち、「自由放任」と書いた家庭のしつけをみて、「ヨボ学校の先生の子だからね」という女教師もいない。ヨボとは本来、「ねえ」とか「あなた」などと親しい間柄で使う呼びかけのことばだが、朝鮮人の蔑称として使われていた。

　こんどの担任は前年からの持ち上がりなのか、どの子もたいそうなじんでいた。休み時間には先生の背中によじのぼったり、髭にさわったり、白墨でいたずらしたりする。が、授業がはじまるとおそろしい。ムチでたたく。その分、同じ数だけ自分の腕を生徒にたたかせるから、先生の腕は真っ赤だった。体操の時間には、冬でも腕や足を出してスクラムを組む。ラグビーをやっていると、親分も子分もいつしか顔を真っ赤にして取っ組みあっている。

男女の区別はないので、女の子も農業で肥料桶をかつがされた。森崎もかついだ。

「モーリサーキ、よろよろするな！　田舎香水がかかるぞ」

先生に怒鳴られる。鼻を垂らしている男の子は師範格で、それを見よう見まねでやったらできるようになった。ひしゃくで糞尿もすくった。これを作物の肥料にすることを学んだ。杓子定規の授業でないことがうれしかった。

毎朝、目測がある。目測とは、計量器なしに長さや面積、重さなどをいい当てることをいう。

「おまえら、物差しや秤《はかり》を持って生きてるわけじゃないぞ。とっさの判断が必要だ。鉄砲の玉を避けるとき、走っていって計ってから逃げるか？」

そうだそうだと思って、そのうち目測は百発百中になった（『慶州は母の呼び声』）。

まさに肝胆相照らすごとき師弟の関係である。森崎はかってないほどのびのびと学校へ通った。授業も遊びの時間もたのしくて仕方がなかった。

このあたりの森崎の記述は躍動感にあふれている。しばらく彼女の筆に添って、新羅の生活をのぞいてみよう。

借りているヤンバンの家は改造したとはいえ、伝統的な高床式の造りになっている。広い客間に広縁がついていて、縁の下をひそかに妹とままごとの家にした。萩の花を小皿に盛ってごちそうにして。

裏庭には屋根のついた井戸があって、近くの物置小屋にはコンクリートを打ちつけた広めの台がついていた。母が説明した。

「この上に朝鮮漬けのかめをいくつも並べるのよ、ヤンバンサラムは」

ここは弟のメンコ打ち場となった。

いちばん気に入ったのは、庭をとりまいている土塀だった。川原の丸い石をはめこんだ土をしっかり固めて、上には瓦が乗せてしっくいでとめてある。高からず低からず、セメントのように無愛想でもなく、板塀のように貧相でもなく、レンガ塀のような気取りもない。ほどよいやさしさと威厳とで外界をさえぎってくれる。

ヤンバンは李朝以前からの名門で、単に金持ちという意味ではない。高句麗、新羅時代へとさかのぼって支配階級で、地方行政もヤンバンによっておこなわれてきた。慶州にはもっとも古い時代からのヤンバンがいて、文筆に長じた先人を輩出し文庫をもつ氏族や、政治にかかわるな、という教えを守っている一門もある。学識のゆたかさで人民を支配してきた家系だった。

森崎はやがて谷川雁と暮らすようになったとき、こうした慶州の話を何度も何度も繰り返えしたにちがいない。谷川は常々、自分のことを「朝鮮のヤンバン（両蜒《ママ》）出身」だと吹聴していた。また、「おれは高句麗の末裔であるが、おまえは新羅の草賊のなれの果てかもしれん」と馬鹿にされたのは一人ならずいる（『新版 谷川雁のめがね』）。朝鮮はおろか、外国に一度も足を踏みいれたことのない谷川の戯《たわむ》れである。

私たちは教科書で、「三国時代とは七世紀半ばまで朝鮮半島に高句麗、新羅、百済が鼎立した時代」とおそわった。慶州は新羅王朝の首都で、今日では日本の中高生が修学旅行で多数訪れる観光地となっている。街のいたるところに王朝時代の歴史遺跡が残っていて、「屋根のない博物館」といわれるほどだ。かつて日本の植民地であったことなど、韓国の若者すら知らない。ほっとする反面、日本人植民によって汚された地であることを忘れてはいけない、と思う。

新羅文化の花を咲かせた地。朝の日差しがもっとも早く着く慶州。慶州に移り住んだことは、森崎にとっても大きな転機となった。

徐州徐州と人馬は進む
徐州居よいか住みよいか
（藤田まさと作詞）

「徐州、徐州」と力づよく直立不動でうたう東海林《しょうじ》太郎の歌は、広く日本国民のハートをつかんだものだ。この「麦と兵隊」という戦時歌謡は、火野葦平の同名の小説をもとに作られた。話をもどそう。

その徐州はすでに陥落した。そしていよいよ戦争は終わるかにみえて、終わらなかった。いまだ中支、南支へと兵隊は出征しているのに、戦勝の報告は途絶えがちになる。幸か不幸か、慶州には兵営がなかったので、徐州が落ちてからはほとんど聞こえなくなった。

一家は特別の予定を立てることもなく、折をみてはぶらりと出かけた。

大邱と慶州をむすぶポプラ並木の両側には、いくつも古墳があり、丘をのぼると、慶州平野を一望できる丘陵地に武烈王陵があった。小山のように大きな古墳が芝生におおわれているのを見ると、武烈王の死後千二百年の年月があたりをくるんでいるように思えた。

「武烈王は名を金春秋といった。若い頃は日本にも唐にも使節として出た人だ。百済・高句麗を平定して朝鮮半島を統一したえらい王だよ」

父の説明に子らはあれこれ質問しながら歩く。母の白い日傘がくるくる廻る。

慶州校外の五陵にも行った。松の林に囲まれて、緑の小山が五つ寄りそうようにあるだけである。和江の心をつかんだのは、そのたたずまいであった。からだがおのずと緊張し、心が静もった。王と王妃の声を聞くかに思えた。後年になって、東京から人がくるたびに宗像大社に導き、王陵から出た金の指輪などをみせる森崎の胸には、この日の静寂がよみがえっているのであろう。

鶏林《けいりん》にはじめて行ったのは初秋だった。落葉樹林の中に土塀で囲まれた小さな廟があった。梢をもれる光の中を歩きながら父がはなした。

「この林から鶏がしきりと鳴くのが聞こえたんだ。おかしいな、と村の人たちが見にきた。すると、木の枝にまぶしく光るものがあった。何だと思う?」

「……」

「金の箱。その下で白い鶏が鳴いていたんだって」

その日も、母は日傘をさしていた。

「金の箱を村びとがあけた。すると、中に男の子がいた」

「え?」

弟が走りをやめて、父の顔を見上げた。

「その子が王さまになったんだよ。新羅のいちばん初めの王だ」

森崎は、そうはなす父のおだやかな顔が、古代のゆったりした時間にただよっているかに見えた。一家で散歩する林は香気に満ちていた。

慶州博物館に行って、館長の大坂金太郎に会ったのもその頃である。先生は日韓併合の前から渡海し、朝鮮人のために尽くしたと聞いていた。そのために日本人からは良くいわれなかった。子どもの目には、おじいさんに見えたが、年譜をさかのぼると大坂六十一歳で、森崎は小学五年十一歳になる。

大坂の住まいのそばを通るとき、いっしょにいた級友がいった。

「この家の人、変人よ。朝鮮人が好きなの、日本人よりも。朝鮮人の味方をするのよ。オモニを集めて、字を教えたり裁縫教えたりして、自分も朝鮮服着るのよ。だからね、日本人たちは付き合わんようにしてるの。うちのおとうさんたちは付き合わんのよ」

「そうお」

森崎はそのとき、大人になったら大坂先生のような学者になりたいと思っていたのである。

それから一気に話はとぶが、戦後しばらくたって、懐旧の情たちきれず、森崎はＮＨＫラジオの「尋ね人」を通して、大坂金太郎が松江に引き揚げてきていることを知った。私もかすかに記憶があるが、戦後十年ばかり、夕方のラジオが「尋ね人」コーナーを流していた。十分か十五分の短い時間であった。

しかし、森崎が実際に再会がかなったのは、はじめて会ったときから三十余年後、大坂は九十三歳になっていた。森崎はこう記している。

先生は私が十一歳のときお目にかかった慶州の博物館長だった。新羅の古都慶州の歴史も、朝鮮人の少年をはじめて教育した日本人である先生も、当時の私に、或る決定的な印象を残した。人間はたかが一代の体験に終始するものではなくて、過去と未来につながるゆったりと大きな流れとむかいあうものだという思いに似ていた。

（『二つのことば　二つのこころ』）

そして聞き語りのようにメモに記しているのだが、それによると、大坂金太郎は一八七七年（明治十）生まれ。長じて札幌師範に進学したが、入学した年は日清戦争が終って三国干渉のあった年で、学生たちはくやし涙をのみ、次は露国（ロシア帝国）だ、と語りあった。

露国は次第に南下し、韓国国境をおびやかしていた。祖父の代から露国の外事にあたっていた大坂は当然、日露の交渉に敏感で、韓国の研究に力をそそいだため大韓国とあだ名をつけられるほどになった。大坂に渡韓の話が持ちこまれたのは、師範を卒業して道内で小学校教諭をしていたときである。

日露戦争に勝利した日本は韓国の京城に統監府をおき、伊藤博文を赴任させた。やがてこれが、日韓併合の布石となるのだが。

みずから志願して咸北《かんぽく》（咸鏡《かんきょう》北道《ほくどう》）の会寧《かいねい》に着任した大坂は、貧しい朝鮮の子たちの食生活をゆたかにしてやりたいと、北海道から馬鈴薯やトウモロコシ、カボチャの種などをとりよせ普及につとめた。現地の朝鮮人は食物の知識がとぼしく、売買にも無知であった。朝鮮人教育は、こうした女性たちに食物の栽培と料理の方法を知らせることだと思ったのである。

大坂金太郎はすばらしい協力者にもめぐまれた。結婚相手の錦織《にしこり》マサである。郷里の島根県安来《やすき》で教員をしていたマサであったが、親戚が会寧の判事として赴任する際、夫婦に同伴して渡海した。その頃、大坂は午前中は日本人児童を教え、午後から朝鮮人学校に出るという繁忙の中にあった。それで白羽の矢が立ったのがマサで、公立会寧普通学校の女子学級を任せることにしたのである。

朝鮮の初等学校教育で男女共学制をおこなったのは大坂金太郎が最初で、マサは、朝鮮における女子教育にはじめて当たった日本人女性であったといえよう。女子部の卒業生は、のちに養蚕や私立学校の教師になった者もいる。その中には、マサ一家が敗戦後引き揚げた日本へ、旅行途上で立ち寄ったりした。

女子部の第一回卒業生を出したのは日韓併合の前年であり、同年十月、伊藤博文は出かけた先のハルビン駅頭で併合をはばむ一派によって暗殺された。皮肉にもこの暗殺が日韓併合を速めたともいえる。

敗戦後の引き揚げも大坂にとっては、ほんの一時帰国のつもりであったろう。そのため、骨折って集めた朝鮮関係の資料のことごとくは未整理のまま置いてきてしまった。

ここで大きく話はスウィングするが、ウィンブルドン・テニスをＴＶで観ていて、錦織マサはふと、錦織圭《にしこりけい》選手の縁戚にあたるのではないかと思った。マサも錦織選手と同郷で、きびしい状況のなかで果敢に挑戦していく精神が何よりそれを証明しているだろう。森崎和江の記述にはこうある。

「錦織マサは島根県松江出身。養子を迎えて結婚し子ども一人生まれたが夫に先立たれ、教員の免許をとって安来で教職についていた。その休暇中を従妹（夫婦）の移転にともなって来て朝鮮人教育にふみこんだのである」（「ある朝鮮への小道――大坂金太郎先生のこと」）

大坂金太郎のまとまった著書は現在では手に入らない。敗戦の混乱の中で、すべての資料をおいて引き揚げてきたのは森崎の父も同じことで、従って残されたものから祖先のルーツなどを調べるのは不可能に近いことである。私は思いたって松江市役所の戸籍係に電話で問い合わせた。昨今では個人情報のことがやかましくいわれて安易に欲しい情報は得られないことに加えて、明治末年の錦織マサの資料は皆無に等しく、現在活躍中の錦織選手の家系図などの調査は（まだ若いので）なされていない、ということであった。郷土資料室にも当たってみたが、同等以上の返答は得られていない。ちなみに錦織という姓は、地元では非常に多いそうである。翻って、ここの読者には博識の方も多いと聞いているので、もしやご存じの方がおられるのではないかと一縷の望みを抱いているのである。

時間は前後するが、森崎はもの静かにゆったりとはなす大坂の話に耳を傾けた。明治のひとりの若者が、国や民族を超えて、名もない人びとの人生に深く関わった遠い昔を思った。それは、大坂の歩みをたしかめる森崎自身が、大坂の人生に追随する思いだったのであろう。

三　前と後ろからピストル

1

慶州に移った年の師走、新しく中学校が完成して、住まいも校長官舎に変わった。ちょうど冬だったので、姉妹と弟の三人は、道のそばの小川が凍っているのを面白がり、スケートの真似をしながら通学した。

二年目の受験期には、従兄が試験を受けにきて、合格したので同居するようになる。内地から北支へ軍関係の仕事で行く家族と別れて、五年間一緒に暮らすことになったのだ。

新しく入った官舎からは、塀の向こうにさえぎるものもなく、新羅時代の摩崖仏のある南山がのぞめた。南山は古くからある聖山で、谷間にころがっている石には水晶がまじり、山全体が薄紫色に見える。こうした遺跡の野を朝夕に眺めながら、父がいう。

「このあたりから新羅の人びともあの山を眺めていたんだね。おとうちゃんは南山に骨を埋めたいと思っている」

南山は裾ひろがりの美しい姿を見せていた。

「吉田松陰って知ってるだろう。ぼくもここに朝鮮の松下村塾のようなものを作りたいんだ」

父が心に描く塾がどんなものなのか具体的には思い浮かばなかったが、大きな希望を抱いていることは理解できた。母が台所で夕食のしたくをしている。

「和江は少数民族のことを知ってるか」

「知らない」

「おとうちゃんは少数民族問題を考えているんだよ」

知らないと答えたが、少数民族とはいつか学校に公演にきたアイヌの人たちのことをいうのかと思った。

小学校三年くらいであったか、下校の道すがら、そのアイヌの親子とすれちがった。ついさっきまで、講堂で踊りを見せてくれた五歳くらいの女の子は、父親の背で眠っていた。おかっぱ頭のさらさらした髪、黒い瞳の女の子はお人形さんのように踊った。父親と母親が歌うアイヌの唄に合わせて。父親は濃いひげをたくわえ、母親は口元に入墨をしていた。太鼓も打った。その親子がわき目もふらずにすたすたと行く。その背に声をかけた。

「どこへ行かれるのですか」

「あの学校」

父親が月見山の高台にある高等小学校を指さした。

「そこでも踊られるのですか」

「そう、さっきはありがとう」

急ぎ足で行ってしまった。母親は背中に太鼓と風呂敷包みを背負っていた。舞台では華やかで楽しそうだったのに、なぜか、さみしげに見えた。あの愛らしい女の子が負ぶわれて、たった三人で歩いて別の小学校に向かっているのが、充分理解できなかった。雨の少ない朝鮮の道に埃が舞った（『慶州は母の呼び声』）。

潤沢な一家の生活は続く。

和江妹弟が六年、四年、二年になり、従兄も中学校で友人ができた。家は市街地から遠いところにあったが、市《いち》が立つ日には母と出かけ、何かを見つけては「オルマ?（いくら）」「おお、ピザよ（高い）」といった会話を楽しんでいた。和江は大邱にいた頃とくらべ（年齢が上がった分）、何倍もの広がりと興味の中にいた。

畠には青い麦がのび、高い空にヒバリが鳴いて、光り輝く季節であった。が、その五月、ノモンハン事件が起った。モンゴルと満州の国境地帯で日本軍とソ連軍が衝突したのだ。ノモンハンは満州国の西北部にあり、外モンゴルとの国境が不明確なため、紛争が頻発していたのである。

森崎は地図を見るのが好きだった。北の樺太から北海道・千島列島・本州・四国・九州・奄美諸島・沖縄・台湾と続き、朝鮮の北に満州国がある。日本はこんなに南に向かって広がっているのに、なぜノモンハンなんかでソ連軍などと戦争するのか。どうして！　と、子ども心に不満を募らせていた。

女学校受験に向けて、居残り勉強がはじまった。夕暮れに家路をいそいでいると、南山のあたりに青く光る狐火が見えることがある。ここは新羅の国だから、どこかの古墳で燐が燃えているのだろう。青い火のつらなるチカチカした列をながめていると、国同士の戦いも遠いことのように思えた。

神代のことを知るために、父の部屋から『古事記』を借りて拾い読みした。すべては理解できないが、新羅の王子のところは興味深く読んだ。父がいった。

「朝鮮語でナラ（奈良）はクニという意味だそうだ。朝鮮は文化の先達だったんだよ。大きくなったら古事記をよく読みなさい」

翌年には大邱高等女学校入学、十三歳であった。父のすすめで寮には入らず、知人宅に寄宿する。母が新しい布団を作ってくれ、小遣い帳を持たされた。だが、自分で好きなように使えといわれても、ひけしん坊の森崎は無駄づかいができない。それでも一ヶ月もすれば本来のお調子者が顔を出して、嬉々として片道二時間の慶州・大邱間を週末ごとに往復するようになった。

大邱の小学校時代の級友もいた。森崎は文子ちゃんを探したが、文子ちゃんのおとうさんが戦場で上官と意見が対立し、退官して内地に帰った、と聞いた。年々歳々花相似たり、歳々年々人同じからず、である。

内地では砂糖やマッチがキップ制になって、思うように買えないという。植民地の朝鮮ではそこまで緊迫していなかった。ある日、森崎たちは内地で女学生がモンペを着用していると聞くと、校長先生に直談判した。「わたしたちもモンペにして下さい」。校長は笑って、即、却下された。「女学生スタイルがわるくなるからがまんしなさい」

植民地は嵐の前の静けさであったかもしれないが、女学校の雰囲気は全体的に凪いで、のんびりしていた。生徒たちは箸が転がってもおかしい年頃である。上級生が修学旅行で京都や奈良に行ってきて、土産話をしてくれる。

「汽車の中でおじいさんがね、あんたたちどこの女学校って聞いたの。大邱高女っていったのね。そしたら大邱ってどこかっていうから、慶尚北道っていったの。そしたらね、『ああ朝鮮人か』っていったから、『いや、日本人ですよ』っていったのよ。そのおじいさんたら『そうですそうです、朝鮮人も日本人です』っていうの。笑っちゃったあ、ほんと。説明するたびにそういうんだもの」

森崎の筆を再現するはしから、笑い声が聞えてきそうである。それからというものしばらく、何かというと「そうですそうです、朝鮮人も日本人です」というのが流行った。このように内地人の植民地知らず、植民地にいる森崎たちは、「すごく封建的なんだって」と親から聞かされて「内地にはお嫁にいかない」とおびえる。相互に認識不足なのであった。

毎朝、皇国臣民の誓詞をとなえさせられた。「一、私共ハ大日本帝国ノ臣民デアリマス／二、私共ハ心ヲ合ハセテ　天皇陛下ニ忠義ヲ尽シマス／三、私共ハ忍苦鍛錬シテ立派ナ強イ国民トナリマス」

これを心底理解しないからといって非難するには値しない。入学試験の口頭試問で聖戦について問われ、こう答えた森崎である。

「それはシナの支配者の蒋介石がシナ人の農民たちを苦しめているので、そのお百姓さんたちにかわって、人びとが平和な生活ができるように戦っているのですから、聖戦といいます。日本軍は蒋介石軍をその支配者の立場から追いだしてしまったら、帰ってきます。自分の利益のために戦っているのではありませんから、聖なる戦いといういみで聖戦というのです」

この模範解答にケチをつける人もいないだろう。皇国臣民の意識の多寡は内地人だってそう変わりはしない。誓詞は朝鮮人家庭にも徹底されたから、いい年齢のアボジが日本人と口論になると「テンノウヘイカ、日本モ朝鮮モイッショヨ！」などといったものだ。

内地人、植民者にかかわらず、女学生にとって、日常と天皇の御為に命を捧げるということの間には、しっくりと結びつかないものがあった。若い教師が出征するのには胸をいためたが、天皇を現人神《あらひとがみ》だというような飛躍した思想までは湧いてこない。大方のクラスメートもそうなのか、女生徒たちは掃除時間に声を殺してふざけた。教員便所の掃除をしつつ、「恐れ多くももったいなくも、天皇陛下のうんこのお通りだ、低頭！」と、雑巾バケツを持って、胸のつかえを晴らした（同前）。

思春期のとばくちに入って、友人たちは何やらひそひそとはなしたりした。子どもは男女の愛なしには生まれないと思って疑わなかった。なのに、妊娠して学校を去る同級生が出てきた。何かを分かりたくて手あたり次第に書物を手にするが、どれもこれも思春期の娘を納得させるものはない。八十連隊の兵士たちが町の盛り場に遊びに行く途中、女学生たちに卑猥なことばをかける。保健の女の先生は、大きな辞書でしらべなさい、といった。なんだかもやもやして気が晴れず、森のなかに裸木を見にいったりした。それはぱらっと指をひらいて立っていた。

一方で、母から届くこまごました小包は、森崎を幼い日にもどした。腰あげ肩あげがたっぷりある紫の井桁の着物にしごきの帯をして、月をながめていると、涙がにじんでくる。何を信じ、どこへ向かって進めばいいのか、すべてがおぼろで不安になる年齢でもある。


下宿生活も二年目の春のこと、教員室に呼ばれ、作文を書くようにいわれた。シナ事変四周年記念として、総督府が全朝鮮の小中等学校生から記念作文を募集していた。主催者は国民総力朝鮮聯盟で、日々のんきにやり過ごしていた森崎は困ったな、と思った。そして下宿に帰りながら、国民総力戦といわれている現今にふさわしい戦争ごっこを書こうと思いたった。朝鮮の子どもたちが敵味方に分かれて遊んでいるのを見ていたからである。

しかし森崎は、そう単純でないものが、父の教員生活の背後にあることを知っていた。反日感情うずまく朝鮮の青少年たちの感情は複雑だった。けれども表面上は、日本人、朝鮮人を問わず、男は戦争に行って錦の御旗を揚げるのだ、という誇りが彼らをささえていた。中学生の従兄は当然ながら、弟も五歳くらいから「大きくなったら軍人になる」と、小鳥がさえずるのと同じように答えていた。

迷ったが、朝鮮人の男の子たちが戦争ごっこにうち興じているさまを、さらさらと書いて出した。それには嘘がこめられていた。元歌は〈ぼくは軍人大好きよ。いまに大きくなったなら、勲章さげて剣つけて、お馬にのって、ハイ、ドウドウ〉というのだが、朝鮮人の少年たちは〈ぼくは軍人だいきらい。いまに大きくなったなら……〉と文字にするにははばかられる替え歌をうたって遊んでいた。それを森崎は省いたのである。その作文は慶尚北道代表作として、国民総力朝鮮聯盟から賞状を受けることになった。

父の生徒訓の一節に「我等道に志す者、その心清明にその行正直に」とあり、「一時を糊塗《こと》せんがため虚飾」にはしるのは最も恥ずべきことだ、と続いている。森崎は、心が清明ではなく、自分の道が見えなくなったと恥じて、父には何もいいだせず黙っていた。父からは「新聞紙上で君の活躍を知った。体に留意し、自重せよ」という葉書がきた。いっぺんに真相があばかれた思いで気がとがめた。後味のわるい出来事であった。

時系列でみれば日米開戦はひたひたと押し寄せているが、父娘はそこまでは感じていない。ただ、日々緊迫した状況には抗《あらが》いたくてもそうできないものがあった。

とある土曜日の午後、帰省した森崎は、外出しようとしている父と玄関で鉢合わせになった。父は顔をゆがめていた。いったん出ようとしたが、振りむいて沈んだ声でいった。

「ぼくは前からも後からもピストルでねらわれている。万が一のことがあっても、和江は落ち着いていなさい」

あのとき父はどこへ出かけようとしていたのか、森崎は知らない。学校でどのように戦争を語り伝えていたかも知らない。ただ分かることは、皇国臣民はプライベートな言動が許されない、ということだった。すべてが憲兵によって監視されていた。

ずっと後、敗戦後二十余年たって、森崎は、慶州中高等学校創立三十周年記念に亡父にかわって招待を受け、韓国へ赴いた。そのときに卒業生のひとりが次のようにはなした。

「ぼくの青春は森崎一家との関係を抜きにしてはありえないと思っています。ぼくに直接影響したのは日本ではありません。和江さんのおとうさんです。あなたは子どもだったから知らないだろうけど、彼はヒューマニストでした。毎週月曜日に、何かしら一つのことばを書いて、階段の下に貼っていました。たとえば靖国神社の前で骨壷をかかえた少年が涙をいっぱい溜めて立っている、その写真を切り抜いて、その下に、この少年を見よ！　と書くのです。どういう思いで書いたかが分かるのです。ぼくは、あらゆる支配色軍事色の中からそんなことばだけをひろって、そして彼の精神のそば近くにいました。このように、分かり合えるものがあったということ、あの戦時下に。これは大きな意味があると思います。立場がちがっていたのですから」

いまでは壮年となった一韓国人が吐露したことばから、森崎は父の行状がみてとれた。父はいつも「朝鮮人をバカにしてはいけない。朝鮮人を敬わなくてはいけないよ」といっていた。そんな父の学校での指導法が憲兵を刺激したことは、いまなら容易に想像できる。森崎は父の苦悩がよみがえって、胸をつまらせた。

森崎家は父も母も、そういう意味では毅然たる見識人で人道家であったのだろう。和江のファザーコンプレックスや母恋の情で、小さい頃の記憶が美化されているかもしれないが、少なくとも彼女の文章に出てくる父や母は誇り高き人びとで、国民感情によって人を区別したり、生徒を差別する人間には描かれていない。

あかあかと茜に映ゆるふるさとの　山仰ぎます母は病みたり

作文の時間にこんな歌をつくって黒板に貼りだされた。〈くれゆける山にむかいて立つ母の病めるうなじはほそぼそとみゆ〉といった歌もつくった。母の愛子が郷里に帰って九州大学で手術を受けたのは、その前年である。胃ガンだった。数ヶ月静養して慶州に帰ってきたが、病状は一進一退であった。森崎は、母の体のことも心配だが、自分で詠みながら「ふるさと」の語に、違和感をおぼえて落ち着かなかった。南山は自分たち家族の心の山だからいいだろうと思ったのだが、慶州の朝鮮人に断わりをいわなければ、との思いが働いたのだった。

2

四一年（昭和十六）十二月八日未明、日本軍による真珠湾攻撃がはじまった。日米開戦の報は下宿で朝食をとっているときにラジオで聞いた。鬱々として、頭上に真っ黒い雲がかかったような気持ちだった。翌年には朝鮮人の徴兵制度が決定し、戸籍が整備され、国語が日本語になって、朝鮮語の使用が禁止された。

これで朝鮮人も台湾人も関係なく、消耗品さながら戦場に送りだされることとなった。それまで彼らに銃を持たせるのは危険だと、久しいあいだ徴兵制は懸念されてきたが、そういう事態ではなくなっていた。町中でもささいなことで非国民だとそしられるので、不用意にことばを発することができなくなった。日常のあらゆることが隣組組織によって統率されていた。

小学校から朝鮮語の授業がなくなった。大日本帝国の臣民はすべて日本人であり、朝鮮人という概念がなくなったのだから、これまでの姓名も意味がなくなる。日本人として新しい姓名を名乗るように指令が下った。創氏改名である。これはいうまでもなく、社会の各分野に門戸をひらくためのものではない。あくまでも朝鮮人一人ひとりの民族性を無視し、徴兵制を円滑にするためのものであった。

われわれ日本人は「氏」と「名」からできているが、朝鮮人の名前は「族譜（一族の名前）」から成りたっていた。「創氏」とは、それを家族単位の「氏（苗字）」をつくり、「改名」つまり、名前も日本式に変えさせることをいう。

ここで断わっておかなければならないのは、朝鮮の場合、女性の姓名は個人に付くので、日本とちがって、結婚して苗字が変わることはない。したがって、一家に夫の姓と妻の姓が混在する。だからといって、朝鮮の女性が男と平等というわけではなく女三界に家なしであることはいうまでもなく、子どもは夫の姓を継ぐ。ついでにいえば、朝鮮は早婚で、十五、六で年上の女性と結婚し、大人になってから第二夫人を持つ、日本の武家制度のような風習がまだ残っていた。第二夫人の子どもはどんなに優秀でも、第一夫人の子にはさからえない。終生、従者として仕えなければならなかった。こんな土壌のところに創氏改名をしようというのである。

四〇年（昭和十五）から開始された創氏改名は、普及をいそぐため、

△　好機ヲ逸サヌヤウ！

△　即刻届出シマセウ！

といった告知ビラが配られた。ひらがなの横にはハングルの説明がついていた。

森崎の話によると、大邱の町には、まないた大の板に、楠木正成とか徳川家康といった名前を大書した表札をかかげるヤンバンの家々があらわれた。憤怒の表現であることは明らかで、恐怖を感じたという。

この創氏改名はあくまでも任意であって、強制ではなかったという学者や政治家が少なくない。現に、かつて総理大臣であった人もこれを堂々と述べて物議をかもした。しかし、実体はどうであったか。この「任意」というのが曲者《くせもの》で、朝鮮総督府が「皇国」「内鮮一体」の思想の下ではじめられた制度が、そんなに自由であるはずがない。政策としては「本人の申請による」としていても、末端の行政機関が創氏改名の数を増やそうと競争した結果、事実上強制になるのは容易に想像できるだろう。官吏は剛に柔にしめつけた。例をあげると、

一　創氏をしない人の子どもは進学、入学ができない。
一　校長が生徒を呼びだし、「創氏しないなら学校に来てはいけない」と脅迫する。
一　創氏をしない人は就職ができない。また公共機関の現職者も解雇する。
一　創氏しない人は行政機関の相談ができない。
一　創氏しない人は非国民、不逞鮮人として警察にマークされ、査察される。
一　創氏しない人は食糧や物資配給の対象から除外する。
一　鉄道の輸送貨物の名札に朝鮮名が書かれたものは取り扱わない。

等々、不都合を生じるようにした。

作家の梶山季之は父親が総督府に勤務していた関係で、森崎より三年後（昭和五）に京城で生まれ、中学まで朝鮮で育った。そのときに身聞きしたことを『族譜』という小説にしているのだが、あらすじを簡単に述べておこう。

京畿道の道庁に勤務する若手の吏員・谷六郎は創氏改名の任務をさせられる。担当地域の水原郡に住む薛《へい》鎮英《ちんえい》は大地主で、日本軍に大量の米を献納する親日家であったが、谷の説得には断固として応じようとしない。薛は七百年にわたる「族譜」を持ってきて、「一族の当主として先祖代々受けつがれてきた名前を変えるわけにはいかない」と力強く訴える。

谷は「族譜」に書かれた壮大な歴史とその崇高な文化に圧倒され、かたくなな姿勢の薛に同情する一方、地主の薛が応じなければ、その地区の小作人の創氏改名も一向に進まないので困惑した。やがて、憲兵から薛の身内にさまざまな圧力がかかりはじめる。

薛は長女の婚約があいなったことを大そうよろこんでいた。相手は京城大学医学部出身のインターンで、医者の卵であった。彼は創氏改名に応じていたのだが、ある日、憲兵隊につれていかれ、政治思想犯として拷問を受け、強制的に志願兵訓練所に送りこまれる。また薛一家の小学生の孫は「創氏改名ができない家の子どもは学校に来るな」といじめられ、薛はとうとう、憲兵の卑劣なやり方に屈せざるを得なかった。

さいごに薛鎮英は次のような遺書を残して毒をあおる。「一九四一年九月二四日、日本知事に創氏改名を強要され、ここにきて薛氏の系譜が絶たれる。宗家の子孫として鎮英はこれを恥辱と思い、族譜とともに命を絶つ」

これは事実をもとにした小説といわれ、フィクションであろうとも真実を伝えていると思われる。われわれはここに、建前と現実の落差を感じるし、憲兵の威圧的、非人道的なやり方を正当化させる戦争の脅威を後世に語りつぐ義務がある。

官公私立の中学校以上の各学校には、もれなく現役将校の配属が決められた。森崎の父が「前と後ろからピストルでねらわれている」というのは、こういった状況下のことであったろう。学校には奉安殿が建てられ、天皇皇后陛下の御真影《ごしんえい》が下付された。父は白い手袋を幾組も用意するようになった。教育勅語を読むときに義務づけられていたからである。

母は、その手袋を買いにゆくことはできなくなっていた。父は昼休みなどに官舎に帰ってくると、寝ている母を抱いて縁側の籐椅子に腰かけさせ、談笑した。そしてまた寝床へもどし、あたふたと学校に向かう。ほんの十分くらいのものであった。父はこの時間がいちばんの楽しみだよ、といった。

森崎は週末ごとに慶州に帰り、父と母の様子をみて、そくそくと過ごした。母は、心配そうな娘の顔をみると「和江は長女なんだから、しっかりしないと、おとうちゃんが困るでしょ」という。妹も受験勉強に入っていた。

ある日曜日の朝、めざめると、父も母もいなかった。散歩に出かけたようで、やがて両手に、おみなえし、かるかや、われもこうなどをどっさり抱えて帰ってきた。母が新羅の壺に活けると、灰褐色の壺によく似合った。母は、愛華《あいか》園樹風《えんじゅふう》という生け花の師範名を持っていた。和江が真似をして、庭の梅の小枝を三日月型の花器に活けたときには「和ちゃんは花を活けるのが上手」といって、ほめてくれた。その花器も、銅製のものはいつの間にか、みんななくなっていた。

「お国にさしあげたのよ。金属回収で飛行機や大砲を作るんだって」

和江は、花器といっしょに母の命もなくなってしまうのではないかと、どきりとした。昼間、母はネエヤを相手に暮らす。ある日、帰省すると母がいった。

「あのね、この娘《こ》、すぐ歌を覚えるの。ね、歌ってごらん、ほんとうに上手だから」

赤いかわいい牛の仔
田舎にもらわれて行きました
メエメエ　啼いたら　竹藪の
チュンチュン雀も見にきてた

和江も知っている童謡を、少女はいい声で正確にうたった。

「ね！」

母は得意そうだった。母が眠ってから温突《オンドル》であたたまった部屋の出窓にもたれて、「こんど、あたしに朝鮮の歌を教えて」と頼んだ。自分より二、三歳下の少女だが、母が気に入っているということで、森崎にも親しく感じられるのだった。少女は学校に行っていない。

「好きな人が日本に行く歌でいい？」

「いいよ。教えて。朝鮮語でよ」

「あのね、波がざぶんざぶんしているの。連絡船が出て行くの。男の人も女の人も泣いてハンカチで涙をふくのよ」

「うん」

「そしてね、元気でねっていうのよ。日本にどうしても行くの。働きに、っていう歌よ」

「わかった。その歌教えて」

少女は母を気にして小さな声でうたった。

　パドヌン　ウロンウロン
　エーラクセン　トウナンダ

少女の声は高く細くひびいた。一節ずつ、森崎も真似してうたった。

「チャル　カソ」

「チャル　イッソ」

ヌンムルル　サンスウゴン
……

森崎は勝手にこんな歌だろうと解釈してうたった。

　波が鳴る鳴る／連絡船は出てゆく
　「お元気でね」／「達者でいろよ」
　涙で濡れるハンカチ／心からおまえを
　ほんとうにおまえを／愛しているので

二人の少女の間には、ふくいくとしたあたたかさが交いあう。おそらく母を介して頼みとする森崎と、日本の女学生へあこがれを抱く朝鮮の少女とのたゆみない信頼感から生じるものであろう。だが、少女はいった。

「あのね、おじいさんがいった。日本はもうすぐ敗けるって」

「おじいさんが？」

「みんなお祈りしてるよ。王さまのお墓の前で、夜になったら」

「日本が敗けるように？」

「そう」

森崎は、誰かに聞かれているのではないかとハラハラした。

「こんなこと、ほかの日本人にいってはダメよ」

「いわない」

五陵のしんしんとしたたたずまいが目に浮かんだ。中学生も夜ふけに、きっと祈っているのだろう。それは自然なことだと思った。

「いろいろありがと」

少女は通いの子だった。帰るとき、「こんどチマチョゴリ作ってもらってあげる」といった。

「桃色のかわいいの」

「桃色いや」

「どうして」

「黒いのがいい。日本の女学生みたいの」(『慶州は母の呼び声』)

森崎はわらった。

数日後、母は逝った。

朝鮮では伴侶が死去した場合、残されたほうは葬式に参列しないと聞いていた。父はその通りにした。朝鮮の風習を大事にする父であった。そのかわり、森崎が喪章をつけて、父の教え子たちと母を見送った。

三十六歳。若くして他界した母は幸せだったろうか。弔《とむら》いの前のこと、父が母の臥所《ふしど》(のそば)に来て、「愛子さんはいい女だったな。たった十五年しか一緒におらなかったけど」とつぶやくようにいった。まだ十かそこらだった弟が床の前にいざり寄り、母の顔にかけていた覆いをとり、桜の小枝をかざして、しきりと母に見せようとしていた。そのとき、こらえきれなくなった和江から嗚咽がもれた。父のしのび泣きが聞えた。母の死は桜の季節だった。

四 はざま

1

妹も大邱高女に入学し、下宿の同じ部屋で暮らしていた。母のかわりに初夏の服を縫ってやる。

ピンクの花模様の布でボレロもつくった。家に帰ったときは弟たちのためにキンピラや牛肉のつくだ煮をこしらえて、下宿へ向かった。

二七日《ふたなのか》の仏事も終わり、新学期の学校にもどった頃だった。校長室に呼ばれた。

「おかあさんが亡くなられてさみしくなったろう。少しは落ち着きましたか」

校長先生はためらう風情だったが、「おとうさんとも話したのだが」といって、

「おとうさんがこんど金泉《きんせん》中学校に転任されることになった」と続けた。

「え?」

この間の帰省のときには何の話もなかったことを思った。父は再び学校にもどって、現実に立ち向かおうとしていたのだ。傷心に耐えようとしている父の姿は、はた目にも痛々しかった。森崎はこんどのことで、父の魂の火が消えるのではないかと心配した。

一体、どうしたというのか。何があったのだろう。父が「前と後ろからピストルでねらわれている」といったことを思いだした。ぞくぞくっと体の中を冷たいものが走った。

父は日本帝国による同化政策に批判的だった。朝鮮固有の文化をみとめ、学生たちの主体性を尊重しようとした。こういったやり方は日本人の憲兵にとって、目ざわりでしかなかった。同化政策にそった教育を進めるよう、日々圧力を受けるようになっていた。創氏改名もその一つである。一方、日本人の校長ということで、抗日意識を高める朝鮮人からは攻撃の対象とされた。父は、日本の帝国主義支配と朝鮮抗日主義運動のはざまで、苦悩のさなかにあったのである。

ふと校長先生の声で、我にもどった。

「おとうさんはそうおっしゃらないのだが、どうだろう、君は金泉の女学校に転校する気はあり

ませんか。あそこにも新設の女学校があるのだが」

森崎はすかさず「はい」と答えていた。卒業まで十ヶ月もないのに……という思いもよぎったが。

「進学希望だったね、あなたは」

「はい、そのつもりでいます」

「それならなおのこと、ここに居たいだろうが、おとうさんがおさみしいだろうと思ってね」

「ありがとうございます。転校することにします」

きっぱりと答えた。「その方が、わたしも落ち着きます」

「女学校が地元にあるのだからね……。おとうさんもその方が……」

「はい、妹にはわたしからはなします」

妹と相談し、父に電話をかけ、あわただしく荷づくりをした。布団袋を二人でくくった。

金泉は大邱から一時間ほど汽車で西北に行ったところにあり、郡庁所在地である。慶州とは大邱をはさんで反対側になる。感傷にひたっているひまはなかった。父はこれからすぐ転任するということなので、姉妹はそのまま大邱にいて、駅で落ち合うことにした。

森崎は大好きな慶州に帰省したかったし、自分以上に父をその地に居させたかった。父が学生一人ひとりに細かい配慮をしていることは、その姿勢から見てとれた。あるとき、下宿に行こうと父の部屋をノックすると、父は泣いていた。

「あ、ごめんなさい」

「いや、いいんだ。和江、君はこれから学校へ行く。だが、この生徒はハンセン病（註・当時はライ病といった)で一生、療養所に入らなければならない。いろいろ手を尽して、大学の医学部の先生にも聞いたのだけど、方法がなかった。君はこういう生徒がいることを忘れないようにしなさい」

「はい」

父の手もとには、朝鮮名と創氏改名した生徒の名簿が広げられていた。常々「朝鮮は家々の歴史を大事にしている民族だ。だから生徒にも自分の家の歴史を勉強するように」といっていた父である。それが朝鮮総督の意思に反することなのかどうか、分からない。だが、突然の父の転任を、それと結びつける自分がいて、心が緊張した。

ようやく汽車がプラットホームに入ってきた。降りてきたのは父と弟である。当然のことなのに、母の姿はない。従兄は親友の家に下宿させてもらうことにした、ということだった。弟が母の遺骨を抱いていた。

こんどは四人で金泉行きの汽車に乗った。列車は釜山と京城をむすぶ京釜線で、広軌の鉄道である。ゆったりとして、初夏の明るい光が車内にも入ってきた。

金泉駅に着くと、中学四、五年生と思われる生徒が数十人わらわらと集まってきた。引率の先生が「整列！」というが、慶州の中学生たちの清冽な表情がここにはない。だらしない立姿だ、と、とっさに思った。「敬礼！」と号令がかけられ、父が真ん中に進みでて、「ごくろう」と答礼した。やがて「解散する。もう一度校長先生に号令」と引率の先生がいうと、端っこにいた一人の生徒が、ちぇ！　と舌打ちし、足元の石ころを小さく蹴った。それはずっと、森崎の心に引っかかっていた。

用意されていた家に入って、森崎は家族の心を引きたてるように、すぐにお茶を沸かした。台所に立つことは苦にならない。間もなく、大邱の日本人家政婦会から六十くらいの元気なおばさんがやってきた。おばさんは肥えていて声も大きい。早速ご飯を炊いてくれた。

「カボチャご飯はあたしの好物なんですよ。おいしいですよ」

ご飯の中に黄色いカボチャが刻みこんであった。母はもういないのである。心の中にするすると涙が伝わり落ちた。父も弟もカボチャは好まなかったが、黙って食べた。姉と弟妹はたがいによそよそしく様子をうかがっていた。誰ひとり、母のことはいわない。弟もランドセルを背負って金泉小学校に通いはじめた。六月になり、姉は弟に短い靴下を出してやった。

日曜日の午後、父が金泉中学校まで三人をつれていってくれた。郊外に出て、山に向かって西へ行く。かなり歩いて、緑濃い山の裾にレンガ色の学校が建っていた。

「りっぱな学校ね」

「朝鮮人のためのキリスト教の私立学校だったんだ」

「だから、西洋風なんだね」

久しぶりの親子そろっての外出だったので、心がはずんだ。

「廊下もきれい。とてもお金をかけた学校ね、おとうちゃん」

「かなり以前に教会の出資金で建てたものらしい。だけど、生徒たちは気の毒だ。ところかまわず小便をしていたそうだ。この廊下でも」

「どうして！」

「戦争になって、だんだんキリスト教が活動しにくくなった。内地だけではない、朝鮮でも。ここの校主や校長もクリスチャンの朝鮮人だったそうだ」

父は「はっきりしたことは分からないが」と、間をおいていった。

「いまはたしか、刑務所の中だ」

「生徒はそれを知っているの」

「ああ、それで校舎は汚物でよごれていた」(同前)

みな、しんとなった。森崎も口をつぐんだ。生徒たちは無抵抗である。が、校主や校長を弾圧した当局への抵抗を、ところかまわぬ放尿などで示したのだろう。金泉駅で新校長を出迎えてくれた生徒たちを思いだした。

父に、思わぬ逆風となってあらわれないといいが……。教育はすっかり軍隊に掌握されていた。母がいなくなって両親の会話から推測はできないのだが、森崎は思っていた。父が抗日意識のつよい学校へ追われ、背後からねらわれているのだ、と。足許からすくわれるような恐怖を必死でこらえた。


金泉中学について、森崎は後に、思い違いがあったと述べている。『慶州は母の呼び声』を出したのは森崎五十七歳のとき、それが縁で戦後四十年たって韓国を再訪することがかなった。それに先立ち、本を読んだ韓国や在日朝鮮人の方からたくさんの手紙をもらっていたのである。

それによると、金泉中学の創立者は崔女史で、クリスチャンではない。李王家親王の保母だった崔女史に子どもはなく、私財のすべてを投じて若者のために学校をつくった。民族性のつよい学校ではあったが、宗教色はまったくなかった。父が慶州中学から金泉中学に転任させられたのは、鄭烈模《チョンヨルモ》校長が思想犯として投獄された半年後のことである。

内田註：英親王李垠《イウン》氏は韓国李王家五百年の最後の皇太子として生誕。十歳のとき伊藤博文につれられて来日、いわば人質である。その後皇族の梨本方子《まさこ》さんと結ばれるが、これも政略結婚で、日韓併合の犠牲となった悲運の王子といわれた。そのため、崔女史が保母役だったのも幼少期の明治四十年までである。

鄭校長は早稲田大学を卒業した学者で、リトルガンジー的存在として生徒から慕われていた。拘束されたのは、教職員を擁して朝鮮語の辞典編纂にかかわっていた廉《かど》である。検挙者は三十三名にのぼり、そのうち二人が拷問により獄死、七名が有罪判決を受けた（姜在彦『日本による朝鮮支配の40年』）。当局の方針はハングルの抹殺にあったからで、これをもって朝鮮語学会事件と呼ばれる。父が着任するまでの半年間は、校長代行として総督府視学官の役人が入っていた。

当時、中学二年生だった教え子のひとりがこういう。

「学校に視学官が来たとき、役人たちはトラックに乗って勤労動員へ行こうとしたが、森崎校長が、生徒は全員歩いて行きます。生徒と同じく歩くのが当然ではないか、と抗議した。それを聞いたとき、「同じ日本人でもちがうんだな」と胸がすっとしたという。

また別のひとりは、「森崎校長は生徒を呼び捨てにせず、○○君《くーん》、と君を伸ばしていう癖があった」。若い配属将校が来たので、△△君と呼んだら返事をしない。それだけでなく、将校はここは背徳学校だと非難し、生徒に向かって「おれはきさまらを教育しに来たのではない！　死に方を教えに来たのだ！」と叫んだ。そのヒステリックな将校は町でもどこでもサーベルを抜くので、生徒らから「殺意計画」があがるほど嫌われていた。

他にも「森崎先生は、板垣死すとも自由は死せず、といって励ましてくれた。いい先生でした」等々あったが、もちろんこれは戦後四十年という時間の経過、さらに、校長の娘に対する配慮や好意、そういった意味合いも加味されている、と考えなくてはならないであろう。事実は、戦争末期の二年半、森崎庫次は金泉中学の校長であった。そして、その校長もまた、殺してやりたいほどの将校と同じ日本人であることには相違ない、ということである。

もうひとりはいう。「森崎校長の人間性はすばらしかった。だが、あの戦争の最中、侵略という激流がすべてを押しながしている中で、一つや二つの良識が存在していたとしても、流れそのものを変えることはできなかった」

これもまた、当時の中学生が大人になってからの感懐で、渦中にあるときには流れも見えなかったであろう。

四十年ぶりに訪れたそこは、森崎の脳裏に残るポプラ並木の一本道が、そのまま続いていた。金泉高校を卒業したという、いまどきの若い青年が、胸をはっていった。

「金泉高校はいい学校です。公立私立合わせて慶北でナンバーワンの高校です。共通試験は慶北で一位になりました」

その声を、森崎はみずからを慰めるひびきとして聞いた。

2

月末に、父から給料袋をわたされた。

「おとうちゃんは忙しいから帰りが遅くなる。和江が電気代や水道代などをここから払って、おばさんにもお買物など頼みなさい」

「はい」といって、どこかへ置き忘れた。探してもない。

「どこにもないの。不思議なの」

遅く帰ってきた父に詫びた。不甲斐ない娘を頼りに父は生きていかなければならない。父は悲しそうな顔をしたが、「そうか」といって、いくばくか入った封筒をくれた。

森崎は、おばさんが母の着物を風呂敷に包んで持ちだすのに気づいていた。差し上げようと思った。父に「黙っていたけど、ごめんなさい」とあやまった。「かまわん」と父はいう。母にも申し訳ないが、いまはそれどころではないのだと、ぐっとこらえた（同前）。

こういった森崎の描写には、母を歿《な》くした上に、父の急な転任がかさなり、さみしく心細い一家の様子がよく表われている。長女で十六歳にもなろうとする彼女は、弟妹に不憫な思いをさせまいと、気も張っていたであろう。家政婦の件は、人を疑うといった教育を父母から受けていない彼女にとっては、痛恨の一事であったにちがいない。

しかし植民地にかかわらず内地でも、きびしいご時勢にあって、こういうことは当然あることを承知しておくべきだったかもしれない。小学校五年のとき京城にわたった評論家の松岡洋子は、「大方の日本人家庭はオモニを家事手伝いに雇っていた」と述べ、人を雇うときには、「わざと部屋の目につくところに若干のお金をおき、掃除させて、元通りにあったら雇う」と書いている（高崎宗司『植民地朝鮮の日本人』）。

これが常識であれば、森崎はずいぶんと世間知らずであった。だからといって箱入り娘だとか、温室育ちというべきにあらず。彼女は十代半ばにして、充分荒波をかぶり、逆風にもさらされてきた。まず、植民地に生まれたこと自体が咎《とが》を受けるべきもの、と彼女は考えた。森崎はそこで傷の花を育て、咲かせようとしてきたのだった。

そこにあるのは上質の潔癖症で、純粋培養などではない。一般的には、それは国家次元での問題で、個人レベルで解決できるものではない、と考えがちだが、森崎の心はそれを許そうとはしないのである。私はむしろ、雑味がない透明感が心配になる。この少女はどのように成長するのだろう、その過程でおこる幾多の障害をいかに乗り超えていくのだろう、と案じるのである。

給料袋のことは気づかぬふりをして、森崎はおばさんの打ってくれたうどんを食べる。おいしい。

「あたしはコツを知っているのですよ。くにで食堂やってたからね」

「食堂！　すごい」

「うちは、ソバも有名だったの。みんな教えろ教えろ、って。でも企業秘密だからね。あのね、お嬢ちゃんにだけ教えるけど、ソバはね、うどん粉とソバ粉をまぜて打つの。ソバ粉が多いとぶつぶつ切れるの。うどん粉が多いと色が白くてソバらしくないの。それでうちのコツってのはね、うどん粉を多くして、かまどの煤をまぜて打つのよ。いいのが出来るよ」

「かまどの煤！」

夕食の片づけをしながら、森崎は驚嘆の声をあげる。

休みの日、おばさんは大邱にある自宅に帰った。森崎はその間、夜遅くまで受験勉強をした。来年は内地にわたって大学を受験するつもりである。金泉女学校には進学希望者がいないので、何を勉強したらいいのか見当もつかず、折口信夫などを読む。

修身の時間は校長先生の受け持ちだった。まず、「精神を統一して心を一点に集中し、随順を旨として生きよ」との訓話がある。随順とは、校長先生によると、滅私にちかいものである。森崎は日頃から自由を重んじる家庭で育っているので、その精神に寄りそうことはできない。いつものように「精神統一。目をつむれ」と、号令がかかった。教室は水を打ったように静かになる。

「そのまま静かに両手を前に出せ」

校長先生の声がする。「掌を上に向けて両手をそろえよ」

生徒は目を閉じたまま、両手を机の上に出す。その手を見れば、精神が随順かどうか分かるのだそうだ。靴音がこつ、こつ、として、「よし」といわれたら手を膝に下ろす。森崎は目をつむって、自分の内面と対峙するのが苦痛ではない。目を開いているときと同じように、母を思い、家のことを考えている。

こつ、こつ、と靴音は森崎の前まできて止まった。

「今朝、親に口答えして来ている。反省せよ」

苦笑が湧きでるのをこらえて、目を閉じていた。父は今朝も朝早くから学校に行っている。当局のいう、いわば朝鮮人生徒の思想統一に苦慮しているのだ。そんな父へ口答えなどできるだろうか。じっと我慢して、できるだけ明るいことを考えようとしている。昨日読んだ木下利玄の短歌――「牡丹花は咲き定まりてしづかなり花の占めたる位置の確かさ」。あれはよかったな、などと。

一学期が終わって成績表がわたされた。修身は乙となっていた。テストなどなかったから、精神統一による判断であろう。森崎にはそれが、自分に対する判断以上のものが含まれているように思えてならなかった。金泉に中等学校は中学校と女学校しかなかったから、当然校長同士の噂は耳にしているだろう。校長先生は父とはなすこともなく、そんな流言飛語から森崎和江という生徒を見たかもしれず、それは父に対する判定であったかもしれなかった。

戦局は中盤に入って、これまで圧勝のニュースのみ聞かされていたのが、ミッドウェー海戦（昭和十七年）以降、形勢は逆転したようであった。アッツ島に米兵が上陸し、日本兵が全員玉砕したのをはじめ、ソロモン群島やニューギニアの日本軍基地も反撃を受けていた。神風の威光はもう効かないかにみえた。

戦争になって、西洋人や朝鮮人の神父は神社参拝を拒否して投獄され、獄死する人も出てきた。そんななか、父は軍部の意向のまま、問題の多い金泉中学に移動を命じられたのだ。しかも、母が亡くなってすぐ。森崎は憂えていた。

冬になって戸外が零度を下まわったと思われる夜、玄関で低い声がする。父がもどって、ゲートルを巻きながらいった。

「ちょっと出てくる。戸締りをして休みなさい」

「遅くなるの？」

「心配しないでいい。玄関の合鍵は持っているから、締めて寝なさい」

その頃から父は、私服憲兵に連行されることが日常的になった。昼間、学校で何があったのだろう。徴兵拒否で生徒が逃亡し、山狩りに駆りだされることもある。あるときはこんなことをいって出かけていった。

「もし、おとうさんが帰って来れなくなったとしても、君は女学校を出なさい。そして代用教員をやりながら、きょうだい仲よく暮らしなさい。教員の口は、いつでも使ってもらえるように頼んであるから心配しないでいい」

森崎は父を引きとめたいが、そうはできない。涙がつんと鼻を刺激するが、泣くこともできなかった。

その夜、森崎はおそくまで起きていた。タオルを掛けておくと、バリバリに凍っていく。台所にお茶をとりにいき、灯をつけようとしたとき、ぽっと窓の外が明るくなった。あわてて外に飛びだすと、壁ぎわに積んである薪が燃えていた。取るものも取りあえず台所の水槽にバケツを突っこみ、水を何杯もかけた。燃えついたばかりの火は消えた。それでも心配で、数杯かける。手でさわって確かめて、しばらく見守った。空は暗く、凍てついた。部屋に入って靴下を替え、坐りこむと体中ががくがくとふるえた(『慶州は母の呼び声』)。

誰かが放火したとは思いたくなかった。できるなら、父にも知らせたくなかった。翌朝出かける前の父に、「ゆうべおそく、そこの薪がちょっと燃えたので水をかけて消しました」と報告した。父は「そうか」といっただけであった。手袋もせず、オーバーも着ていない。国民服だけで出ていく父。その肩が寒々としている。父は生徒を鼓舞する立場にあった。

年が明けた。母のいない正月を、森崎がととのえた雑煮で祝った。

四四年(昭和十九)二月。内地への出発の日がちかくなる。

自筆年譜には「軍民混合船」とあり、大半は南方へ行く兵士であった。残りの一般市民にまじって、ほかに女の子の一人旅など見当たらない。顎まである救命道具をつけ、船の細いブリッジを這いあがったり、朝鮮海峡へデッキから飛びこむ訓練があって、屈強な兵隊の後について動いた。彼らはいったん下関に着いて、そこから南方の任地に向かうのだ。撃沈される可能性があるので、昼間十三時間をかけての航行であった。事実、朝鮮海峡までも米軍は出没していた。その前年の十月には釜山と下関を結ぶ連絡船の崑崙丸がアメリカの潜水艦によって撃沈されていた。

森崎がひとり日本に行くのは受験のためである。その前に父とこんな会話があった。

「奈良に女子師範学校というのがあるそうです。そこを受けたい」

「そうか。自分で決めることは大事なことだ。だが、ぼくから頼みがある。学校は福岡女専にしなさい」

「福岡？　どうして！　福岡女専、って……」

福岡県立女子専門学校（現・福岡女子大）のことは知らなかった。

「自分で決めたところに行けなくて無念だろうが、戦局はここまできた。万一の場合、福岡なら本家がある。送金できなくなったり、食糧が絶えて寮が閉鎖したら、親戚の会社で働かせてもらいなさい」

返事ができなかった。本心をいうと、父のもとを離れるのがこわい。ちょっと前、そんな不安を口にしたら、父はいった。

「いやなら、やめなさい。和江に代用教員の話がある。女学校を出たらすぐ来てほしいそうだ」

教師も出征して手が足りなくなっていた。「いやよ、絶対にいや」

何も知らない自分に代用教員なんてできるはずがない。そして受験を決めた。娘の留学のために、父が内地に残していた土地を売ったことなど知るはずもなく。まだその頃は、内地に留学して勉強をし、朝鮮にもどって仕事をするつもりだった。

「安部磯雄先生が、女性にも勉学の道を、といって創られた学校だ」

早稲田の学生だった頃、父は安部磯雄に師事し、尊敬していた。安部磯雄はキリスト教的人道主義の立場から女性の地位向上のためにも貢献し、早稲田に野球部をつくり、早慶戦の祖ともいわれる。父は野球部創立当時のマネージャーをしていた。

その安部先生が開いた学校と聞いて、森崎の心が動いた。要項を取りよせると、昭和十九年度から国文科・英文科を廃止し、物理学科と数学科を新設する、とある。学徒出陣がはじまり、全国の高等学校・大学が文科系の縮小や転換をせまられていたのだ。森崎は数学が不得意なので文科系を希望していたのだが、これもご時勢というべきか。戦争が自分にも具体的に迫っていることを痛感した。それでも文科系の先生もおられるにちがいない。森崎ははかない希望をいだいて、暗い灯の下で、ゆいいつ残っていた家政保健科を選択したのだった。

ほとんど同世代の作家・宮尾登美子（昭和元年生まれ）は、高等女学校を卒業（昭和十八）後、代用教員をしていたときに同僚と結婚した。（この結婚は生家の生業・芸妓娼妓紹介業の桎梏から離れるためでもあったが）。翌年には満州開拓団の子弟教育にあたる夫とともに、生後間もない娘をつれて渡満、登美子十八歳であった。

満州は満州事変の翌年（昭和七）から敗戦（昭和二十）まで、たった十三年間、現在の中国東北部にまぼろしのように存在した国家である。満州開拓団は日本政府の国策によって、中国大陸の旧満州、内蒙古、華北に入植した移民の総称である。これは昭和恐慌下の農村更生策の一つでもあったから、わずか十余年の間に二十七万人も移住した。

宮尾の小説『朱夏』には、女主人公が何度も死に直面しながらも難民生活をくぐり抜け、かろうじて帰国するまでが描かれている。敗戦の報を受けたのは満州の飲馬河にわたって半年後であった。果たして日本はまだあるのだろうか、といった心配が頭を過る。財産といったら布団を裂いた赤子のおむつのみ、生まれてはじめて他人の家に干してあったおむつを盗んだ。小説はヒロインの綾子にたくして、こう結んでいる。「実際にはたった一年半だったのかと思いつつ、綾子はこの五百三十日余は人間一人の一生にも匹敵する長さだとしみじみ思いながら、胸の奥深く息を吸い込んで立ち上がった」


このように残るも地獄、往くも地獄のなか、無事に内地の土を踏むことは奇跡にちかいことだったにちがいない。現に、森崎の半年後には対馬丸事件が起っている。終戦の前年の八月二十二日、疎開する学童を乗せた対馬丸がアメリカ海軍の潜水艦の攻撃を受けて沈没、一四七六名の犠牲者が出たのだった。

朝鮮海峡に雪がちらついて、手がかじかむ。そのまま足をとられ、海峡に流されそうになった。それでも踏んばって背のびすれば、いつしか人びとと手をつなぐことがあるかもしれない。そんなおぼつかないことを考えながら、お腹にぐっと力をいれた。

森崎は凍りつくような朝鮮海峡をわたって無事に下関に着いた。

第三章　蒼い海　冥《くら》き途《みち》

一　顔がない

1

森崎は福岡県立女子専門学校の保健科に入学して、田島寮という女子寮に入ったものの、半年で学徒動員となる。行く先は、筑紫郡春日（現・春日市）にある九州飛行機会社で、どういうわけか、四人だけ製図室に配属された。一人ひとり製図板があって製図するのだが、森崎は数学が不得意で困ったものの、見よう見真似で描いていった。ところがそこにいる九大の学生たちは、ほぼ全員が非国民といわれる出征できない男性、つまり結核患者で、ひっきりなしに咳をして血痰《けったん》を吐いていた。たちまち森崎も感染して、微熱が続くようになる。翌四五年の六月、終戦のちょっと前には福岡も空襲にあって学校も焼けた。敗戦の詔勅は、製図室のラジオで聞いた。

森崎が朝鮮海峡をことさらつよく国境と意識したのは、博多の町を当てもなくひとりで歩いているときだった。これからどうやって生きようか。家族が帰って来れるのかどうかも分からない。頭の中がまっ白になって何も考えられなかった。

あるとき、ぼんやり駅に行って、ちょうど入ってきた満員列車に乗り、熊本まで行こうとした。どうして熊本かというと、父がよくふざけて「ぼくはたった一人でも熊襲《くまそ》だぞお」って子どもたちを追いかけていたのを思いだしたのである。熊襲とは古代の自由人をいう。しかし熊本駅の一つ手前の東熊本駅で、列車から満員で押しだされてしまった。仕方なく外に出たら、「子は要らんかのう、子は要らんかのー」って、男の人が二、三歳くらいの男の子を天秤棒のかごに乗せて、売り歩いている。

いま、われわれが聞いてもショッキングな出来事だが、人身売買や売買春は、日本を知らない森崎を驚愕させ、日本に対する嫌悪感をいやました。

江戸時代からえんえんとつづく公娼制度だったが、大きく動いたのは第二次大戦後であった。GHQ（連合国総司令部）の要求により、廃止するに至ったのである。しかしそれは名目上で、戦前からの遊廓は赤線地帯として除外となった。

いったい、「赤線」とは何か。警察が公然と認める地帯を赤い線で囲ったのが「赤線」で、ここでは「検梅」という性病検査をおこなっていた。これに対し、青い線で印したのを「青線」といい、非公然（非合法）売春地帯だから「検梅」はない。ほかに、自主売春など、もぐりの「白線」というのもあった。このような問題は社会現象ともなり、「赤線地帯」（昭和三十一年溝口健二監督　主演　京マチ子　若尾文子　小暮実千代）や「赤線の灯は消えず」といった映画が、世評を呼んだ。

その後、売春防止法案は神近市子、市川房江ら女性議員の尽力により、議員立法として繰りかえし国会に提出されたが、いずれも多数決の結果、廃案となった。しかし、依然として赤線業者からの激しい抵抗が続く中、時代の趨勢もあり、五六年（昭和三十一）法案はついに可決された。これには当時の保守政党である自由民主党が選挙にむけて女性票を獲得しようとの狙いから一転して法案成立に賛同したともいわれる。いずれにせよ二年間の猶予期間をおき、完全実施となったのは五八年（昭和三十三）四月からである。いまでは古老にあたる男性諸氏から、廃止にあわせて「駆けこんだ」話はよく聞かれることである。以降は、日本人男性によるアジア人女性の売買春が新たな問題を提起したのは、マスコミなどで報じられている通りである。

　森崎の父と弟妹がリュック一つを持ち、漁船で引揚げてきたのは、敗戦から間もない九月初旬であった。それでもこの混乱期に無事帰国できたのは僥倖であったといえよう。父は「君の日記は全部読んで焼いてきた。許せ」といって、小さなマリア観音をくれた。母がよく弾いていたオルガンの上にあったものである。家族は父の生家である福岡県の南、筑後の城島《じようじま》町浮島の伯父の家に身を寄せた。筑後川下流の川べりの農村であった。

「よう帰って来らしたのう」

　父が帰郷したと聞いて、入れかわり立ちかわり人が訪れた。親戚や村びとが子どもらにも、なつかしげな声をかけてくれる。だが、いたわりやねぎらいの気持ちが森崎にはいとわしい。それは方言が聞きとれないせいでもあったろうが、なぜか居心地わるいのである。森崎は「落着きなく坐ってい」るしかなかった。しめり気を含んだ日本のやさしい光にさえ、自分の育ったものでない違和感を感じたからであろう。子どもたちも心深く傷ついていた。植民地での灼けつくような体験を消化しきれないでいたのである。

これを森崎は後に、「私は顔がなかった」と表現している。もちろん手でさわることのできる顔はあるのだが、その鋳型《いがた》は朝鮮でつくられたものである。朝鮮で生まれ育った内地知らずの内地人——という考え方がどうしても抜けない。自分には、日本によってつくられた「わたし」というものはなかった。日本人でありながら、日本人と共有する領域を持っていないのである。

たとえば、彼女はこんなことで説明している。

レコードで繰りかえし聞いた〈十五でネエヤはよめにゆき　おさとのたよりもたえはてた〉（「赤とんぼ」）で想像するのは、自分を負《おぶ》ってくれた朝鮮人のネエヤである。〈ぼうやの子守りはどこへいった〉（「子守り歌」）の里帰りしている家は、屋根に赤いトウガラシを干してあるオモニの家だった。竹とりの翁は白い木綿の民族服で、かぐや姫はチマチョゴリを着ている（「竹取物語」）。母が〈おじいさんは山に柴刈りに、おばあさんは川へ洗濯に〉（「ももたろう」）と読んで聞かせるとき、頭に描くのは柴を背負った朝鮮人の老人と、砧《きぬた》をさげて川へ洗濯に行く老女の姿である。ついでに砧を打つ響きと、女たちのさんざめきさえ聞こえてくるのだった。

いまのことばでいえばカルチャーショックというものだったかもしれないが、この齟齬は長いこと、森崎を苦しめた。学校で級友のいう「おどんがくさ」は何がくさいのかと思ったら「私がね」という方言だったし、「はよき、はよき」というからついていったらトイレだったこともある。さらにどこに行っても、「あなたのおくにはどちら？」と聞かれることにも閉口した。

「おくに、って」

「生まれたところ」

「ああ、朝鮮です」

「えっ——でも、ご両親のおくには」

「九州ですけど」

この会話は何十回、何百回となく繰りかえされた。なぜ内地の人は、出身地にかくもこだわるのか。どうして狭い範囲で人を色分けするのだろう。

こういったことから森崎は、いったんは教科書を捨てて、方言を日常生活で使いながら労働をして暮らしている人に会いたい。自分のことばで生きている人を見習って、日本の女に生まれ変わろうと思いはじめたのである。

一方、父は父で苦悶していた。畠を借りてサツマイモを植えるかたわら、慶州時代の教え子たちの名前を書きとめていく。創氏改名をさせられた彼らの朝鮮名を書きだすのだが、ところどころ空欄ができて、日本名しか思いだせない。ふと、いった。

「あの生徒たちは、いまでも日本語でものをいい、考えているだろう」

父は目がしらをおさえ、和江は声を大にしゃくりあげた。

「もう、よし」

父が叱ったが、なかなか泣き声はおさまらなかった。

村びとが帰国した父に村長の仕事を依頼してきた。幼なじみの情けであったろうが、ことばにならなかった。父の挫折感というよりも、傷の深さが思われて、知らず知らず涙がこぼれる。娘としては父に、家族のことを思いわずらうことなく、のんびりして欲しかった。父は、村長の依頼を固辞し、一家は久留米市に移った。

私はこのあたりの父娘の苦悩を書いていて、もどかしくなる。どのようなことばで補えばいいのか、みずからの表現力の乏しさに呻吟するほかないのである。たしかに当時の日本の地域集団には、一家の煩悶を吸いとる土壌や、やわらかさもなかったであろう。故郷の人びとが親切に心を寄せてくれるだけに、父娘は苦しむ。何をしても、どこにいても落ち着かず、声のあらんかぎり叫びたい思いだったにちがいない。

そんな冬のある日、森崎は汽車に乗り、玄界灘に面した母の実家におもむいた。ずっと気になっていた母方の祖母にあい、詫びるためである。母が親の意思にそむいて父のもとに出奔したこと。祖母の意に反して自分が生まれてしまったこと。そして、彼の地《か》で早く亡くなった母の親不幸を。

祖母は老いていた。そして開口一番、「親不幸のばつを受けたとたい」と、いまは亡き母を叱った。はたまた、引き揚げ者という身分（身分と祖母はいった）に転落している現状を叱った。

森崎は、これは個体で負うことのできる問題かと疑問を持ちながらも、老いた祖母にあらがうことはできない。後に続くことばを見失っていた。いまや身体にはりつく苦痛だけが財産だった。すみませんと手をつく孫娘に、祖母はようやく立って、山盛りのアラレを持ってきた。「おまえが来るといったので、とっておいた。おとうさんと食べな」といって、大きな袋に入れてくれた。裏庭からみかんをもいできた。まだ小さい夏みかんである。

「これが甘くなるころ来《き》ない」ともいった。それから押入れから金糸銀糸の大きな婚礼用の帯を出すと、

「愛子にさせようと思っとったが……」
と母の名をいい、こういい切った。
「おまえにあげようと思って戦争の間もとっておいた」
真新しい帯はしめりけをもち、鵬《おおとり》がはばたいていた。

（『ははのくにとの幻想婚』）

私はここでは、書き手として、この祖母に代わり、孫娘の森崎に謝りたい気持ちである。そしてこれが、鄙人《ひなびと》の精一杯の愛情だよと、いってあげたいのである。一見、つらく当たっているようにみえる祖母であるが、孫娘に与うるかぎりの情愛を寄せていることがよく理解できる。日本人の、まして田舎の老いた母は、身内である娘を叱り、自分をおとしめることでしか、愛情を示すことができないのである。これは立派に森崎父娘を敬愛し、受けいれていることなのだ。だが、こういう日本の土着気質を植民地で育った彼女に理解しろ、というのは酷であろう、ということも私には分かる。

しかし、これが現実であった。このように血縁をとおして九州に接した森崎であったが、血縁が迎えいれる媒体となるにはほど遠いことを知る。そのことで彼女は、一層さむざむとした思いにさいなまれたにちがいない。

心の空疎感は体調にも影響した。寮にもどったのは、大学が博多湾沿いの仮校舎で授業を再開したためである。だが、微熱が続いて、とうとう女専を卒業する年には佐賀県の中原療養所に入所する羽目となった。療養所は海岸にちかい松林の中にあって、八病棟のうち七棟が男性で、女性は一棟だけである。女性病棟の下を毎日のように棺《ひつぎ》が通った。

死と直面する環境は思索にふける場でもあったろう。サナトリウムに足跡を残した作家や詩人は、堀辰雄の『風立ちぬ』（昭和十三）に代表されるように珍しくない。森崎もまた、小さい頃から書いていた詩や短歌をつくり、九州アララギ会誌に発表したりした。

雪女／雪女
死へ　さそう　生へ　いざない
ほとり　ほとり／雪女

森崎は幼い頃から、雪女の非情なイメージが好きだった。雪女はなぜか悲しげな視線で息を吹きかける。眠っている子らへ、そっと。そして死のように凍らせる……物思いにふけっては、そのような詩のかけらをもてあそんだ。詩とは、文字ではなく、息なのね、と思ったのもその頃である。それは「エロスの開眼」であったかもしれない、と後に思う。

ほとり　ほとり／雪女
あの子を抱き　この子を抱いて
雪女／雪女

森崎の病は肺浸潤《はいしんじゅん》だったが、療養所には薬もない。担当医が、学生時代に結核になるのは知識不足です、といって医学書を枕元においてくれた。それで自然治癒というものを学び、ようやく三年たったあたりから快《よ》くなった。
そんな森崎にある転機が訪れる。一日だけ帰宅を許され、列車を乗りついで、久留米からはバスに乗った。戦後しばらくはガソリンの代わりに薪をつかうバスが走っていた。時速二〇キロほどで、〈けむりモクモク　未来の乗り物〉とうたわれた木炭バスである。ボコッボコッと車体が揺れ、後部席が熱い。なにげなく窓の外を見ていたら、電信柱に「母音詩話会　丸山豊医院にて」と貼ってある。これを啓示というべきか、すぐにメモにとった。
しかし、実際に訪れるのはその数ヶ月後である。退院して思いだしたかのように久留米まで行き、ようやく焼け跡に丸山医院を探しあてたのだった。

大きなカアヴを描いて過ぎてゆくあなたは
かろやかに一つの扉を押したようだ
（中略）
急がぬあなたのほほ笑みが
屋根屋根に夕光のうつろいをみせる
飛翔そのものがいのち
飛翔そのものが結実《みのり》
（後略）
（「飛翔」）

先生はこんな詩をみて、にこっとされた。それは彼女にとって、まるで目の前の流木にでもつかまるほどの手ごたえであったにちがいない。

森崎は一時期、「バラが消えた」などの小文を母の旧姓の「天野アイ子」で書いていたことを、取材の折りに恥ずかしそうに口にした。それには母恋いといったセンチメンタルな気持ちが含まれていたのかもしれないが、日本での出発にあたって母の名前を記《しる》したかったのだろう、と私は思った。

2

『母音』の詩話会は自由闊達で和気あいあいとしたものであった。先生（丸山）が往診でいないときには勝手にお酒を飲んだり、先生のところの米びつが空っぽになることもしばしばで、ご子息のおやつまで食べてしまうこともあった。時に、菜の花畑のある筑後川の土手でおこなわれた。かつてはナタネ油が主であったから、ちょっと町をはずれると西も東も川土手や山の裾まで真っ黄色に染まったものである。同人仲間の高木護がヤミで仕入れたドブロクを水枕に入れて持ってきて、みなで乾杯した。バラックが建ちはじめていたが、まだ焼け野原で地平線が見えた。先生が「ほら、見てごらん。地球の曲線が見えるよ」といった。先生が白骨街道といわれたビルマ戦線からの数少ない帰還者であることなど、若い同人たちは誰も知らなかった。西日本新聞に連載された『月白の道』を読むまで……。

といったことを、私はあちこちで書いてきた。ここでは丸山本人の視点より書きすすめてみよう。

丸山の略歴にはこう書いてある。

「丸山豊（大正四〜平成元）は軍医として召集（昭和十六）されて以降、中国、フィリピン、ビルマの各地を転戦した。復員した後、久留米市諏訪町に丸山医院を開くかたわら、詩誌『母音』を創刊。『母音』は十年間にたった二十五冊刊行されただけの雑誌だが、九州から多くのすぐれた詩人を輩出した功績は大きい」

敗戦後の日本は、朝鮮戦争による特需景気で沸き、市場は活気にあふれた。博多港や福岡空港からは、米軍がたえまなく朝鮮半島に向かっていた。

だがこれは一部の糸ヘン、金ヘン景気といわれるもので、庶民とは関係なかった。誰もが戦後の混迷のなかで、生きまよっていた。こんな中、丸山はどのように考えたのだろう。

自分は医者だから医学の道を勉強しなおして、医師倫理に徹した医師になりたい。ほかに友人たちと刺激しあい、励ましあいながら生き抜いていこう。それには塾みたいなもの、つまり「母音塾」を創ろうと思った、と語っている（『丸山豊の声』）。

そこで戦前からの仲間である野田宇太郎、安西均、俣野《またの》衛《まもる》らに呼びかけて詩誌創刊にいたった。その呼びかけは、同人が「卓越した詩人になること」も重要だが、「一流詩人となるよりも、その詩人が詩を砥石として人間性ゆたかに高めてゆくことを期待」している、というものであった。

ちょうど、久留米に九州大学の予科分校ができ、毎日医院の前を通る文学部の学生らが『母音』をのぞきに来るようになる。気がついたら医院の片すみにある物置小舎に寝泊まりするようになっていた。台所にあるものを好き勝手に持っていって、酒は近所の酒屋から丸山のつけで買ってくる。丸山は「さいわい医者をしていたので、なんとか食いつないでいた」というが、同人たちの傍若無人ぶりは森崎が「（師に）丸ごと甘えていた」と語る以前からのものだったようだ。

そのうち谷川雁から電話がかかってきて、母音社を訪問するという。それまで、雁の日本共産党について書いた優等生らしい文章を読んではいたが、どんな人物があらわれるのか期待半分、心配もあった。安西均の話によると、すでにレッドパージを受けて、西日本新聞社はクビになったらしい。

さて当日、雁は何日の何時何分頃に訪問するといって、正確にその時間にやってきた。理屈っぽい評論家タイプを予想していたら、じつに愛想がいい。当時八歳だった丸山の長女の玲子が玄関に出ると、「アカハタのおじちゃんがきたよ」といって引き返してきたほどである。それから雁との長いつきあいがはじまるのだが、「そのアカハタのおじちゃんは、なかなかいんぎんで、折り目正し」かった。そして雁は「丸山さん、母音に入るよ」といった（同前）。

こんな丸山の証言を聞くと、『新版 谷川雁のめがね』を上梓した私は、胸がきやきやする。ラボ後半の雁は、たえず苦虫をかみつぶして不愉快そうな顔をしていたから。まだまだ丸山の話を続けたい。

そのうち上京前の川崎洋や、中学教師をしていた松永伍一が入ってきた。密造酒の販売で歩いているとき、偶然に俣野衛の表札をみて教えてもらったという高木護もやってきた。谷川雁はつねにみんなのリーダー格で、いつも大砲を打ちこむ「砲兵」であった。まず「オイッ。きみらどん百姓」とやらかす。いわれた方はムカッとするが、そんなのは織りこみ済みで、三十分ほどでいつの間にか自分の方へ惹きつけている。これは才能というか、カンのよさというか、みんなは「思想の大砲が打ちこまれたあとの、はるか後方を歩兵さながら」従《つ》いていくしかなかった。

そして、雁はすぐれた組織者だが、「孤立しやすい」と、後の谷川雁を予言するようなことを丸山はいう。一方、一刀両断のするどい論理を示しながら「得もいわれぬやさしさ」を持っていた、とも。このやさしさは「急には汲みとれない」にいたっては、私は晩年の谷川雁と照らしあわせて複雑な思いを抱くのである。

さらに丸山は、雁の暗喩の使い方の見事さにふれた後、博多子守唄を例に上げてこう語っている。

〈うちのごりょん（御寮）さんな　ガラガラ柿よ〉

一般に博多子守唄はこう書く。この「よ」を、雁は「よッ」と書いた。この「ッ」を入れるか入れないかで、印象はがらりと変わってくる。「ッ」一つであの唄の生きのよさ、諷刺のするどさが生きてくる、というのだ。

〈うちのごりょんさんな　ガラガラ柿よッ〉

というわけである。ラボで谷川雁（筆名・らくだ・こぶに）作の物語にたくさんふれた私は、この解釈はよく理解できる。私たちテューターは、雁オリジナル作品はいうまでもなく、民話などの再話であっても、彼の一さじ、二さじで原作以上の魅力が与えられることを何度も実体験したのだった。まだ続く。

ある日、丸山に手紙がきて「原点が存在する」の原稿がぽろっと入っていた。（原稿の）宛先はY（安西均）となっているのだが、安西に見せてくれとも、これを原稿に代えるとも書いてない。読んでみると「非常に衝撃的なエッセイ」で、「すばらしい」ものであった。丸山はそれを無断で『母音』に載せた（同前）。

『母音』に「原点が存在する」が掲載されたのは五四年（昭和二十九）五月である。これに関して丸山は、どうやら（雁は忙しいあまり）「原稿はぶっつけ本番に書いているのではないか」といい、「文字がはっきりと大きくて、一字の訂正もしていない」ことを強調している。

これもまた、私の眼にくっきりと焼きついている。当時私はテューターとして矮小なことで立ちあがれないほど悩んでいて、雁から封書と葉書をもらったのだったが、葉書は葉書として、封書は便せんにきっちりと収まるように、お手本にしたいような楷書で書いてあった。ついでにいえば、谷川雁のラボ解任（昭和五十五）にあたり、雁から当時の社長Ｓ氏に宛てた要望書（一種の挑戦状）もまた、一糸みだれぬ楷書であった（『新版 谷川雁のめがね』）。

丸山・谷川の話題で話がそれたが、詩話会の案内を電柱でみて森崎和江がやってきたのは、雁と相前後する頃である。大きな黒いリボンを髪にむすぶ「美少女」であった。はじめから利発で、「先生、存在ってなんですか」などと、丸山を験《ため》すようなことをいった。

谷川雁が入ることによって『母音』詩話会は大いに盛りあがったと丸山は書いているが、森崎にはその記憶がない。雁はその頃（昭和二十五〜二十七）結核で阿蘇山麓坊中の中央病院に入院したり、水俣の家に帰ったりしているから、すれちがっていたのであろう。二人が直接対面するまでには、あと四、五年かかる。

森崎は二十五歳のときに、医院の診療所で出逢った松石始と結婚している。当初、彼はサラリーマンであったが、のちに書家に転身、媒酌人をかって出てくれたのは先生夫妻であった。丸山は先妻を亡くし、戦友の未亡人であったせき子夫人と再婚していた。

丸山豊の話で忘れられない思い出がある。丸山は森崎を西日本新聞社やＮＨＫ福岡放送局につれていき、「この子をよろしく」と紹介してくれた。それを機に彼女はエッセイやドラマなどを書くようになるのだが、西鉄電車で福岡に向かう車中、「和江さんは原罪意識がつよいね。植民地で育ったからなの。僕も……」といったきり何もはなさないまま、電車は福岡に着いてしまった。

丸山豊はみずからの苦哀を同人にも語ることはなかった。『月白の道』には、「戦争の記憶は抜歯のきかぬ虫歯のように、折りにふれて痛みだし、世間智におぼれそうになる私を、きびしい出発点へひきもどす」といって、インパールの悲惨な体験を吐露している。

話をもどそう。和江が結婚すると告げたとき、父は「そうか、おまえもやっぱり……」といい、娘は父が飲みこんだことばが痛いほど分かった。父は見抜いていたのだろう。娘が何だか分からないまま途方にくれて、たったひとりの男を相手に性の平等をきずき、そこから社会と手がかりをつかもうとしていることを。心の傾斜のどこかに敗北感がにじんでいることを。

それでも森崎は幸せだった。「女も日に三度火を起すだけでは駄目だ。社会的にいい仕事をせよ」という父のことばを、かみしめながら。それは名声とか金銭的な豊かさを意味するものではないだろう。「平凡に徹して生きよ」とも、父はいっていた。

父は終戦後、公職追放にあい、わずかな原稿料で米の配給を受けていた。GHQの占領政策の一環として、戦前重要なポストについていた政治家、官吏、教職員らが軒並み、公職から追放されたのだ。政界では日本自由党（昭和二十年当時）の総裁・鳩山一郎や、後の首相となる石橋湛山も入っており、財界人では松下幸之助も戦時中、松下電器産業が軍の命令により木製の飛行機をつくったという理由で追放されている。二十万六千人が対象となったというから、それはかなり広範囲のものだったようだ。森崎の父は植民地の学校の校長ということで、該当したものと思われる。詩人で翻訳家の矢川澄子の父、矢川徳光も大学教授の任にあったが、公職を奪われた。その後は意気消沈し、見る影もなくなったと澄子は記している。

森崎の父はその後、一時、県立浮羽東高校に職を得たりしたが、和江が結婚した年に発病し、その秋には膵臓ガンで帰らぬ人となった。享年五十六。無念の死である。かなりたってから、伯母から昔のことを聞いた。

「あたいは庫次しゃんの死なしゃったとが一番きつかったァ」

伯母は伯父のつれあいである。父の兄は道楽者であったが、この伯父も亡くなっていた。

「庫次しゃんが『あねさん。兄貴のことはぼくがよう言ってきかす。ぼくたち弟は力を揃えてあねさんを大切にしていくから、どうかこらえてくれ』って、なんべんも言わしたたい」

父の生家は菜種油製造業をいとなみ、地主だったので、暮れには小作人が持ってくる米で土蔵がいっぱいになるほどだった。それを跡とりの伯父が飲んで、芸者遊びもして、「庫次さんが大学卒業の時ァ、とうとう家も他人のものになったたい」。油工場も、佐賀県にあった田んぼも、何もかも「すっぽり女遊びに使うてしもうての。とうとう家にも帰って来んごと」になってしまった。父は家に手紙を書いて「卒業したなら早速就職して、おっかさんとあねさんを食べさすけん。けっして、はやまったことをしてくれるな」と懇願したらしい。そして、「どげな風に都合つけらしたとか、この家ば買いもどしてくれて」朝鮮にわたったというのだ（『慶州は母の呼び声』）。この伯母に実子はなく、亡夫が外の女性に産ませた子どもを我が子のように育てていた。

森崎は生前の父母の会話から何となく聞いてはいたが、それほどなまなましいものだとは知らなかった。父は大学を卒業して、ドイツ留学後は大原社会問題研究所へ就職することが決まっていた。それをふいにしなければならなかったのは、生家の倒産である。まずは安部磯雄の紹介で栃木県立栃木中学の教師になり、その後、公務員の給料が六割高の植民地に赴任したのだった。父はどのように工面したのか分からないが、人手にわたった生家をとりもどし、長男夫婦に母をたくす一方で、弟・実の大学進学までを支えたのである。

森崎は父の入院中、見舞いにいって、自分の胎内にやどる子の名前を聞いておいたのが、せめての幸いであった。父は掌に、恵、泉、ほか幾つかを指で書いてくれた。それはそのまま、長女、長男の名前となった。

当時日本はまだ家同士の結婚という旧弊が根強く残っていたが、森崎は結婚するにあたって、こう語っている。結婚は個人の結びつきであること。たとえ彼が祖父母世代の大切な長男であろうとも、自分は家の「嫁」にはなれないこと。自分は自分にすぎないこと。それらを熱心に相手にはなした、と。松石は長男であった（『いのちを産む』）。

そして、妊娠中は特異な体験をした。ちょうど胎内の子が五ヶ月目のときだった。ちょっとした集まりで「私がね」といった途端、「うっ」と疼くものがあって、「私」ということばが使えなくなったのである。独唱だった自分がお腹の胎児といっしょに二重唱のような、「私」でもない、「母」でもない、「わたし」。それをどう表現したらいいのか、分からなくなった。一人称の「わたし」には、女の胎内の変化、女性の生態が反映されていない、ということに気づいたのである。

一方で、ふくらんでいくからだは幸せでいっぱいだった。なのに、「わたし」という一人称から妊娠している女の実体が欠け落ちていて、そのショックに耐えられない。何かがすべり落ち、すきまとなった深い空洞――夜中にこらえきれなくなってそっとベランダに立ち、葡萄の房を見上げて涙した。葡萄は樹液をまだ青い実へとせっせと送り、朝露のなかで呼吸している。そこには自然が揺らぎなく横溢し、葡萄がそのままで充実している姿しかなかった。

それは娘ごころを卒業し、母性が芽ばえたに過ぎないのかもしれない。そして「わたし」という一人称の内容が、少女期のように男女同質のものだとは思えなくなったのだろう。しかし、この混沌を自分の身体内で消化することができなかった。ただ、胎内の子へのいとおしさばかりにすがりついた。

後年になって、森崎は姜尚中《カンサンジュン》との対談でこう語っている。

「にほん語がふたつに割れるのです。ふたつの心に割れる。……あえていうなら、ふたつの民族の心に割れる」（上村忠男・大貫隆ほか編『歴史を問う6』所収「重なりあう領土／絡まりあう歴史」）のです、と。そのことばの分裂感は、「自民族と相手側の民族との両方へ対するコンプレックスにちがいない」というのである。

森崎は、不思議でならなかった。なぜ内地では、いのちを産むことを女の仕事と切り棄てるのだろう。死は思想や哲学や宗教の対象となるのに、産むことは思索の対象として発展してこなかった。人びとは「産」を白不浄と称して、神事や祭祀から遠ざけてきた。子産みをする場所を「産小屋」といって、村はずれや山間《やまあい》にこしらえ、あえて遠ざけてきたのである。

それは、妊娠・出産を女の分野に押しやる日本人への疑問だったのかもしれない。森崎は、初めて「女たちの孤独」を知った。それは百年、二百年の孤独ではなかった。死んでからも続く

「ことばの海の孤独」(『いのち、響きあう』)であった。本来、それはエロスの発露ともいうべき豊饒なものではないか。ならば、もっとおおらかに受けとめるべきであろう。森崎の試行錯誤は続くのだが、出産は待ったなしにやってくる。

彼女は夫に「二人で産む子どもだから、二人で産みたいの」と伝えた。単婚家庭で育ち、母を女学校に入るまえに喪《うしな》った森崎は、赤ん坊にも接したことがないかわりに、地域の風習とも切れている強みがあった。夫は「分かった。ぜひ二人で産もう」といってくれた。それからは夫の自転車の後ろに乗せてもらって、ほうぼう探しまわった。当時は産婆さんが主で、里帰りして産むのが普通であった。帰るべき実家がないことはもとより、その方式を望まなかった。ようやく日本赤十字社の附属産院というのを見つけ、助産婦さんが「ほんとに二人で産みたいの? それがほんとうのお産ばい」といってくれたのである。

それはいまでいうラマーズ法というのではなかったろうか。痛みはあったのだろうが緊張の中でさほどには感じられず、夫に抱えられ、ヒイヒイ、フーッっていっている間に「オギャー」と生まれてきたというから。そして生まれてきてみれば、赤ん坊の完璧さに驚く。くたびれ果てて眠っている夫のかたわらで、新米ほやほやの母は「あなたは誰のものでもない。あなたはただあなたのもの。春の光があなたに触れて、あなたを伸ばす」と、詩みたいなものをつぶやいていた。

そして、子どもを産んで一ヶ月後の四月――

弟の健一がふらっと庭の方からやってきた。

「和姉《かずね》え、ちょっくら甲羅《こうら》を干させてくれないか」

もっと現実を把握し、しっかり前を見据えている姉だったら、そんなことばを発する弟の真意をきっちり摑んで離さなかったであろう。ところがそうではなかった。

「ぼくにはふるさとがない。女はいいね。なんにもなくても子が産めるもの。男は汚れているよ」

赤ん坊に乳をふくませている姉をみて、弟はいった。後で思えば、それは生物的条件に寄りすがって生きようとする姉をみて、ふっと出たつぶやきのようなものであったろう。だが、姉の和江もまた必死であった。

「お願い、生きてみよう。生きて探そう」

夫も寝静まった夜ふけ、細い声で弟に語りかける。

「日本にこらえていこう。お願い」

たしかに姉は、日本というまるで異国の地にやってきて、このくにとの共通の認識をつかもうともせず、女という性を取っかかりとして生きようとしていたのである。

その翌朝、弟は何の嚙みあいもないまま「子どもを大切にね」といって、出ていった。

それから一ヶ月足らずの五月二十二日、栃木県の、とある教会の森で弟は自死した。早稲田大学政経学部二年生の二十一歳二ヶ月。中学二年のときに引き揚げてきて足かけ七年、父が逝って半年目のことであった。

弟はジャーナリストを志し、高校のときから弁論大会で「労働者諸君」とこぶしを振りあげ、「そもそも自由とは如何なるものでありましょうか。いいたいことを喋り散らし、したい放題のことをやることが自由ではありません」などといっていた。そして一時期の青年がそうであるように、日本での売買春問題にも嫌悪をいだいていた。両親はまだ彼が自立していないときに他界していたから、経済的な援助をしてくれる人もいない。アルバイトをし、学費、生活費ともに自分でまかなっていたのである。

姉はのんきに学校に通い、三年も療養所で過ごす能天気であったというのに。弟は、姉の何倍も直接的に社会とたたかっていた。植物だって移植はままならない。姉の自分でさえ、何十年たっても未だ解決しない問題である。どんなにか、ゆっくり休める翼の下が欲しかったであろう。姉は、二、三日でも、一ヶ月でも、もういいというまで、家でごろごろさせたかった。そうすればきっと、弟は元気になったにちがいない、そう思うと嗚咽が止まらなかった。

戦後のものの乏しいなか、森崎たちは小さな家に世帯を持って、幼稚園に勤務する妹も身を寄せていた。長男でありながら、両親と別居している夫への気兼ねがないわけではなかったが、話せば分からない夫ではなかった。弟もその中に入れてあげたかった。もう少し自分の心に余裕があったら、弟のいだく懊悩もやわらかく受けとめることができたであろう。姉は自分の未熟さを責めた。

植民者二世として、精神の故郷を持たないという苦悩は、森崎自身の問題でもあった。弟のいう「なんにもなくても子が産める」ということは、「子どもを産むことによって、肉体に思索の原点をおける」ということでもある。やはり自分は子を産んで、それに寄りかかって生きようとしていたのであろうか。総身に戦慄が走った。

それからは「ぼくにはふるさとがない」といって死んだ弟をも含めて、二人分の日本探しがはじまる。それは一人分にも増して重いものであった。

二　『サークル村』始動

1

森崎は、何年たっても弟の自死について語る力がない、という。姉弟は精神の故郷を持たぬ植民者二世であった。肺を病む姉を自転車の後ろに乗せて築後川沿いをサイクリングしたり、たいへん仲がよかった。弟は「早く快くなれよう」といい、姉は「健ちゃんに好きな娘《こ》ができるといいわね」などといったりした。そんな他愛のない会話にも、弟の苦悩はちりばめられていた。姉は、ぼくにはふるさとがない、という弟の絶望の核に触れることができなかったことが悔やまれる。その後、何年かけて生きても、なおかつ超えられない壁だというのに。そのことが森崎を絶望の淵におとしいれた。

そういえば、こんなこともあった。療養所にいるとき見舞いにきた弟と普通に雑談していたら、同室の患者から「きれいな日本語！」と驚かれた。森崎はぎくっとした。それは生活感が稀薄で、よそよそしい、と同義語でもある。標準語で育った森崎は、しんと落ちこむような哀しみを覚えた。朝鮮語も知らなければ、方言も持たない自分はまるで精神の故郷がない、というようなさみしさであった。

そのため、一時はひきこもって本ばかり読んでいたが、書きことばはいわゆるモノローグの世界である。それは一層、自分独りでも成りたつ閉塞感をもたらした。これではいけない、書きことばも大切だが、他の人と対話して呼吸を合わせたい、地域の風土をはらんだ方言とじかに触れあいたい、と願うようになった。やがてそれは、炭坑の女たちの聞きとりにつながる。

谷川雁が『母音』を持って森崎を訪ねてきたのは、弟の自死から一年半後の五四年（昭和二十九）十月であった。水俣から列車に乗ってやってきたのか夜おそくきて、「森崎和江さんに会いたい」という。「ちょっと話がしたい」というのだった。

『母音』（十八冊）には、谷川の「原点が存在する」と、森崎が弟のことについて書いた詩「悲哀について」が載っている。それが初対面であった。

世界がおまえのまわりで
ちぢかんだりひろがったりする。
またはおまえが
ひろがったり
かたく　ちいさく　動かなくなったりする。
白い道や電車や風が
交叉する背景のまえで。
とらえどころのない
おまえの死を
（後略）
（「悲哀について」）

この詩には弟を亡くした森崎の慟哭が色濃く反映されている。谷川雁はいった。

「この人と仕事をしたい」

谷川の話は直截である。

「弟の仇《かたき》を討とう」

それが初対面であったことも意外だが、この唐突なもの言いにも吃驚する。仇を討とうということは、荒廃した日本を変えよう、日本を根本からつくり直そうということである。このとき、森崎は一歳の長女を「ねんね、ねんね」させていた。谷川は、長女を眠らせている枕元に正座したまま、動こうとはしない。狭い家だから夫にも筒抜けで、困ったことであったろう。仕方なく外に出ると、谷川はいった。

「二人で雑誌を出そう」

『サークル村』とはいわなかったが、その言には熱意がこもっていた。それは、まだ弟のことが消化しきれずに苦しんでいた森崎の胸を突くかのように、ある衝撃を持ってひびいた。

実際に森崎が家を出るまでには、それから四年ちかくもかかっている。その間には長男も誕生していた。私は取材の折、そのあたりを質《ただ》さずにはいられなかった。

「いったん、棚上げされたのですか」

「いいえ、手紙を往復させて新しい切り口をさがしていました。文学活動はいっしょにしたいけど、同棲はしたくない」

事をはこぶには拙速すぎたようだ。谷川にも家庭があり、森崎を訪ねた翌年には、水俣のチッソ病院で胸廓《きょうかく》整形手術を受けた。退院後は「失業対策と療養を兼ね」て、妻と「いうも愚かな小間物屋」（『現代詩時評』）をひらいたりしている。そんななか、『母音』（第二三冊）には、谷川の「森崎和江への手紙」と、森崎の「谷川雁への返信」という公開ラブレターのようなものが掲載された。師も何かを感じたのだろう、丸山の企画であった。

谷川はまず「耶馬《ママ》台国の虹！」と森崎に呼びかけ、「恋文を書く青年の困憊、とてつもない荘重さと音階の狂った軽佻さの間をさまよう動揺が私の場合にもつきまとうのでした。若くもなく老いてもいない男女の会話、既婚の男女の内的な友情を表す語法」と語りかける。これは互に強烈に牽《ひ》かれあう男と女の、隠喩に満ちた恋文には相違ない。

これに対し森崎は、「『既婚の男女の内的な友情を表す語法』がたしかにみつからなくて、私はいつも弱りました」といいながらも、こう返している（「谷川雁への返信」）。

「女性特有の言語の周囲に張りめぐらされていた万里の長城は、生理的差異という素朴な美さえ冒瀆し、女性のエロスを衰弱させた古びた生活様式の結果であり、その間隙から時代は容赦なく浸透して、もはや限定された言語では盛り切れないものを女性にも要求してくる」

そして、次のところはさらに具体的だ。

「つまり、女性の感覚の領域は日々に更新され、荒され、しかも、それを表現する固有の言語を持たないのです。流動する世界の中で静止を続ける事は、むしろ性の中立化に陥りはしますまいか」

これは森崎が妊娠して「わたし」といえなくなったことや、自分には顔がないといった懊悩を意味しているのだろう。さらに、いう。

「女の言語や感覚の革新には、男性が目を閉じて神秘的領域にふみ込むようにして下さる事よりも、台所を讃えて下さる事よりも、社会的合理性で処理して下さる事よりも、一層身近く、個々の問題として、個体と個体が具体的にふれてゆくことが先決だと思った」

ここでは、さまざまな内的事情をかかえる森崎が、雁さん、観念的で抽象的なもの言いもいいけど、あなたにはもっともっと個と個が触れあって欲しいのよ、と切々と訴えているように、私には聞こえる。

こうして相互の磁石《じしやく》が牽きあうように二人の合意点をさぐっていくのだが、夫である松石を除外していたわけではあるまい。わずかに『第三の性』のなかに、その様子がみられる。森崎は（沙枝という女性に託して）夫にこうはなしている。

「一あしさきはどうなるかわからないけれども、男たちの世界と女たちの世界とができるものなのか、そんなことがあり得るのかどうか、この人（註・谷川）と対話の可能性を追っていきたい。一緒に雑誌をだして運動の場を共にしていきたいと思う」

これまで妻が苦痛を訴えるたびに、そのうち慣れるよ、と軽くたしなめてきた夫であったが、いまでは「（和江の）性格と抱えている問題の深さを理解し、外の世界に送りだそう」としていた。和江の目から涙がとめどなく流れ落ちた。この夫に何の不足もない。二人の子ももうけた。なのに、いま自分のわがままのために、夫のもとを離れて別の男のところに飛び立とうとしているのだ。それを寛大にも夫は許そうというのである。和江はこの夫の人間性にことばにならない感謝の念をおぼえつつ、みずからも引き返せないところまできていることを自覚しなければならなかった。

そして模索のはてに、森崎は迎えにきた詩人の男にともなわれて、家を出た。そのとき森崎三十一歳。四歳の娘の手をひき、一歳半の息子を負ぶって。子らは無邪気に列車の窓から父親に手を振った。

森崎はそのときのことを、「夫と男を天秤にかけたわけではない。子どもたちへの父性を宣言してくれた男と家具一つない私の自立」（『産小屋日記』）と語っている。そして、これからは個体の家族は決して持つまいと、深く心にきざんだ。詩人も子をつれてきていたので、二重構造の大家族である。

それにしても夫の松石は、比類のない寛大なひとである。日本男児はみずからの指で描いた周囲の外へ、妻が飛翔するのを認めるほどの度量のひろさはない。俗物の私は取材の折、誰彼なく男性陣に訊いてみたくてたまらなくなる。みな頭を横に振る。ある編集者は「殺す（女を）」と物騒なことまで口にした。そのことを森崎にぶつけると、

「私は自分の植民地体験をなんとかしたくて、必死ではなしたのだと思う。もしこのままいったら、弟のあとを追って死ぬしかない。ありがたいことに彼は分かってくれたんです」といった。それほど追いつめられていた――ことに尽きるであろうか。

私はなおも逡巡する。これで意は尽くされたといえるだろうか。私は何か美しいものにまとめようとしているのではないだろうか、と。このとき森崎と松石はまだ夫婦である。そこには夫婦でしか分かり得ない、理屈とは別の、日常的な、ふとした会話や感覚が背後を押したにちがいない。それを森崎はこう表現していた。

父が逝き、弟に先立たれて、二人の子を得た後もなおかつ、森崎は異国のような日本とどう切り結べばいいのか分からず、その道をさぐる日々であった。どうにかして日本になじみたい、日

本の心につながりたい一心で執拗に夫に聞く。

「あなたの大好きな道はどこ。その小道に小さい頃、よく遊びにいったの？」

夫が幼い頃遊びたわむれた小道や、彼が愛した季節や、川のほとりを知りたい。そこをたどることによって、日本という国に溶けあうことができる、と思ったのである。

夫は、いたいたしい妻のからだを抱擁しながら、実のところ、この国に生まれ育っている彼にはその芯のところが伝わりかねていた。藁《わら》のようにすがりついてくる妻の心のいたみだけが伝わり、時間がくすりだよ、といっていた。

この点でも、夫の松石はきわめて善良な良識人である。どこをどうとっても、責められるところは一つもない。それだけに、森崎の罪の意識は深く、そこを谷川が衝いた、としかいいようがないのである。

最後に私は執拗に聞いた。

「森崎さんにとって松石さんとはどういう存在なのですか。同じく、谷川雁とは？」

「どちらも得がたい人です。私みたいなものと真剣につき合ってくれて」

私はそれだけで充分だった。


森崎は自分の勝手でしたことだからと、たびたび子どもをつれて両方の家を往き来した。三日にあげず手紙を書き、子どもの描いた絵なども送った。娘は、「パパさみしいですか。さみしかったらかえります」と、おぼえたての字でたどたどしく書いている。『無名通信』を出す頃から忙しくなり、通えなくなって、「あなた、結婚してよ」と頼んだ、とある。（松石はその後、新しい家庭を持ち、生まれた子どもは和江ママと呼ぶ。子どもとの縁は終生切らないという約束はいまも堅持され、孫との往来もおこなわれている）

森崎和江の『闘いとエロス』は次のような一節ではじまる。

「やつら、どぎもを抜かれてんだぜ。日本の労働運動史上で、炭坑に女を連れてはいったものはいやせんのだから」

顎をあげて、ほがらかな顔をしていた。

「女？」

わたしもわらった。

「女かどうかわからないわ、あたし」

「なにいってんだい、二人も生んで」

「そんなこと！

あたしねえ、女をみつけたいのよ。あなたの奥さんや女房や細君や妻などにはならないわ。結婚って一度すればたくさんだわ。あたし、もうたんのうしたのよ。あなたとは友達になりたい」

「君はぼくの女さ。女性なるものの集約さ。しかしいま事故死でもすれば、君はさしずめぼくの情婦って新聞に書かれることになるぜ」

「情婦？　ばかみたいね」

二人はその日一日中、ある炭鉱にいた。室井（註・谷川）は労働運動に、契子（註・和江）は炭坑主婦協議会の人々と。会員獲得の工作のために炭坑地帯をまわっていたのである。帰りに炭坑の駅前宿の便所にとびこんだ彼女は反射的に走りだして彼を追った。

「ねえ、たいへん。トイレがないの」
「あったじゃないか、君、行ったんだろ」
「でもないのよ」「あるじゃない」
「うそ。あれ男性用よ」
「はやく行っといで。だいじょうぶできるよ」

彼女はバケツが伏せてあった便器にながい放尿をし、今日一日の体験がつまっているのだと思った。べんじょ、と発音できるようにならねば、というのがその日のひそかな結論であった。

つねづね谷川雁は、「日本の民主主義運動は乾いている。エロスがない」（『原点が存在する』所収「組織とエネルギー」）と豪語していた。このとき彼は病から解放され、新しい運動を惹起するときの瞬発力とエネルギーとで満ちあふれ、自信もあったのだろう（ラボ創設のときもそうだった）。

一方の森崎もまた、この炭鉱で手がかりを見つけようとしていた。方言を使って労働をしている人に近づきたい。その生き方にならって、日本の女に生まれかわりたい。そうしないと、自分の顔もつくれないと考えたのである。それでもしばらくは、はじめて見る炭坑夫におびえた。そんな自分を叱り、さみしがる子どもを叱った。叱りながら、そういう自分にふるえた。

「雑誌を出して、一緒に世界に切りこんで生きよう」——そのことばにすがって、なんとか一歩を踏みだしたかった。それが数ある炭鉱のなかでなぜ、福岡県中間《なかま》市であったのか。森崎ははじめて小さな駅に降り立ったとき、ハングルのポスターが貼ってあるのを見ている。あ、ここにも朝鮮人がいるなと思ったが、谷川雁にとっても、やはり上野英信がいたからにほかならない。

最初の打ち合わせの日、中間駅から歩いていくと、上野英信が家から出て、おいでおいでをしていた。すでに廃鉱となった新入炭鉱の医院宅と診療所を借りて、上野夫妻と折半して住もうというのだった。この日のことは上野晴子の『キジバトの記』に鮮明に描写されている。


玄関ともいえない狭い入り口の、土間と台所の仕切りに掛けた短いのれんを片手ではねて、雁さんの顔がぬっと入ってきた。そして一瞬のうちに私と家の中のすべては見られてしまった。にこりともしない切れ長の鋭い目と高い鼻、一文字にひきむすばれた口元、黒々と光る豊かな髪、ちょっととりつきにくい雰囲気の雁氏の傍らで、小柄な和江さんの美しさは透き通るばかりだった。初夏にふさわしく彼女は薄紫のスミレ色のツーピースを着て、家の側の枕木を踏む足取りも跳ねるように軽かった。二人の子どもの母親とはとても思えないほどたおやかで、どこか女学生風でもあり、それでいてほのかな色気が同性の私にも感じられた。ああ、こんなきれいな人とこれから隣同士で暮らすのかと思うと私は誇らしいようなときめきをおぼえた。雁さんと和江さんが、どのようないきさつを経てこの日を迎えられたか私は殆ど知らなかった。二人の新しい生活がここから始まるのだということ、それは私などの常識では計りきれない夫婦の形であろうことを漠然と察してはいた。

（「三十七年前」）

福岡県中間市本町六丁目の板壁の平屋。それにしても奇妙な間取りの家ではあった。元々は一軒の家だったと思われる古ぼけた平屋の前半分に、一年余り前から上野夫妻が住んでいて、裏の住人が出たあとを雁さんたちにすすめた、とある。「筑豊といえばもっと奥の田川あたりに関心があった雁さん」であったが、上野の説得で中間に落ち着くことになったのだった。

谷川雁、森崎和江が中間に移住したのは、五八年（昭和三十三）の初夏である。

明治から大正、昭和初期と、かつて日本一を誇り、日本の近代化をささえてきた筑豊炭田であったが、五〇年半ばから急速に衰退し、いまや風前の灯火であった。石炭から石油へと移行するエネルギー革命の影響は、覆いかくすべくもないところまできていた。私には、雁の朋友（『試行』の仲間）吉本隆明の放ったことばが強烈な印象として残っている。

「谷川雁がいま大正炭鉱でやっていることは壊滅の敗軍のしんがりの戦いだ。敗けるにきまっているると知りながらやっている……彼がやっていることが終った時、運動の痕跡さえも終った時だ……」（『谷川雁の仕事Ⅱ』編集余滴）

この廃山寸前の炭鉱にやってきて、「サークル村」運動を起そうというのだ。吉本隆明でなくても、「壊滅の敗軍のしんがり」といったとて不思議ではない。反面、だからこそ一時期、うねりを覆すほどの活力を持ったといえるのではないだろうか。しかしそれは、矛盾と反逆と怨恨をはらみ、血潮にいろどられるものであった。

戦後まもなく、職場などで、文学、うたごえ、演劇、学習といった文化活動がさかんにおこなわれた。なかでも炭鉱はサークル活動が活発で、労働運動とサークル運動の間には「密接な関係」があった。今日のような、○○愛好会、△△同好会といった、ゆるいものではない。サークルには「政治的な問題意識の強い組合員」が集まる傾向にあり、しばしば「会社側も労働組合以上にサークルを強く警戒」するようになる。また労働組合は「サークル運動の可能性」に注目し、ことに「総評」などは「サークル運動を熱心に支援」（水溜真由美『「サークル村」と森崎和江』）した。

2

私の手もとに『サークル村』創刊号がある。Ａ５サイズ、総数四八頁の活版印刷。表紙は、元採炭夫の千田梅二による版画で、キャップランプをつけた赤ら顔の坑夫が大きく目を見開いているものだ。当初の編集委員は奥付けによると、谷川雁、上野英信、木村日出夫、神谷国善、田中巌、田村和雅、花田克己、森一作に、紅一点の森崎和江を加えた九名である。森崎は「党嫌い」で、ゆいいつ共産党員ではなかった。

創刊宣言を書きおえて、谷川雁は満足した。それはこんな出だしではじまる。

「一つの村を作るのだと私たちは宣言する。奇妙な村にはちがいない。薩摩のかつお船から長州のまきやぐらに至る日本最大の村である」

いかにも雁らしい隠喩に満ちた表現で、だいいち「動物村」をもじった『サークル村』は、

「上野英信や森崎和江とコタツをかこみながら」提案したものなのだ。「サークル」という（当時は）ハイカラな名前と「村《むら》」をくっつけるなんて、松本輝夫にいわせれば独創、画期的（「『谷川雁――永久工作者の言霊』）で、雁のいう「村のなかに県がある逆説」もまた、意表を突くとしかいいようがない。

「労働者と農民の、知識人と民衆の、古い世代と新しい世代の、中央と地方の、男と女の、……共通の場を堅く保ちながら、矛盾を恐れげもなくふかめること……」

　この「さらに深く集団の意味を」は、いかにも新しい潮流を感じさせ、気宇壮大な構想ともいえる。谷川雁が『サークル村』に期したねらいは、職業や学歴、世代、地域、性などによって分断されている人びとに橋を架けることであった。そのためか、誌上には「往復書簡」、「内政干渉」といった欄をもうけ、自由に意見交換したり、交流する機会をもうけている。

　森崎も、これまで植民地問題や、〈産む・生まれる〉といった女の問題をかかえていたが、ここから新しい一歩がはじまるのだと期待した。そして、炭坑の女たちの聞き書きをはじめ、「スラをひく女たち」を六回にわたり連載する。つづいて中村きい子が薩摩のかくれ真言の家を護ろうとする父と、それを拒否する息子との葛藤を「かやかべ」（五九年八月）に、さらに戦争へ追いやる国家や村から逃れ、指を切断する農夫を描く「間引子《うつせご》」（五九年十二月）を載せる。

　先に「村を単位に一人ずつシンケイドン（気狂い）がいる。私の祖母もそのひとりであった」とエッセイに書いた石牟礼道子が、「奇病」をはじめて『サークル村』に発表したのは六〇年一月である。水俣病で生きる坂上ゆきの苦悩を描いたルポルタージュ「奇病」は、水俣病を公害病の代表としてにわかにクローズアップさせるに至った。石牟礼は、自分もぎりぎりのところまで追いつめられた人間として、それとの共鳴のなかで、ひとりの女漁民を通していのちの記録を綴ったのであった。

『サークル村』は五八年（昭和三十三）九月、筑豊の炭鉱労働者の自立共同体としてスタートした。拠点は谷川・森崎と上野夫妻の住む元医師宅。創刊号の編集後記には「九州・山口のサークル活動各分野にわたって研究しあい、創造を通じて交流を強めるため結成されたもので、われわれが求めているものは単なる友情と経験の交流ではありません。われわれはただ一つの共同体であるサークルを建設するために集まったものです」とある。約二〇〇名の会員には坑夫、鉄道員、製鉄所員、郵便局員、女工、教師らがいて、九州・山口の総サークル活動家を結集し、交流する一つの文化活動であった。

同時に、中央で進行しつつある全国のサークルの総合雑誌の流れをかんがみ、それと与《くみ》する目算でもいた。『サークル村』（五九年四月号）には「『全国交流誌』発刊準備について」という一文が見られる。谷川は国民文化会議にちょくちょく顔を出し、意見交換をしていた。国民文化全国集会ではこうした谷川の提案をとりいれ、上原専禄、加藤周一、木下順二、国分一太郎、竹内良知、竹内好、日高六郎、真壁仁ら一〇〇名が参加し、新雑誌計画準備委員会が発足し、その計画案が発表されている。

しかし、これが日の目を見ることはなかった。準備に参加した大沢真一郎によれば「反体制側の政治への従属意識を断ち切れなかったという文化活動家の主体の弱さの故に遅延しているうちに、六〇年安保闘争にのめりこみ、その後の政治的対立のなかでこのプランは挫折」してしまった、ということである（大沢真一郎『後方の思想』）。

これで思いだすのは、ラボ国際交流センター設立当時（七三年）のことである。大河内一男を会長にすえ、ほかに堤清二、内藤寿七郎、服部四郎、日高六郎、丸谷才一、金子兜太、根本順吉ら、名だたる大学教授、経済人、学者、作家、俳人といった人士を理事や評議員にむかえた。これだけの著名人を一挙に並べることのできるのは、谷川雁の力量を示すものであり、功績であったことはいうまでもない。そして、やがてくる谷川雁のラボ解任（七九年）に当たっては、こういう人たちが「（谷川に）通例の退職金に加えて、（長年にわたる）著作物に対する功労金」を支払うよう、仲裁に当たっているのである（『新版　谷川雁のめがね』）。

話はだいぶそれた。もとにもどす。

このように運動が外にむかって独自の動きをみせるなか、たえず原罪意識が鉛のようにくいこんでいる森崎の心は、どこか疎外感にさいなまれていた。『サークル村』がのびやかに発展すればするほど、その主流をなすものとくいちがって、孤独だった。雁は創刊宣言を書くかたわら、薪を割ったり子どもたちを寝かしつけたりしながら「君は日本を知らないからいうけど、例えば阿蘇では……」と、いい聞かせた。「冬の阿蘇は君も気にいるぜ」。また、かまどでごはんを炊きながら〈はじめチョロチョロ、なかパッパ〉などと教えてくれたりして、折節にこんなこともいった。「海はいい。天草の女は九州の外へ目が向いているので闊達《かったつ》だ」などと。

森崎はかまどの火をみつめながら、何はともあれ、なじまなければならない、この日本に、と思っていた。民衆のこの火が朝鮮半島を焼いたことを考えながら（『ははのくにとの幻想婚』）。

『サークル村』は創刊から二年足らず、六〇年五月の「特集・三池から吹いてくる風」で終刊となった（その後、第二次『サークル村』が中村卓美を編集長としてガリ版印刷で出される）。雁のいう「虎を描いて猫に堕した」（「サークル村始末記」）のは、およそ一年半であった。それには資金繰りがうまくいかないとか、原稿が集まらない、会員相互の意思疎通の欠如など、さまざまな要因があったであろう。が、先ず、上野英信の離脱を抜きには考えられない。

　谷川と上野、はじめこそ職なし、収入なしの「まるで薩長連合」と笑いあっていた二人であるが（「報告風の不満」）、亀裂までは一瀉《いっしゃ》千里だった。上野夫妻が軒を並べていたのはわずか半年、結果的に庇を貸して母屋をとられるという形になってしまった。原爆症の後遺症もあり健康を害した上野は福岡市に移る。編集会議にはそのつど中間に通った。

　上野英信は二三年（大正十二）山口生まれで、谷川雁とは同年齢。サークル村は手弁当でやっていたから、生活打開のため、ということもあったかもしれないが、落ちついて原稿をまとめたい気持ちがあったのではないかと思われる。福岡に移った翌年には『追われゆく坑夫たち』を出す。私はラボのとき、上野の『地の底の笑い話』を読んで、こういう（地味な足で稼ぐ）人が谷川雁と共に活動したことがあると聞いて、ちょっと意外な感じをしたことを思いだす（その頃は多少、雁のことを先輩のテューターから聞いて知っていた）。

　そもそも谷川雁は煽動的といえばこの上ない、世の中の常識をくつがえし、強烈な個性で君臨するタイプである。上野英信はどちらかというと民衆にちかい記録文学者で、礼節をおもんじ、その原点は地下労働にあろう。こつこつと中小炭鉱を歩きまわり、自分の足で炭坑夫とのつながりを築きあげるタイプである。実際に坑内にも下がって坑夫としても働いているから、その手はごつごつした炭坑夫そのもの。みずからを「炭坑夫英信」と書いていたほどで、ここにおもしろいエピソードがある。

『サークル村』(五九年五月号)の表紙に使われている手のモデルは上野英信で、谷川が「そんなものが労働者の手といえるか」と何度も駄目出しをして撮ったものだという。これは坑内労働もしてきた上野にとって「ある種の屈辱の体験になったにちがいない」(松原新一『幻影のコンミューン』)というのだ。そういう谷川の手は、指まですらっとしていてインテリの手である。ずっと結核療養もしていたから土や肉体労働とは無縁であったろう。

このように最初から月とすっぽんのように異なる二人であるが、だからといって共通の運動に資質を欠く、というものでもないだろう。私は続いて上野の『親と子の夜』を読んでいたが、これは未来社から出ている。谷川が未来社の編集長の松本昌次に向かって、「上野英信のこの本を出さないような出版社は出版社ではない。お前も編集者ならこの本を出してみろ」と、半ば脅迫めいて紹介した(松本昌次『戦後文学と編集者』)というものだ。

だが、ソリが合わないときは合わない。

上野が福岡に去ったあとの『サークル村』(五九年九月号)に、谷川雁が「荒野に言葉あり——上野英信への手紙」をやや自嘲気味に書いている。

「サークル村の一年、すなわちわれわれの十二ヵ月はごく平凡にいって、やはりすさまじいものでした。ぼくは言葉、言葉、言葉。そしてあなたは沈黙、沈黙、沈黙。それは賭けであり、戦いであり、はっきりしていることはただひとつ——そこから勝負の決着は起こりえないこと、二人とも敗れるよりほかないということでした。われわれの最初の関係はある種の決裂と対峙からはじまり、それは今日いささかも変化していないとぼくは考えています。……ぼくは意見の対立を求めていました」

谷川が『サークル村』を持って東京に行っている間、上野は黙々と事務と雑事をこなした。「サークル村をつくるといいながら、どうして東京にいくのォ」。森崎は心底そう思っていたし、そのことを取材の折に確かめる私に、こう語るのだった。

「英信さんは、ほんとうに失望されたと思う」

谷川は東京の知識人に『サークル村』を見せたくてたまらなかった。それを都会の人は前衛意識というのかもしれないが、炭鉱で女を相手にしていたらその前衛もつくれない、と考えていたとしたら、森崎の鼻も白むのである。下層労働者ということばに弱い知識人にとって、それを指導する谷川雁のカリスマ性はまぶしく見えていたにちがいない。炭鉱というと三井三池しか知らない都会人に、それを知らしめることも必要であったが。

森崎にいわせると、こうだ。

「雁さんはサークル村の運動をバスケットにつめて散歩にでも出かけるようなぐあいに、上京をくりかえした。彼は彼の手によってバスケットをひらけば、群衆のほうから問いかけることを知っていた」（『ははのくにとの幻想婚』）

森崎は黙っていたわけではない。そういうことをはなすと、雁はこういって笑った。

「君はまだ世界を知らんよ」

後に、上野英信は鞍手町新延《にのぶ》に「筑豊文庫」を開設、七四年（三月～九月）にはブラジルを中心にボリビア、パラグアイの元炭鉱労働者の移民一五〇人を取材してまわった（『出ニッポン記』）。これに関して谷川は、「退職坑夫の尻を追いかけ、方方《ママ》から餞別を集めてブラジルへいった」と、上野を誹謗中傷している。これだけでも相当辛辣だが、追いうちをかけるように、上野の死（八七年）の際には「葬式を無視」した。さらに「不参」といって弔意を表しなかった、とわざわざ書いている（『汝、尾をふらざるか』所収「〈非水銀性〉水俣病・一号患者の死」）。

これは先に、大正行動隊が四面楚歌の孤立陣地にあったとき、上野が「あれはルンペン・プロレタリアを集めた雁さんの遊び」といったことに対するお返しだとされるが、いささか谷川の言動は児戯に過ぎはしまいか。

上野は廃山によって職を失い、南米に移住した炭鉱夫を追って、地球に穴をうがつ覚悟で行ったのである。その資金は「餞別」ということもあったろうが、大方は原稿料の前借りや、多額の借金によってまかなわれた（新木安利『サークル村の磁場』）。よしんば借金をしたとしても、上野にとって借金とは「至上の誇りをもってできる種類のものでなければならぬ」もので、まちがっても「怠惰と虚栄の尻ぬぐい」のために借りたのではなかった（上野英信『火を掘る日日』所収「借金訓」）。

私は文芸雑誌『すばる』に初掲載された「〈非水銀性〉水俣病・一号患者の死」を読んだとき、谷川雁の執拗な攻撃性にしばし絶句した。これはそもそも、石牟礼道子の『苦海浄土』に関して苦言を呈しているものなのだ。水俣病の記録を書くのに、その先導者・赤崎覚の名前が出てこないことに抗議しているのだが（谷川の誤解）、石牟礼を「お経呆け」と聞き難《にく》い罵詈雑言まで発している（これについては石牟礼が「反近代への花火」でひっそりと反論している。『現代詩手帖』二〇〇二年四月号）。

こういう雁らしくないストレートで、隠喩の片鱗もない文章を目にすると、（さしずめ私のような凡俗は）下衆《げす》のかんぐりをしてしまう。たとえ恨みつらみがあったとしても、個人的な呪詛《じゅそ》に終わらないのが雁の真骨頂ではなかったのか、そう思って動揺を隠せなくなる。しばらく釈然としない気分であったが、ある編集者のいったことばがすとんと胃の腑に落ちた。

雁は「反語」の人である。対象がそれに価する人であればあるほど、より一層ふるい立つ。それが雁特有の「挑発」であり、「オルグ（工作）」であると。上野にもどれば、ふたりの「取り巻き」が「対立」を煽るような言説、それも無責任、かつ興味本位な発言を面白おかしく繰りひろげ、それに振りまわされる人が出てくる（私のように）。

強烈な個性を持った二人の遭遇は、ある意味で「奇跡」でしかなかった。それが『サークル村』に結実し、長いスパンでみれば、それもまた「瞬間」のスパークといえるのだろう。ひるがえって、（上野の）葬儀への「不参」も、石牟礼道子への手紙も、屈折した感があっても、それは雁独特の、深い「友情」からくるもの、と思えばいいのだ。

ちなみに、次のエピソードも記しておこう。

私は森崎和江から「ラボとは？」と問われて、返事に窮したことを思いだす（ラボのことはほとんどご存じないようだった）。「いっしょにいるとき、雁さんは自分の子どもも抱っこしたことがないのに、どうしてラボのような（子ども相手の）仕事ができたのか」

私はこう応じるべきであったろう。「（雁在任時の）ラボもまた、瞬間のスパークでした。それが多くの子どもや大人（テューター、スタッフ等々）に輝く奇跡を残した」と。

――とまあ、私はここまで書いてきて、ある一文を目にしたので、それについて触れておかねばなるまい（『脈』八十五号　松本輝夫「谷川雁と谷川健一（素描）」）。

前記の雁の文章に関して、兄の谷川健一はこう言及している。

「この文章は（略）石牟礼道子をねちねちといたぶるような印象を与えて不評のようだが、私は雁の石牟礼批判の方に理があると思っている。別に雁の身内だからというわけではなく、水俣に生まれ育って水俣病問題を我が問題として重大な関心をもつ者の一人として、そう言いたい。『苦海浄土』等の仕事を通して、東京等から多くの学者や知識人が水俣病に関心をもって現地に来たりしたのは彼女の功績であろうが、このような外来の支援者の言説には愚劣なものが多かったのに、石牟礼道子はそんな連中に甘いところがあって、雁はそのことに苛立っていた」

とあくまでも雁を擁護した上で、健一は外部の支援と称する人たちに苦言を呈しているのだ。

「支援に来るなら学者や知識人としての肩書きなど外して無名性に徹した患者個々への無償の手助けに集中すべきだと（雁は）考えていたのではないか。世界に向けて水俣問題を発信していくのも大切だが、もっとローカルに腰を据えた地道な支援・同伴活動に力を注ぐべきだというふうに」（谷川健一「水俣再生への道」講演録）

一方の雁も、異界に旅立つ前に著した『北がなければ日本は三角』のなかで、不快をあらわにしている。

「よそからちょいとのぞいた有識者が、これを企業城下町などのありふれた観念にむすびつけたのは噴飯ものです。それはただの商業的悲鳴にすぎず、未来の地方性とは無縁です。水俣病はまぎれもなく世界性を獲得しました。しかし地方性によって立つことには成功しなかったといわざるをえません」（「地方性なき世界性」）

これをサポートするかのごとく、在野の民俗学者である健一自身も「私の郷里で起こった水俣病の場合でもそうであるが、現地民の不幸を食いものにして、表現の世界で功をたてようとする野心家があとをたたない」と嘆いている（「東北大飢饉をめぐって――折口と柳田」）。

こちらを立てればあちらが立たず、水俣病が「世界性を獲得した」ことで充分ではないか。一方の「地方性」は残った支援者が担うべきではないのか。私には、糾弾されるべきは石牟礼ではなく、便乗して時流に乗ろうとする外部の学者や知識人の方ではないかと思われる。あるのは石牟礼道子が先陣を切った、という事実だけである。何事も先駆者は矢面に立たされるのは宿命であろうか。これより半世紀以上前に起った足尾鉱毒事件では、田中正造が名主であった家財産をすべて使いはたし、最後は頭陀袋一つになって闘った。現在《いま》では、正造は足尾鉱毒事件に果敢に抵抗《たちむか》った祖として誰も疑う人はいないが、一時は誤解がもとで村人から石もて追われることもあったように。石牟礼道子はとうに、そんなことは承知していたであろう。

遡行《そこう》するが、もっとも身近にいた上野の妻、晴子が谷川雁と上野英信の対立について収斂された思いを述べているので、ここに記しておこう。

互に認め合っていた二人の間に何時から反目が生じたのだろうか。何か決定的な出来事があった筈である。

雁さんが実質的な指導者であった大正行動隊の闘争を、英信が「雁さんのお遊び」だと評したということが事実ならばやはり許しがたいことであろう。胆力に於ても知力に於てもひけをとらぬ二人の男は、真正面から対決すべきであったのに、周辺から聞こえてくる断片的な情報にのみ不信を増幅させていったようにみえる。誰か確証を握っている人がいていずれ解明されるだろう。

（『キジバトの記』）

中間で共同生活をはじめた当時、谷川・森崎と上野夫妻が『サークル村』を手に話しあっている写真がある（『精神史の旅　2地熱』）。晴子は一歳になったかならぬかの長男の朱《あかし》をねんねこで負ぶっている。みずからを「皆にまじって議論をしたり提案したりする能力はまったくない」という晴子は「炊事ばかり」していた。「何が行われているかすら充分理解できな」かったと自著で語っている晴子が、こんなにも成長し、冷静な視点を持ちあわせていたかと思うと、感涙を禁じえない。

晴子の背中でそっくりかえるように負ぶわれていた朱は現在、古書店をいとなみ、毎夏、森崎和江のところに夕顔の鉢植えを届けにくる。私が森崎宅にいったときも夕顔の鉢がいくつか並んでいた。花が終わると回収にきて、種を採り、また来夏届けにくる。夕顔は母・晴子が愛していた花であった。

上野晴子が他界したのは九七年、夫英信の死から十年後である。子息の朱は『上野英信と筑豊』『父を焼く』『蕨の家』などで父母の思い出を綴っている。

その朱がはなすところによると、晩年ホスピスにいた晴子は、会いたい人に森崎和江ともうひとりを挙げていた。だが、森崎が病院に姿を見せることはなかった。「ほらね」晴子は勝ちほこったようにいったという。「会う友情もあるし、会わない友情もある」と。上野晴子は森崎和江をいちばんよく知っている人のひとりなのかもしれない。

上野が中間を離れたことにより、谷川は事務一切を放棄した。

「書記的な仕事は創造を志すもののやるようなことではないよ」

三　無名にかえりたい

1

あかい煙突めあてでゆけば
　米のまんまがあばれ食い

坑内唄たい。炭坑《ヤマ》には、太か煙突がたっとるからそれをめあてにいけば食われんこたぁなか。わたしもたいがい歩いたとばい。遠賀《おんが》川《がわ》の川筋はヤマばっかしじゃ。とうちゃんが、がめつき（適当なヤマを探す）にいくとばい。知ったもんをたよって。よそのヤマにいって、「ここはどげなぐあいな」と、いろんなことを聞いてな、よければ移っていくとばい。どこでもそう変りはなかばってん。

遠賀土手ゆきゃ雪ふりかかる
　トコ　ハッチャン
かえりゃつま子が泣きかかる
　トコ　ハッチャン

こんな唄うたいながら石（石炭）を運びよったとよ。そのころはどこでも夫婦そろうて坑内へさがりよった。ハッチャンはじぶんがたのかあちゃんのことでもあるけど、まあ、よか人のことたい。坑内じゃおなごはみなハッチャンじゃぁ。遠賀川筋のむすめっ子はたいてい坑内へさがりよったばい。だから遠賀川のふきんにはむすめはおらんといいよった。むすめじゃなか、みんなおなごじゃぁ。

（『まっくら』）

森崎和江は女坑夫の聞き書きをはじめた。目をしっかと据えてはなす女たちの話に、彼女はどれほど力づけられたことだろう。彼女の聞き書きは相手のペースにあわせ、興にのるのをじっくり待って、耳を傾けるだけである。最初は無口であった女たちも、いずれは闊達にしゃべるようになっていた。

坑内へさがりよったころは陽をみんことも多かった。……子どもをかもうてやれんから、それがいちばんつらかったなぁ。なんがうれしいというて、あんた、仕事がすんであがるとき、とおく、上んほうに坑口の灯がぽつんと見えるとな、もう、うれしくて。子どもにあえる！ 子どもにあえる！ とおもったなぁ。ほんとに、あんた、こんなに細《こも》う、ぽつんと見上げるごたる上んほうに見えるとですばい。あがってみるともう夜になっとってねえ。子どもが坑口まで迎えにきとることもあったねえ。……けどなぁ、坑内さがるときは思いよったぁ。――またあの子に逢えるじゃろうか――と。帰って抱いてやれるじゃろうか、もう、あの子は母親を亡くすじゃなかろうか。抱いてもらえん子になるのじゃなかろうか、と思わん日はいちんちもなかったなぁ。（同書）

最初、炭坑地帯にやってきたとき、森崎はハイヒールをはいて、地面が揺れるのにがたがた震えていた。そんな彼女であったが、聞き書きをすることによっていまや、炭鉱は彼女の「原基」となりつつあった。ある一文でこんなことを語っている。

「私にとって炭坑は、単に鉱山労働史の現場ではありませんでした。私の知らない日本、私の知らない私に出会うための、深くて広い人間精神の鉱脈でした。私はここをくぐりぬけて、そして私が発生したアジアと女体へ、歩いて行きたいと念願していたのでした」（『精神史の旅　2地熱』）

『サークル村』は（森崎和江、中村きい子、石牟礼道子らを輩出したとはいえ）、女性の根本的な問題をきちんと取りあげてこなかった。その穴を埋めるべく、森崎は『無名通信』を出した。女性の視点をより深く、直接的に盛りこみたいと思ったからである。

『無名通信』は五九年八月から六一年七月までのほぼ二年、二〇号で終刊する。取材の折、「これ一部しかないの」といって見せてくれたガリ版刷り一号の「創刊宣言」にはこう書いてあった。

「わたしたちは女にかぶせられている呼び名を返上します。無名にかえりたいのです。わたしたちはさまざまな名で呼ばれています。母・妻・主婦・婦人・娘・処女……」

これは平塚らいてうの「原始、女性は太陽であった」という、『青鞜』に掲げられたあの歴史的な宣言を、直接的に、具体的に表現し、それに対応したことばではないかと、私には思える。

女性は長いこと、家庭に閉ざされ、社会から排除されてきた。森崎は、そうした女たちが団結して、家父長的なもの、男性中心的なものを打破していこうと呼びかける。それには、社会が変わるまえに、まず自分たちが変わらなければならない。単に男対女ではなく、女性たち自身が閉ざしている殻をやぶり、被害者意識を克服することである。みずから「女はこうあるべきだ」といった呪縛をとりはらって、名もない私になりましょう。そして、根源にかえって女たちも自分を生きましょう、という新しい考えであった。

谷川は、『無名通信』を出すことに、あえて反対はしなかった、というより、あまり意に介していなかったのではないだろうか。どうせ女たちのやることだ、たいしたことはできやしない、といった蔑視が心のどこかにあったと思われる。あるとき森崎のところに、九大を出ていた朝鮮の幼馴染みが訪ねてきて、しばらくはなしこんで帰ったのだが、その後、激怒した。植民地で育ったことを一生懸命はなして、「いつか韓国を訪問できるひとりの日本の女になりたい」という森崎の話には同感してくれる。だが、東アジアと日本の関係や植民地問題になると、聞く耳を持たなかった。

谷川雁は惜しくも、書くことと実際の言動とには大きな隔たりがあるといわざるを得ない。筆では多くの人を牽引する魅力を持ちながら、家庭や身近な者にはやはり家父長的な限度を超えられなかった。

「雁さんは狭いなあ」

森崎の感懐である。やがてそれは、決定的なちがいとなってあらわれるのだが、彼女は「男とことばと世界との内的関連はどうなっているのか。針に糸を通すように、その思考経路に小さな穴をうがち、細い絹糸で女の世界を結びあわせてみたい」(『産小屋日記』)と、どこまでも健気《けなげ》である。

その頃であったか、森崎が八幡の労働下宿街を歩いているとき、ひとりの労働者に声をかけられた。「いいねえあんたは。またぼくらを材料にして考えごとをするんだね」

『サークル村』会員のひとりである孫請け工だった。

「私だって女一般として素材にされっぱなしだけれど、一向に女をとらえたものにお目にかからないから出歩いているのよ」

と咄嗟に応じた森崎であったが、そのことばは胸にぐさりと刺さった。それはとりもなおさず、『サークル村』への批判でもあったろう。谷川は「深く集団の意味を」といいながら、みずからは集団のなかに入っていくことはしなかった。福岡銀行に行ったり、日銀にデモをしかけたりといった指揮はするけれど、行動隊とは行動をともにしない。炭坑住宅に足を向けることすらしなかった(『日本断層論』)。

私は、森崎の発したことばが忘れられない。

「雁さんは引っぱっても引っぱっても駄目だった。知識層にしか通らないことばを使うのよ」

現に、『サークル村』に入るのは炭鉱でいえば、ごく少数のエリートでしかなかったし、「植民地で育った原罪意識をきちんと受けとめてくれたのは師の丸山豊ひとり」だった。「雁さんは全然認めようとしなかった」というのである。

『サークル村』の後、大正行動隊が誕生した。谷川雁は大正炭鉱労組の若手メンバーを組織し、炭鉱の合理化闘争に集中した。六〇年、安保の年である。「総資本対総労働のたたかい」といわれた三井三池闘争のピークでもあった。

大正行動隊は規約もなく、会議も行動も自由、「気持はおれも行動隊」といった気風である。後の学生たちの全共闘運動を先取りしたような組織であったから、若い行動隊員の士気を鼓舞したことはいうまでもない。やがてそれは大正鉱業退職者同盟へと移行し、退職金獲得のための闘争となる。

森崎は、「雁さんが愉快そうに動ける状態の時のほうが活力があふれる」ことを知っていたので、共産党との対決を契機に（この年、共産党を脱党、除名される）、サークル村内の行動派を引きつれて文化のやからと別れるのを見守っていた（『ははのくにとの幻想婚』）。

ばさばさと毛羽立っていた。何かが飛びたつようで、飛ばなかった。

強姦・殺人事件（山崎里枝事件）が起ったのは六一年五月である。『無名通信』のガリ版刷りを手伝ってくれていた娘さん（山崎里枝）が深夜、自宅の納屋で犯され、殺された。祖父母の代から坑内労働をしてきた炭鉱一家である。

犯人は行動隊のあの男――森崎はピンときた。「すぐみんなを集めて、この話をしましょう」雁は聞きいれなかった。「いや待て、いまは坑内で坐りこみをしている大事なときだ」坑内坐りこみをくずそうと、機動隊も入っていた。早まったことをしてくれるな！――暗《あん》にそういっているようであった。そんな雁から思わぬことが口走って出た。「女はそういうとき、舌を噛んで死ぬべきではないのか」

このことばは強姦・殺人事件に打ちのめされている森崎に、さらなる打撃を与えた。

その年の暮れに犯人が捕まった。やはり大正行動隊の男だった。あろうことか、犯人逮捕の一週間後、山崎里枝の兄が轢死するという事件が追い打ちをかけるように起った。「大正炭鉱から小さな峠を越えて、うち（谷川宅）にやってくる途中、うちの真前《まんまえ》の香月線《かつきせん》に飛びこんで……」

そう伝える森崎の唇が、私の前で小刻みに震える。同時に兄妹をなくした両親の気持ちをどう推《はか》ればいいのだろう。森崎は、「大正行動隊を組織している谷川雁と、文字を書いて『無名通信』なんかを出している私への無言の抗議」といって、はばからなかった。

だが、これにはもう一つの証言を加えなければならない。

二〇一四年五月、飯塚で筑豊・川筋読書会がおこなわれた。それは事実上、松本輝夫の著書発刊記念会でもあったのだが、強姦・殺人事件に話がおよんだとき、元・大正行動隊のメンバーだった小日向哲也がこう力説した。

「みんな森崎和江さんの『闘いとエロス』を鵜呑みにしちょるじゃろうが、あれは絶対自殺じゃなか。あの日は夕方までY（註：里枝の兄）と一緒にいて、別れた時のこともよう覚えちょる。あれから自殺するはずはなか」

といって、ホワイトボードに当時の複雑な鉄道線路模様を描き、あれは事故だったことを強調した（中内幸男『脈』八二号）という。残念ながら、これを云々する立場に私はない。あるのは半年のうちに兄妹を一挙に死なせてしまった両親への、哀惜と悼みのみである。

森崎和江の『闘いとエロス』は大正行動隊から退職者同盟、企業組合にいたる過程を克明に記録し、その間にあった谷川との関係の変化をフィクションもふくめて濃密に描いている。この本が出たのは七〇年、谷川が「いっさいの執筆をやめ」東京に出て行ってから五年の歳月を経ている。二人の間に相当な葛藤があったことは想像できるが、森崎がフィクションで語るエロスの部分にこそ本質があることに気づき、ここでも見逃せない。そのいくつかを引用させてもらおう。

森崎が「性交障害」を発症したのは、この事件があってからだった。被害者、犯人とも同じ組織内の人間である。

組織内の男によって組織内の少女を殺した事件であったというので、男たちが動揺している。それがわたしの傷をひらいてしまった。手の下しようもなく、肉がくずれていく。心の、意識の、肉が……。

自身の内臓をえぐるような森崎の書きだしである。

それでもわたしにはもう一つの心動きがせわしく働いている。詭弁を山と積み、垣根のようにはりめぐらして、組織と、その組織の指導者である室井賢とを囲いたい。彼は『サークル村』以来の……責任者なのだから。……なぜこうも甲斐々々しくなる。室井にむかって、それごらん、性と集団のかかわりぐあいをせめてわたしらの間ででももう少し論理化してなきゃこういうときうろたえるでしょ、とでもなぜ出てこない。……わたしは室井の蒼い顔をみる。いばらせてやりたいと思う。詭弁を山とつんでこの男をいばらせたいと思う。

なのに、室井（註・谷川）は——

少女の死を思想の空洞とはみないで破廉恥罪として片づけようとしている。堪えがたいからだ、ほんとは。室井のなかの空洞が。わたしのなかの空白が。そして彼をいばらしたいから。いばっている時の彼は安定していて美しい。

殺人犯が仲間うちの青年だと知ったとき——

わたしと室井はかたく肌よせあっていた。肌のぬくみだけがあり、そのぬくもりが衰えたことばをすこしずつ暖めていった。

だが、応えようとしても応えられないのは女の方である。

わたしの性器はけいれんしてひらかない。拒否する。
（七章「凍みる紋章」）

殺された少女の兄は合理化反対の先頭に立って坐りこみ、その現場から谷川のところへ報告にくる途中であった。その兄の轢死事件について、谷川はこう報告している。もっとも三十年という年月を隔てたものだが。

「一九六一年の秋、石炭産業の崩壊を必然として直視しつつ闘おうとする小集団『大正行動隊』はもっとも深い孤立のなかにあった。……行動隊に属する若い坑夫の妹が納屋で死体となって発見された。加害者は行動隊ではないかと取り沙汰された。……被害者の兄は私を訪ねてくる途中で列車にはねられた。胸のポケットに私の写真を入れていた二十一歳であった。私たちは夜の鉄路にへばりついている肉片をひろって歩いた。寒かった」（「プロレタリアの葬列の末尾」九二年）

これは天地をくつがえすほどの事件だが、これによって行動隊は一時、失語状態に陥った。雁の兄・谷川健一も、「やはりあれは雁にとっても大正行動隊にとっても最大の危機だった」（『現代詩手帖』二〇〇二年四月号）と述懐している。

行動隊はじまって以来の最大の危機をどう乗り越えたのか。やはり普通の感覚では乗り切れなかった。それは健一の筆によればこうなる。

「あれは雁でないと乗り越えられなかった……雁は奇妙な論理と情熱と天才的な政治力でもって、力づくというか、ある種の催眠術のようなもので乗り切ってしまう……まあ居直ったわけです」（同前）

それは、『闘いとエロス』によると、これはあくまでも殺人事件で、組織の問題ではない、と定義づけたようだ。だから、この事件で組織ごと沈黙に陥ることはもちろん、落ちこむ必要もない。

そして谷川は隊員の嫌疑をはらすべく、「根も葉もない風評」「悪質なデマ」といったビラをまくことを提案した。もともと結婚そのものが社会化された相姦なのだし、はたまた、少女が犯されるときニヤニヤ笑って男の肩をぽんとたたき、「そんなことじゃ私の気分が出ないわ」といえる女であったら、殺されることもなかったはず……とまあ、力づくの論法とはこういうことかと驚かされるが、つまりは雁特有の言語力でおさめたようなのである。谷川雁はこのとき、みずからの神通力におどろき、かつ論調のすりかえによる打開力に自信を深めたのではないか。その後、二人（谷川・森崎）の関係は修復されたらしいが、森崎の傷はいっそう深くなる。

2

大正行動隊が発足してすぐ、夜中に炭坑の男がドスを持って飛びこんできた。二十代の労働者で、雁は東京にいって留守だった。

「おまえら字を書いて暮らしちょるものは、ロウロウシャ、ロウロウシャっていいよるけど、ロウロウシャ（労働者）って何だあー」

ドスをテーブルに突きたてていう。

「あ、いいとこに来てくれた。私もその話がしたかったのよ」

森崎は大きな湯のみに一升びんから酒を注いで、「カンパーイ」と湯のみをかかげる。「あなた、労働者っていうけど、女のほうがよっぽどロウロウシャよ」

その間にも台所でつまみをちょこっと作ってはカンパイし、明け方、男は「あんたの話はよう分かった」といい、ドスを置いて帰っていった。「あ、忘れもの」「それはおまえにやる」

労働者が帰った後、森崎はその場にへなへなと崩れおちた。

谷川雁が労組員に襲われ左肱を骨折したのは、行動隊を組織して半年目である。国会デモ中に警官隊と激突、死亡した樺美智子事件のちょうど一年後であった。

「そのとき三日月と射手座が見えていたという気がする。そうではなかったかもしれない。炭坑街にありふれた、粘りつくような乾いているような、ただの黒灰色の夜であったかもしれない」(「骨折前後」)

襲ったのは元大正炭鉱の労組委員長で、京都でバーテンをやっている男である。『闘いとエロス』には、「へい、おれをやるのかね。警察のワナだよ。おれは網に引っかかったんだぜ」といきり立つ谷川の様子と、二人の間にズレを感じはじめている森崎の葛藤が描かれている。

「全国的にばらまくぜ。樺美智子一周年に敵はおれにテロをしかけたんだ」

これに応じ、森崎は「つまらんことというの、止してね」という。

「あなたの傷について政治的にとらえることも大事でしょうけど、ね。チンピラでも杉山は行動隊にいた男でしょ。あの人が、なぜあなたをなぐったか……」

彼女の内にあるのは次のような思いであった。

「私怨をはらすという暴力行為で彼らは思想を語ろうとするのだから、その私怨の内容を考える必要がある……労働者が暴力にうったえるのは、彼の思想を語っている……暴力とは思想でしょ、彼らの」

このとき、谷川が「君はおれが外界と結びつくと嫉妬する」というのに対し、彼女の方はこう告げたいのだと焦れている。

「ちがう。外界との結びつき方がまちがっている」


谷川雁も追いつめられていた。退職者同盟をつくったものの、退職すれば炭住に住むことはできず、その日から炭鉱一家は路頭に迷うことになる。やむなく企業組合をつくって住宅建設をはじめたが、家の数軒建てたとてどうなるものか。親戚や斡旋業者をたよって拾い仕事でもしなければ一家は干上《ひあ》がる。退職者同盟の初代委員長も紡績女工の斡旋人となっていた。子分らはその手足となって人集めにかけまわった。

森崎は強姦・殺人事件以来、起きあがれなくなっていた。その日もぼんやり寝ていると、谷川がもどってきた。「手をつなぐ家」での会議も終ったようだ。森崎はあえぐようにいう。

「体がつらくてたまらないのよ」

「ああ」彼の顔色もわるかった。

「疲れたの?」

「彼らは押してもゆすってもおれに反応しないんだ」

彼は枕元にすわって、その夜の経過をはなしだした。黙って聞いていた。隊員もみな、困惑していた。

「あなたに反応をしめさなくなったのではないわ、失業という新しい状況に陥って、一人ひとり考えているのよ。失業をね、去年までは一時的なものだと思っていたけど、いまはもうそんなところじゃないもの。筑豊がぜんぶ失業状態のようなもんじゃない。これは何か、本質的なものがちがってきたのだと思っているのよ」

谷川は枕元であぐらを組みなおし、煙草に火をつけていった。

「しかし、彼らはその問題すら、おれに知らせたがらなくなっているんだ」

「そうかしら」

と森崎はいう。「知らせたがらないのではないわ。自分の胸に手を当てて、じっと聞いてるのよ、自分の声を。しばらくの間、彼らを彼らの声へむけて放っておいた方がよくなくて？」

森崎はいつかやってきた労働者を思いだしていた。以前は数人つれだって来たものだが、近頃は思いつめたようにひとりでやってくる。

「なしてあんたら原稿書きはそんなふうにさらりと移れるとな。ストライキから企業へ。ほんきで家建てが労働者の闘いと思っとるとな？」

彼らは谷川がいないのを確かめると、森崎に生《なま》な疑問をぶつけた。「労働者をあんたはどんなものだと考えているのですか？　ほんとのことを聞かせてくれんですか」

その晩、谷川はひどく怒った。あたかも姦通の現場をおさえたかのように。森崎を「個別愛」だといって、なじった。

「あたしのどこが個別愛なのか、みんなの批判をあおぎます……あたしの除名はあなたの感情で左右されるものではないわ。あなたの組織ではないんですから……」

「おれの組織だ。あれはおれの私兵だ。おれの私兵をこそこそ組織するな。分派を形成して何をやる気だ！」

「ばかなことというの止して。組織を私有化するものではないわ。あなたがそんな発想にとどまっているから、彼らが離れていくのよ……」

「おれには分かるんだぜ。彼らがなぜおれに叛旗をひるがえすような小生意気な心理を得たのか……」

「あなた間違ってます……みんな、指導されながら自分を見つめてきたのよ。自分の力で自己に到達しているのよ……」

『闘いとエロス』のあまりの迫真の描写に、読んでいるこちらもひるむ。この後、「労働者って馬鹿じゃないのよ……彼らにだって見えるのよ。読めるのよ」という森崎に対し、谷川は啖呵を切った。

「今後いっさい、おれの組織にちかづくな」

　事態は、失業が一時の現象ではなく、確実に筑豊全体のものとなって、同盟自体がその方向性を失っていた。膨大な数となった無職者は、八幡の新たな巨大産業、建設業者の下請け、孫請け工として雇用されていった。それは親分子分といった組織からは無縁のものとして成りたち、音もなく吸収されていく。そして斡旋人として彼らを出稼ぎ地に送りこむのは、組合執行部や同盟で技術を習得して、その手づるを利用する、いわば、かつての同志であった。退職者同盟の大半も在籍のまま流れに巻きこまれ、行方がつかめなくなっていた。

　谷川と森崎の家の周りには、包丁を持ったヤマの男たちがうろついていた。森崎の耳には、先夜、「きさんのごたる奴は死ねっ!」と包丁をつかんで就寝中を襲った男の悲痛な声が、まだ地響きのようにつきまとっていた。

「きさん、そげな魂の抜けたことばで労働者を釣れるち、思うか! あ? 釣れるか? きさん釣った気色でおっとか? あ? ああ、おれは信じたよ。おれはきさんの人間は信用しとらんが、きさんのことばを信じた。信じたばっかりに、おれは、もう少しで労働者で失うなるとこじゃったばい。それが分かったから、おれはきさんを殺しにきた」

男は家中震えるごとき声をあげて、谷川の前に立ちふさがる。静寂がつづき、やがて涙をこぼした。

「きさんの命とったっちゃ、なんならん……たった一つ、約束しちゃんない。あんた二度と労働者ちゅうことばをいわんでくれんの。労働者ちゅうことばをいわんでくれ。それだけば、おれに約束してくれんな。ほかの話はいらん。そして二度と労働者の前に顔だすな……」

その前にも、別の労働者が怒鳴りこんできたばかりであった。

「きさまら、労働者を食いもんにしたとじゃないか。ことばでだまくらかいたじゃないか」

谷川雁が「いっさいの執筆活動をやめ」て、上京したのは六五年(昭和四十)である。

——と書くと、筋道が一本通って分かりやすくなる。ところが実際にはもう一つの修羅場が用意されていた。私はその葛藤について縷々、語らなければならない。

谷川が森崎に抑圧的になったのは、強姦・殺人事件の後であった。人と会うことはおろか、ものを書くことも禁じたのである。

あるとき、『婦人公論』の女性記者が森崎を訪ねてきたのだが、谷川は会わせようとはしなかった。玄関でしばらく口論となり、「何いってるんですか！」と憤慨する記者に、逆上した谷川は戸をぴしゃりと閉めて「パチンコ屋に行って」しまった。

私は取材中、なぜだか可笑しくなって、わらいをこらえながら森崎に聞いた。

「女性にも会わせないのですか」

「そうなのよ。男性はもちろん、女性にも会わせない。どうしてか分からない。仲間（男）とはなしていると、浮気してる、ですもんね」

最初、痴話げんかの類と思って聞いていたが、どうやらそうでもなさそうである。私は、谷川雁が『サークル村』の創刊宣言でいっていることを思いだした。

「資本主義によって破壊された古い共同体の破片が未来の新しい共同組織へ溶けこんでゆく段階であって、そのるつぼであり橋であるものがサークルである」

このことに触れると、森崎はいった。

「ことばにするには、あの人、上手なのよ」

またも（私は）わらった。人は究極になると、その人の本性が出るのだろう。谷川には旧態依然とした日本男児気質があるようだ。ふたをあければ非常に保守的で、凝り固まった思考にとらわれていたにちがいない。惜しむらくは、才知は万能ながら、柔軟性と寛容さに欠けている。

谷川と森崎、『サークル村』運動に関しても、当初から方向性のちがいはあったとみられる。どちらかというと狭義に、政治的路線の共同体をつくろうとする谷川に対し、森崎は男も女も含めた新しい社会性のある共同体を求めていた。だからどんどん人にも会うし、発言もする。そこには人の選別や垣根はない。そのキャパシティの広さに、谷川は舌をまき、嫉妬したのではなかったか。いや、ずばり悋気といえるかどうか。漠たるジェラシーとでもしておこう。

だが実際には、二人の別離まであと四年ある。森崎は強姦・殺人事件で身体まで支障が出るほどの衝撃を受けて、起居不能となった。それでもわが身にムチうって、スイスイ託児所をひらいたりしている。炭鉱総失業のなかにあって、女房たちも働かなくてはならない。炭住の長屋を借りて、何もかも持ちよりの、文字通り手づくりの託児所だが、女たちにはつよく支持された。

一方で、炭坑をまわって女坑夫たちの話を聞いて歩くことも再開した。元女坑夫たちの話は活力に満ちて、森崎の原点を思いださせた。自分はどうしてここにいるのだろう。『サークル村』も『無名通信』も終わったいま、何をしたいのか。「弟の仇を討とう」といったことと現実との乖離は、大きくなるばかりだった。

「雁さんがいったことと、目の前の彼との間に、関係がなくなってきたの」

森崎のことばは、私の心にもうずくような疼痛をもたらす。そう思ったとき、彼女のなかに流れるものは表面張力でいっぱいになったのだろう。

もう誰にも会わせない、ものを書いてもいけない――それは最後通牒のように聞こえたにちがいない。谷川が昼寝をしている間に、森崎は置き手紙をして家出した。

「雁パパが起きたら、この手紙をわたしてね」

娘はそのとき小学四年生で、息子はもうすぐ学校にあがる頃であった。

――東京で埴谷雄高さんに会って本を出したいので、打ち合わせをしてきます。

なぜ埴谷雄高なのか。谷川は日頃から年上の埴谷を尊敬していたから、怒らないだろう。さらに、埴谷は台湾からの引揚げ者であった。そんな彼なら、理解してもらえるにちがいない。そういう目論見もあったことは確かである。

まだのどかな時代だったのだろう。まったくのアポなしで吉祥寺の自宅を訪れたにもかかわらず、折よく埴谷は在宅していて会ってくれた。「外に出よう」といって、つれていかれたのが近所の飲み屋。偶然だが井上光晴が居合わせて、一緒に飲んだ。そのとき埴谷雄高が紹介してくれたのが三一書房で、後の『第三の性』出版につながる。

ところが家に帰ると、卓袱台も机もひっくり返って、子どもたちは父親のところに帰されていた。森崎は「さっさっさー」と（家にも上らず）出ていって、木屋瀬《こやのせ》というところに部屋を借りて原稿を書きはじめた。

このとき、森崎の表面張力は押えきれずにあふれてしまったのだ、と私は思う。その後どうしたか。谷川が「泣いてあやまりにきた」ので家にもどった。

「家はどうなっていましたか」

「きれいに整理されていました」

私は痛快になって、またもわらった。

そんなときに助け船を出してくれたのが、『太陽』編集長をしていた谷川健一であった。雁は兄の健一に頭があがらない。他の人のまえでは威張っているのに、兄がいると「はいっ」、「はいっ」とかしこまっている。健一はそんな状況をよく分かっていて、森崎を朝鮮半島の見える対馬にカメラマンをつけて行かせてくれたのである。

「行きましょ。書いてください」

当日、雁がごねると思ったのか、対馬ゆきの連絡船の出る港まで送ってくれた。

対馬に行って島を一周し北端に立てば、朝鮮半島が見えると思い、息をとめて海峡の彼方に目をやった。何かがきらっとした。漁師が「ほら、いま向こうで光ったろ。あれは釜山を走っているバスが反射したんだ」という。

森崎は頭上につかえていた重いものがとれ、肩が軽くなるのを感じた。内地に帰って、朝鮮半島に接近したのははじめてであった。対馬の浜辺の石ころは玄界灘の荒波に洗われてまん丸くすべすべしてきれいなので、拾って帰った。

——三月二十九日、対馬への小さな旅でつつ（豆酢）浜の浜石拾う。

小さなノートに記した。

そして「対馬への小さな旅」（『太陽』六四年三月）という記事にまとめた。

谷川健一は引き続き、沖縄の問題についても書かせてくれた。さらにNHK福岡のラジオドラマの台本の仕事を手がけるようになる。

こうして森崎は小さいながら自分の道を見つけ、一方の谷川雁は東京との往復を絶えずしていて、二人の方向性は完全に分岐点を迎えるのである。

第四章　精神の鉱脈

一　石炭がわしを呼ぶ

1

谷川雁は東京イングリッシュセンター（株・テック）に入社し、ラボ教育センターを設立した。ここからは森崎和江の独走になるのだが、私は取材中、あることに気づいて妙に落ち着かなくなった。いわゆる文化人といわれる人の中で、森崎を谷川雁の傀儡《かいらい》のように見ている人が少なくないのである。それはかつて、谷川のカリスマ性につよく傾倒した人に多いようであった。ある詩人（男性）はそれをエピゴーネンという語で表現した。エピゴーネン？　腑に落ちなかった私は、家に帰って辞書をひいて憮然とした。森崎和江が谷川雁の追随者でもなければ、まして模倣者でも、亜流でもないことはすでに前章で明らかであろう。谷川雁が逡巡し立ちどまった、そのときから森崎和江は出発した。私も彼女に会う前は判然としなかったが、いまならはっきりということができる。森崎和江はみずからの力で森崎和江になったのだと。私はここで、さらに深く、それを証言することになるだろう。

それは森崎が依然として炭坑地帯に住みついていることに集約されるかもしれない。一本の藁《わら》にたとえるなら、間違いなくそれは炭坑の女たちであったろう。森崎の聞き書きは十年あまりにも及んだ。彼女たちはもってまわった話をしない。侵入者をばしっと受けとめ、目を見据えてはなす。それが森崎の心に、あるときは槍のように、あるときは形なき水のように喰いこんだ。森崎は、炭坑の人びとの人間関係のあたたかさ、これなしには自分のような弱者はとてもこの町にとどまっておれなかった、という。炭坑町に居つづけて、母子家庭をのびやかにやれたのも、彼女たちのお陰である。現に買物にいって「おばちゃん、原稿料が入るまで、これ貸しておいてね」といえば「ああ、よか、店のもの全部持っていけばよか」という懐の深さというか、ゆるぎない寛容がそこにはあった。

だが、それだけであったろうか。彼女は取材中、こんなことをはなした。

ある日、見知らぬ女性がにこっとしてやってきた。

「帰ったばい」

「え?」

この借家の半分を買った大西民蔵夫妻だった。坑内作業の下請けをやっていたのだが、炭坑の仕事もなくなったので、「ここに住むばい」とやってきたのだ。森崎はあわてて荷物を片づけて、残り半分の家に移った。

「子供《こまか》ときに親につれられて炭坑にきて、苦労したばい。あっちこっち行かんヤマはないごと歩いた。よう働いたですばい」

これが初対面の挨拶であった。

次の朝、外を掃こうとしたら、買ったばかりの庭箒が見あたらない。ふと見ると、隣家の戸口にかかっている。

「人のもんは、わがもん。わがもんは、人のもんたい」

「は、ああ、そうですね、お借りしまーす」と気をとりなおしてそういい、箒を使って、また隣の戸口にかけた。似たようなことが何回か起った。

「炭坑は着物でん、なんでん、人のものはわがもんばい。壁にゆかたが掛かっていりゃ、町に行くとき、これ着とけって。自分のもんを貸さん人間は、誰も助けん。そげな人間はクズじゃ、人間のクズ。地の底はまっくらやみじゃけんね、殺しても分からん。貧乏人は助けあわな」

「はあ」

何のことはない。「わたし、ためされていたのね」といって、森崎はわらった。それ以来、風呂の焚口にはいつしか薪が山になっていたし、朝から原稿書きで部屋にこもっていると、外から声がかかるようになった。

「天気がよかばい。ふとんば干さんかい」

こんな洗礼を受けて、「あんたのごたるオナゴ」であった森崎もいつしか、炭坑の女たちに受け入れられるようになっていた。おばさんの口聞きで、女たちとのお茶飲み会も開けるようになった。こうして、森崎の聞き書きがはじまったのである。

「わたしゃ、(炭坑は)人間の愛情がちがうとじゃ思いますばい。隣が坑内から上がってくるのがおそくなっとりゃ、ガンガン(ブリキや鉄製のコンロ)に火を起すとき一緒に起しといてやる。魚を売っとりゃ一緒に買って煮とってやる。人のことぁかまわんちゅう気持ちは、こりゃ町のもんの気持ちですばい」

森崎は炭坑町にきて、やっと、自分が探しもとめている日本にたどり着いた気がした。そして、ヤマの女たちの後尾につくことで、自分を乗りこえていきたいと思ったのだった。

七つ八つからカンテラ提げて、坑内さがるも親の罰

炭鉱の女たちは気風《きっぷ》がいい。男がエラそうなことをいうと、「理屈と膏薬《こうやく》はどこにでも付くけん。腕も立ちゃせず一人前こくな！」と喝破する。その頃森崎は九州大まで出かけて、留学生から朝鮮語を習っていたのだが、こういわれるのが常のことだった。

「大学の先生ばっかり信頼するんじゃなかばい。理屈と膏薬は何にでも付くけんな」

「はい」森崎はそういって、そそくさと出かける。

男たちの世界では「あいつを叩き切れ。お前を男にしてやる」といった出世の道もあった。だが、女たちにはそれすらない。そのため、理屈はおろか、身分や地位の前に屈することはなかった。ただ、その強気な姿勢は、暴力支配に対して知恵比べみたいなところがあったのではないかと思われる。

あたいはどんな偉そうな人でもおそろしゅうない。相手を人間と思うから。あんた、これは大事ばい。役人じゃとか、偉いさんじゃとか思って喧嘩したらつまらん。どんな相手でも、相手は人間ばい。いざとなったら、人間と人間の勝負じゃ。理屈と尻《けつ》の巣《あな》はひとつばい。相手が

役人のつらして理屈いったら「人間の理屈言え」とあたいは言うばい。そしてどこまでも、ねじこむよ。

（『奈落の神々』）

この女坑夫は夫と一緒になって、ずっと籍を入れなかった。役場がやかましくいっても聞きいれなかった。いつでもケツわれるように。夫はスカブラ（怠け者）だった。それでは子どもを養っていけないので、がむしゃらに働いた。とうとう別れないまま、夫は先年死んだ。

なぜか、「あたいはスラの神さんといわれよったばい」などという働き者の女にかぎって、スカブラの同伴者が多い。同じくスカブラを夫とする女坑夫は、「上の口はわが働きで食うて、とうとうわたしも一代終えたばい」とからっとしている。それでも、夫を養っているといったさもしい根性は微塵にも感じさせない。「下の口は自分で食わせるわけにはいくまいが」といって、呵々《かか》とわらう。

その笑い声に、森崎はど肝を抜かれながらも思う。倒錯しているようで、女くさく、きらびやかな川筋のエロスがあふれている、と。

でも、どうして死と隣り合わせのような坑内へ毎日入ってゆけたのであろう。彼女たちは揃いも揃ってこういった。

「石炭がわしを呼ぶからのう」

総毛立った。森崎は、一瞬にして了解した思いであった。そこには一代の体験が凝縮しているような、生きた知性さえこもっていた。そして恐怖しつつ、この人たちの生きるパワーを見習いたい、と痛切に思った。

2

石炭は江戸時代にもわずかに採掘されていたが、近代産業社会のエネルギー源としてにわかに注目されたのは明治維新以後である。一八五三、四年（嘉永六、七）と続けてペリーが来航した。そのときでさえ、「薪水食料石炭その他欠乏品」を要求していて、あくまでも薪が主である。当時アメリカでは鯨油を採るための捕鯨業がさかんで、釜を炊く燃料として薪が必要だった。石炭はまだ希少で値段もたかく、燃料として薪（と鯨油をしぼった残りカス）を用いていた。つまり、水、食料とともに薪を補給するための新たな補給基地が求められていたのである。

こうしてみると、石炭の歴史は、維新から昭和の高度経済成長期まで、いいとこ百年といえよう。それが人の一生をちょっと超えたくらいの百年で、これほど大きく、石炭から石油にかわる急激なエネルギー転換が起るなど、誰が想像したであろうか。

そのことを森崎は、ノートに克明に記録していた。筑豊炭田が小ヤマをふくめて全面閉山したのは六八年（昭和四十三）である。これにより、六十万人以上もの炭坑労働者が一斉に職を失い、八幡あたりの工業地帯に吸いこまれていく。それは民族大移動といわれるほどのものであった。

その頃、ヤマの人たちは町中の生活共同体になじめない、都市生活の閉塞感に適応できない、といった声がささやかれていた。炭鉱の閉山は、単に職場を失うだけでなく、あの生活共同体がなくなり、そのために流した百年間の「内的創造過程の閉鎖」をも意味していたのである。

森崎は、石炭の歴史ではなく、それにたずさわった坑夫たちの歴史をむざむざ散らしてはいけない。「坑夫という職種が育ててきた精神史」を書き残しておきたい、と切に思った。それはいまやらなければ、永久に掘りだすことが不可能で、かつ貴重な世界である。とはいえ、彼らの生活は文字文化とは無縁で、記録されたものは皆無であった。

ある坑夫によると、炭坑はなぐれもんが多い。この場合のなぐれもんは、落後者とか負け犬とかいった意味であろう。そのため炭坑は野蛮だとか粗野だとかいわれて、一般の人からは恐れられ、忌避されてきた。それが結果として、地上の社会と分離することに拍車をかけてしまったといえる。かてて加えて彼らは「いうたっちゃ、あんたらには分からんばい。地の底の闇には地面の上のどげな闇も勝たんばい。頭の上に地面がある恐ろしさは、地の上のどげな恐ろしさも勝たんばい」といって、あえて口を閉ざしてしまう。森崎は、その主体的でない無言の世界をとりもどしたい。強要された疎外感から解放してやりたい、と切に願うのであった。

炭鉱は一般に納屋制度で運営されていた。坑夫は鉱業所あつかいではなく、納屋頭と雇用関係をむすぶ。納屋頭は彼らに茶碗や布団とともに、前借金を貸しあたえ、鉱業所に労働力として提供する。賃金は一括して納屋頭に支払われ、納屋頭はこのなかから前借金や道具代、さらに一定の世話料も差し引いてわたす。坑夫たちはわずかの賃金しか手にしないので、大半はその場で前借りした。また石炭産業が斜陽になってからは、現金どころか、炭坑の売店でしか使えない金券(炭券、キップ)で支払われることもたびたびだった。売店といっても、最後は、たった一つのうどん粉を奪いあうような、ひどい欠品状態に陥った。

こうして彼らは会社と納屋頭と二重にしばられることになるのだが、炭鉱が坑夫を直接雇用せず納屋制度にしたのは、金属鉱山の伝統を引きついでいる。それは生産の対象が農産物や海産物のように、再生可能なものではないことが大きく影響していた。ことに人力による採掘は、手近な場所を掘りおわれば、次の鉱脈を掘りあてるまで坑夫らは他山に移った。ヤマの盛衰ははげしく、数千人の町が突如として現れたり、あがり山となって、たちまち枯野に変貌することもあった。

このように不安定な状況で、最高の生産量をあげようとすれば、必然的に、労働者を集散させやすい納屋制度に落ち着いたとみられる。とはいえ、他所《よそ》者にはなかなか分かりにくい世界で、その根は深いといわざるを得ない。なぜなら、こういった体質は、あの肌すりあわせる狭い坑底の切羽での「サシ」から発しているからである。そこにあるのは「男先山《さまやま》と女後山《あとやま》の一対となった、いのちがけの労働の歴史」であった。（『まっくら』）

手掘りによる採炭は先山と呼ばれる採炭夫と、後山と呼ばれる運炭夫とが一組になっておこなう。ふつう先山の男と、後山の女が組んで、この一組を「サシ」または「ひとさき」といった。これが一つの切羽（採炭場所）を割り当てられて仕事をするのだが、「サシ」になるのは夫婦や親子ばかりではない。他人の男と女とが組むこともしばしばであった。

先山さんをよそのとうちゃんじゃと思って出来るような仕事じゃないばい。先山と後山の心がぴしっと合わにゃ、その日の食いぶちは出ん。後山ひとりがどんなに働いても、先山が腕がなけりゃ石炭は出んのだから。二人が一組になって運び出した石炭で、その日の切賃がきまるとだからね。よその男とひとさきになって（一組になって）働くときは、切羽ではふたりはめおとじゃね。切賃だけじゃない。いのちをあずけ合うとじゃもん。

また別の女坑夫はこういった。

あんた、坑内の仕事はわかるまいが、切羽では先山と後山はめおとばい。めおとげな気色にならな、はかがいかん。坑内は気狂いばい。気が立っとる。ぐずぐずしたり油断したりしとったら、一日坑内におってもその日の米代にもならんよ。みんな気狂いになっとる。切羽でも二人が殺しあうげな張り切りようでないと、よか相手といわれんばい。そこまでいきの合うときは、これは、めおと以上じゃね。めおとなんか――。それでも坑口にあがったら、すとんと他人ばい。（同前）

そこで何があろうと、切羽でのできごとを地上で問題にすることは恥であった。そんな亭主がいたら女房にケツわられても仕方がないし、ヤマから追放されもしたのである。そういった気風が、ヤマの人びとに労働と愛との結合を教えた。そして彼らは、それが人間回復の起点となることをみずから体得したのだ。

炭坑は一見、頽廃的で性にだらしなく見られるが、そうではない。狭い坑内の、肌すりあわせる切羽で、男女が好き勝手にしたわけではなかった。女たちは口々にいう。

ばってん、暗いところだが、風儀がふしだらというふうじゃなか。冗談に「おれとどうじゃい」というふうなことはしょっちゅういいよりましたばってん、おなごに力づくでどうこうするところじゃなかった。感情がもれるとですたい。

「暗いからすぐ抱きあうと思ったら、おおまちがいじゃが」

「坑内で男のいうなりにならないかんというこたぁなかったな」

「なんの、おなごに勝手な手だしがでけるところじゃなか」

（同前）


いまや老女となった彼女たちは、「自分をおなごと思ったら、それこそ一日も勤まる仕事じゃなかった」と声を揃えていう。「あたしゃ、坑内にさがると気が狂いよった」。女たちはみずからおなごを棄てて、まっくらな坑底にもぐり、腰巻き一枚の裸身を地熱にこがしながら、狂気となってスラを曳く。

「地の底は男もおなごも大人も子どももありゃせん。いのちがけじゃ、ぐずぐずしている者には死ね！　と怒鳴って働いたからねえ」

なにがつらいって、犠牲者が出たときほどつらいことはない。おまつさん（仲間の若い女坑夫）は子どもひとりを残して死んでしまった。「子どもに乳もよう飲ませんと一番方に入って、ちょっと上がって乳飲ませて、また寝もせんと二番方に入らしゃった。そしてすぐ（落盤で）死なしゃったけんなあ」

二　肉を切らせて骨を断つ

1

炭坑の朝ははやい。夫のかわりに大納屋を切り盛りする女性の体験談である。

朝、大火鉢にあたりながら坑口にいそぐ坑夫を見送っていたとき、一人の坑夫が「青天井ば仰ぎよったばい」。それで「ピンと」きた。普通、これから坑底に入ろうとする者は空など見上げない。「坑内は照れ降れに関係ない」のだから。けれど「ケツわろうとする者は、つい、青天井ばみる。妙なもんじゃ」。

昔はケツワリが多かった。「くされぎもん（粗末な着物）」を壁にさげたまま、茶碗やお茶だしも何もかも置いたまま、まだ住んでいるようにしてケツわる。借金を踏みたおし、蒲団も茶碗も大納屋から借りたものばかりだから、納屋に置いたまま、姿を消す。隣には声をかけておく。何もいわずに出ていく者はいない。

「おばさん、うち、ケツわるけんの。残ったものは使うときない（使っておくれ）。それから米がバケツのなかに入っとるけん、みな取っときない」

隣も「わかった。体を大事にせ」といって、ぴしゃっと戸を閉めておく。すると大納屋の者がまわってきて「おい、隣は仏さんがおらん、どこ行ったな」

「あら、ほんなこと。おらんな。知らんですばい」といっておく。たいがいは仏さん（位牌）だけ持ってケツわる。

炭坑は恋愛も多い。ある納屋の女房が若い坑夫と逃げた。亭主が怠け者だったり、ぐずぐずいうと、分からないようにしめし合わせて男と逃げる。亭主のいるところで米を仕掛けてご飯も炊けていないうちに、ふっと掻き消える。家では買物にでも出たんじゃないかと思って、暗くなるまであまり心配しなかった。次の日になって大納屋の若い者がひとりいない。それじゃ一緒に出たんだ、と後から騒ぐ始末であった。本気になっている者は、普通には分からないように小細工を弄して実行にうつす。この閉ざされた世界で、流木が寄っては離れるように、ケツワリは繰りかえされた。

ケツワリの罰は公開でおこなわれた。入坑するときの広場には、みせしめ用の滑車や麻縄、桜の杖などが備えてあった。大取り締まりの指図でおこなわれ、ほとんど毎日誰かが私刑にあった。頃合いをみて納屋頭がもらいうけるが、それで命をうしなう者もいた。

ケツわるにも借銭にしばられ、納屋どうしの引き抜きがあれば血の雨が降った。炭坑の周囲には柵がもうけられ、なかには鉄条網に電流を通しているところもあったが、それでなくならないのがケツワリである。また家族であれば、鉄条網を突破して山へ逃げこみ、子を走らせながら夜道を他の炭坑へと駆ける。数家族でケツわった場合は、わざとばらばらに逃亡し、あらかじめ約束しておいた地点で落ちあう。ところが顔がそろわずに、家族の組みあわせが変わることもあった。

唐津げざいにんのスラ曳く姿　江戸の絵描きもかきゃきらぬ

佐賀県の唐津地方をはじめ、九州各地の炭鉱でうたわれていた坑内唄である。また、〈汽車が炭ひく　せっちん虫ゃ尾ひく　川筋げざいにんはスラを曳く〉というのもあって、汽車が走るようになる前に下罪人ということばは定着していたようだ。

下罪人といわれた頃の坑夫は、若いときに親もとを飛びだし、世間をさまよっては幾つもの仕事を経験し、右往左往したあげく、ついには炭鉱に流れこんだ者が多かった。あるいは夜逃げ同然に村を出て炭鉱人になる者や、貧しい小作人の生活に堪えかねて炭鉱に転落する者など、いずれも世をすて、いったんは敗者となった者ばかりである。さらには罪を犯して、そのまま炭鉱に逃げこんだ者もまれではなかった。いのちをかけずにはいられない炭鉱そのものが、下罪場だったのだろう。

森崎がいうように、「この世の地獄」は、地獄にいる者自身が人間回復への火を燃やしつづけること以外に、まったく何一つ、救いとなるもののない場であった。これから派生したのか、「おまえもそろそろ下罪人のあし洗え」といったりする。すなわち「おまえもそろそろ、ひとつ切羽を持て」ということである。

男と女が世帯を持つことを、「わたしは△△歳のときにひとつ切羽を持った」という。あるいは「わたしは○○と、ひとさきになった」といったりする。つまり、労働が愛の確認の場とも手段ともなっているのだ。労働こそが「共同生活の最高の理念」なのである。そして、男たちは

「わしゃ△△歳のとき下罪人のあし洗うた」という。一つ切羽を持った、つまり女房を得た（『奈落の神々』）。

ヤマの神が悋気する炭鉱には数々のタブーがあった。

食物に関しては、汁かけめしが落盤につながるとか、天ぷらや揚げものは山の神の死者である狐の好物だから亭主の入坑中は家で揚げものをしない。行為では、坑内で口笛を吹いてはいけないとされ、繰込場には「このあたり口笛・高笑いを禁ず」という木札が立っていた。ほかに、手ばたきをしてはいけない。頬かむりをしない。髪をとかさない等がある。

だが、何といっても最大の忌みは、黒不浄と赤不浄であろう。つまり死と血のけがれである。黒不浄。死の忌みにかかわる一切を黒不浄といい、葬いは骨嚙みともいった。

坑内で死ぬと、その霊は容易に地上に出られないと彼らは考える。それで非常がおこり死者が出ると、同じ納屋の坑夫たちは、みな仕事を休んで死者を地上へはこび、手厚く弔う。

死人を坑外に運びだすときは大声で「いま十片ぞう」「いま十二片ぞう」「あがれ」「あがりよるぞ」「あがったぞ」と通る場所や動作をおしえ、坑内に魂を残さぬようにした（『稲築町誌』）。片盤坑道には一片《かた》、二片……と名前がつけてあり、それを知らせるのである。また、ほかにも「死人を坑外に運びだすときは大声で通る場所や動作を教えた」（『穂波町誌』）とある。いずれにしても坑内で死者が出ると、死体はあげても魂は地下に残り幽霊となってさまようと信じられていた。だから、死体を収容し炭函に乗せて巻きあげるときは、同乗の者が交互に、死者の名を呼び「アガリヨルゾー、今何片ゾー、とおめく（叫ぶ）」のである。やがて坑口に出るまえにいったん停まって、護山神の御守札を取り除けてから坑外にあがる。そして「あがったぞー、と皆叫ぶ」（山本作兵衛『筑豊炭坑絵巻』）のであった。

死人となっても掘りだされる数は少ない。大事故の場合、ヤマ一つが巨大な墓にだってなり得る。「父ちゃんも兄ちゃんも、まだあそこの炭坑にいかっとらす（埋まっている）」という声はあちこちで聞かれる。いくら弔っても、弔いきれないヤマの墓である。また地底で坑内かぜにやられて、ふらふらと腑抜けになる者もいた。死霊にとりつかれて気が抜けてしまうのである。

ある坑夫は十九歳の頃、一心不乱に穴を掘っているとき若い女に寄りかかられた。坑夫が抱こうとすると（なんせ若いもんで）、女はすーっと姿が見えなくなった。後を追っていくと、目の前で、女が長い髪を洗いながら、ぱっとふり向いてこっちをみている。ぎょっとなって金縛りにあったまま立ちつくしているうちに、灯が消え、まっくらになって仲間に救出された。あとになって思うと、坑内で化粧をした女に出会うことも不思議ながら、髪を洗っているのもあり得ないことであった。ヤマの神（山神）はおなごの神さんで、ちぢれっ毛のため、髪の長い女に悋気するといわれた。

別の坑夫は、嘉穂《かほ》のヤマでこんな経験をした。やはり若い頃、坑内の仕事を終えて地上にあがろうとすると、女の人に呼びとめられた。女は「これを家に届けてください」と頼む。「よかばい」と気安く引きうけたはいいが、坑夫は開けたらいかんといわれた包みを、こっそり開けてしまった。中には女の髪の毛が入っていて、それを届けにいった先は女の家だったのだが、なんとその女は非常で死んでいた。その坑夫も間もなく水非常で死んだ。また、坑内で契りあった女が数ヶ月後、自分の家に来てほしいというので出かけていくと、読経が聞こえた。その日は女が事故死した日であった、という坑内妻の話もある（『奈落の神々』）。

炭坑ほど死者や霊魂と密接なところはないだろう。炭坑労働は近代産業のなかで、もっとも神仏に近いともいわれる。一日の仕事が終わって坑底から昇ってくるときの彼らの顔は赤黒くぴかぴか光り、生まれたばかりの神さまのように神々しかったにちがいない。少なくとも森崎和江はそれを知っていた。

2

炭山は金属鉱山にくらべてガスの発生率はたかい。その上小さいヤマで非常があると助けだす力がない。死んでも届出もしないし、坊主が来ることもない。無籍者が多いためである。そのせいか犬、鼠《ねずみ》、狐、雀といった身近な動物や野鳥を大事にし、むやみに殺傷するものではないという教えが生きていた。また信仰心もあつく、ヤマには決まって伏見稲荷がまつってあった。

これは山本作兵衛の絵にもある。火に逃げまどう狐と人びとの絵のかたわらに、こんなことが記してあった。

「狐。明治三十二年夏、山野炭坑のナヤ（坑夫住宅）が毎晩火事騒ぎ、……不思議に思うて占らないし処、シバハグリの際、狐の穴を埋めた。（その穴に）子狐がおって、親狐の復讐手段によるたたりと判明した」

シバハグリとは開坑という意味である。こういったことは科学万能の今日にあっては一笑に付されがちだが、まっくらな坑内で死と紙一重の炭坑だからこそ、迷信と片づけることはできなかったのであろう。
山本作兵衛がヤマの記録絵を描きはじめたのは六十三歳のときであった。『筑豊炭坑絵巻』のなかの「自作年譜」には、こうある。

ヤマは次から次と閉山、廃山。位登《いと》炭坑も昭和三十年一月に閉山した。私は六十三歳、一番最初にクビになった。それから資材の警戒員となり夜勤一年半、昭和三十二年二月より位登から通勤約二キロの、弓削田《ゆげた》長尾《ながお》本事務所に夜警宿直員（十六時間勤務）として三十九年一月まで勤めた。その夜勤のつれづれに書いたのがヤマの記録絵で、記録文の方はそれを逆のぼる昭和二十七、八年頃、位登坑内丙方《へいかた》勤務のときに書いた。

作兵衛は六十三歳で、炭坑閉山とともに仕事を追われた。それは地上の定年退職とはおのずからちがってくる。退職後に夫婦そろって外国旅行にいくような、悠々自適のものとは本質的に意を異にした。七歳のときから坑内に入って六十三歳までの労働が、無用となる時代へと放りだされたのだ。

それまでの人生は何であったのか。自分は何をしようとし、何をしてきたのか。これは、作兵衛ひとりの自問ではないだろう。先の文章は次のように続く。

ヤマは消えゆく、筑豊五百二十四のボタ山は残る。やがて私も余白は少ない。孫たちにヤマの生活やヤマの作業や人情を書き残しておこうと思った。文章で書くのが手っとり早いが、年数がたつと、読みもせず掃除のときに捨てられるかも知れず、絵であれば一寸見ただけで判るので絵に描いておくことにした。

作兵衛が炭坑の絵を描きはじめた頃、森崎は閉山まっただなかの筑豊に、はじめて足を踏みいれた。引き揚げ後の日本での生活も数年になるのに、森崎はまだ母国が発見できずにうろうろしていた。このあたりの心境を、森崎はこう語っている。

筑豊が石炭の産地だということは知っていた。だが、石炭の産地が何をしめすのか、までは知らなかった。そして、母国なるものを探しもとめて、そこにたどり着いたのである。

列車が筑豊へと遠賀川を逆のぼるのにつれ、声を失った。一面、死の世界のような風景がひろがる。何か、と思った。川も、大地も、山も、町も、家々も、田も、人々さえ薄墨色に染まり、田は波打っている。「あれはカンラク」と教えられた。カンラクとは陥落だと、そのときまで結びつかなかった。するどく尖ってグレー一色なのが「ボタ山」。家の屋根はどこも灰色。「あれは地揚げ前」だという。

坑夫は、地の下も、川の下も、町の下も、それから海の下まで掘りあげて「地面の下が都」だといった。「わしらは地の下で生きとる。ほら聞こえようが。あんたの足の下で。おなごの声がしょうがね」といった。

労働者の声に足がすくんだ。ハイヒールの足でいま、誰かの頭の上を歩いていると思うと、身の毛がよだつ思いだった。森崎はまだ、朝鮮人にしてもらっていた自分の過去を葬ることができないでいた。ここにも朝鮮人がいて、石炭を掘っている——そのことの事実に、どうしようもない恐怖が襲ったのであった。

そして、谷川雁と筑豊で暮らし、訣《わか》れを経て、森崎ひとり居残った。母国を知るため、ほんとうの日本人をつかむためである。おびえながらおろおろと歩く森崎へ、老女たちは声をかけた。「あんた、惚れた腫れたもいいが、ほんとの人間を書かにゃ、つまらんばい。わしの話を聞きない。腹据えて聞きない。ええか」。そして、こうもいった。「あたしは、地面の上を歩いているときゃ、仮の姿ばい。地下で働いているときが真の姿だと思うとるよ」

森崎は、山本作兵衛の話にも勇気づけられる。作兵衛は夜勤先の事務室で、夜半ひとりで何を思って筆を進めたのだろう。

「生来、脳みその少ない私のこと、はじめての画題も多く、考えだすのに一苦労した。しかし反面、描きはじめると時間のたつのも忘れるという始末で、夜中の二時頃まで描きつづけた」

私は取材中、森崎の部屋でみた炭坑の混浴図を思いだした。鴨居の上に飾ってあった。いまや世界記憶遺産として貴重なものであろう。

「作兵衛じいさんが持って（い）け、ってきかないのよ」。森崎の注釈である。そういいながら、彼女は本棚から画集を出して見せてくれた。混浴図にはこんなことばが添えられていた。


炭坑の風呂は二坪くらいで、男女混浴であるばかりか、その風呂水が坑内水であるから汚いこと味噌汁のネマッたような水であった。……手拭までもドス黒くなっており、カンテラの篝りで鼻の孔は黒く詰っており、その鼻孔の掃除を手拭を丸めてするから、その部分の黒斑はいくら洗うても残っておるという始末であった。……夕方になるとネチャネチャの水がアイガメ

〔藍瓶〕のようになり、鼻持ちならぬほど穢れていたのである。男女混浴は、小ヤマでは昭和時代まであった。

こうした入浴図は異国の人にはどう映ったのだろう。

英人のカッテンディーケは、日本の炭坑でおこなわれている人力による排水の幼稚さに驚いた。そして「たとえ坑夫の工賃は安いにしても、日本で石炭が高価すぎるのも無理はない」と感想を述べている。また、共同風呂についてもこう記述している。

炭坑の入口と正反対のところに、化け物のように大きな木の湯槽が作られてある……。その湯槽には湯がなみなみと注ぎ込んであって、一般の習慣どおり十二人ないし十四人の者が男も女も、また子供も一緒に、如何にも世の中で一ばん罪のない人間のような顔をして浸かっている……。彼等が浸かっている湯は、全くもって不潔だ。

（カッテンディーケ『長崎海軍伝習所の日々』）

共同風呂の不潔さは明治・大正・昭和と変化なく続いた。

作兵衛の絵にもどると、ほかにもこんな絵があった。上半身は裸で、下半身に申し訳ていどの布切れを巻いた男女〔先山と後山〕の絵が二枚。全身彫りものをした二人の坑夫が、刀を抜いてにらみあっている絵。ヤマの井戸で水を汲みあげている娘の絵は、長い棹《さお》で水を汲み、桶《おけ》へ流している。添え書きには「五平太《ゴヘイタ》と云う石炭や、水を汲みあげた。昔の小ヤマ。運搬夫を棹取《さおどり》とよぶ筑豊。撥釣部《はねつるべ》。ヤマの棹取、名付親。農家の井戸にも多く使用した」とある。

森崎にとってはすべてがはじめて聞くことばかりであった。また、井戸も、棹取りという職種も、石炭を五平太と呼んだことも知らなかった。そのくせ文化とか文明といったことばを、ことなげに使う彼女に、作兵衛は絵とともに教えてくれた。やがて『奈落の神々──炭坑労働精神史』が刊行されたときにお礼に行くと、またも絵を持たされた。作兵衛八十歳、みずみずしく生命力あふれる作品である。いつも、ことわる前に「絵を持たされて」いた。

「森崎さんな、作兵衛の絵はもらわれんとですか」

と、いつもと変わらぬ明るい声だった（「筑豊と山本作兵衛さん」）。

そのとき森崎は四十七、八歳。体力が極度におとろえ、時折、気がうすれた。途上で倒れるのを懸念して、チョコレートとウィスキーの小瓶を持ち歩いた。『からゆきさん』を何度も何度も書きなおしていた頃である。セイタカアワダチソウのぼうぼう生える川原や、炭坑住宅のかげで、この二つを口に放りこむ。そうして、息をととのえては歩いた。セイタカアワダチソウは別名、閉山花《へいざんばな》という。

私はあえて口には出さないながら、森崎にも幾重にも折れ曲がった暗転の日々があったことを思った。そうした心身ともの飢餓から彼女を救ってくれたのは、山本作兵衛はじめ炭坑の男や女たちであったのだ。

赤不浄とは女性の月のさわり、出産のけがれのことをいう。

ヤマの神は女の血のよごれをひどく嫌う。月のさわりはもちろん、出産は家族にもタブーがあった。「家族に出産があると三日ぐらいは入坑してはいけない」（『稲築町誌』）。「家族に出産があった時は暫く入坑してはいけない」（『穂波町誌』）等々、多少のちがいはあっても、産穢《さんえ》は守られてきた。女坑夫たちは出産間際まで過酷な地下労働をやっていたので、そのまま出産にいたることもある。

産穢は嫌われても、坑内での出産は大いに歓迎された。坑内は人が減ることはあっても、増えることがないので、かえってめでたいといって炭坑をあげて祝福されたのである。大辻炭坑の若い女房は、仕繰りをやりながら「ああ、おなかがせくう」といって、そのまま坑内で出産した。仲間があわてて連絡して、すぐに函をおろしてもらい、その炭函にドンゴロスを敷いて親子をかかえいれ、赤ん坊はへその緒がついたまま着物にくるんで、一緒に上がった。炭坑に病院ができて三年目だった。炭坑の事務所がよろこんで、赤ん坊に羽二重のかさねの着物やら、祝い金やら、たいそうはずんだ。名前も会社がつけてやった。

森崎は、陣痛がきて昇坑した女坑夫に何人も会った。赤ん坊が生れてからは負ぶって入坑し、坑内で籠に入れて守りをしつつ働いた女坑夫もいた。ヤマの神さんは子ども好きだから坑内で遊ばせても大丈夫だ、という思いがあったのだろう。彼女らは坑内で、子安観音や子育て地蔵を信仰していた。

しかし、こうしたタブーをくつがえし、みずからの信念で生きぬく女坑夫もいた。

「いつぞやはなした、いかめしい後山のおばあさんの家に、一緒にいってみませんか」

といって、森崎を誘ってくれたのは上野英信である。その上野につれていってもらった女坑夫が、唯一無二といっていいほどユニークであった。

サトは学校が好きだったが十一で退《や》めさせられた。農家の子守りをした後、坑内にさがったのは十四の歳である。一番方は朝三時に入る。「十四の子が朝三時ばい」。それから二十二歳まで青天井とは一切、縁がなかった。

父は博打好きで週に三日も働かず、母は次から次と子が生まれたので、当然一家の食いぶちはサトの肩にかかってきた。普通より小さい体で重い炭函を押すので、吹きとばされそうになる。泣きごとをいうと「引ききらんならやめろ！」と怒鳴られる。地下は大人も子どももなかった。

一日の仕事が終わると、急に体ががくがくふるえて止まらなくなった。それまではそんなこと考えるヒマもなかったが、急に恐ろしさが襲ってくるのである。必死で岡へあがったら、もう夜、まっくらだった。

あるとき母が、信心している占いの人にみてもらいに行った。サトが無事かどうか。ところが、いくら一生懸命探しても見つからない。占い師は、またあとで来なさいという。晩になって再び行くと「ああ、その子は無事でおるおる」といった。無事でいるの当たり前だよ、もうそのときは上がっているのだから。そこでサトは自分なりの考えができた。

炭坑のもんはヤマの神さんを信心するばい。いろいろやかましいことというたい。けどね、神さんも坑外のことは守《も》りしなさるが、坑内のことは知んなれんばい。地の下ににんげんが入ると、生きとっても生きとらんのと同じことげな、神さんにも。信心は、これは地の上のことたい。神も仏も地の上のことばい。

（『まっくら』）

サトは十七歳でからだがよごれた（初潮があった）。それでもちり紙を買うお金もなく、布団のぼろ棉をちぎって当てていた。それより困ったのは、サトが休むと父親も休むことだった。二人が休めば、たちまち一家は干上がる。サトはすでに、他人の後山をまかせられるようになっていた。

赤不浄は、赤インキの早やあがりといって、小頭も文句はいわなかったが、サトが休んだのは最初だけだった。森崎はサトの話に驚いた。サトはヤマのタブーにいどみつつ暮らし、赤不浄も黒不浄も貧しさゆえに破り、坑内で血を垂れながらして働いてきたのである。

赤不浄は入っちゃならんというが、あれは嘘。わたしはかすり傷一つせんだった。赤不浄・黒不浄でけがれるというが、あれは地の上の話たい。入っていいか悪いか、これは信心できめるもんじゃなかよ。意志ばい。人間は、意志ばい。

サトは文字など知らない。本も読むこともない。だが、森崎が聞くサトの話は、一冊の書物よりも重かった。学校に行けなかったサトだが、地下でのまっくらな世界が学校以上のものだったのであろう。

信心も徹底すればいいよ。けれど生半可なら、ないがよか。ろくなこた、ない。気にするじゃろ。かえってよくない。坑内に入っていいか悪いか、これは信心できめるんじゃない。意志できめないかん。わたしはこまい時から苦労してきたからね、意志で決めきらんにんげんは好かんね。罪かぶって死んだら、それまで。（同前）

森崎は、文字を持たぬ女が、地上の文化の一切が見捨てている世界で、ただひたすら自分自身の力で生き抜いてきた知性を思った。好《い》いも嫌《わる》いもない、それが彼女の選んだたった一つの生き方であった。

女子の坑内労働はずっと続いていたわけではない。昭和三年には原則として禁止されたが、八年には特例として既婚女子の坑内労働が緩和され、十三年には戦争により男手が少なくなり完全復活した。女性保護法により禁止されたのは日米戦争の後である。しかしながらそれは労働組合のつよいヤマだけで、炭労すら加入をみとめない小さいヤマでは、六〇年代に閉山するまで女も坑内に入っていた。

全面閉山がしのび寄っていた頃、不況下の炭鉱に黒い羽根運動が起った。黒い羽根は、赤い羽根を石炭の黒に置きかえたものである。全国から募金をつのり、衣類、食料、学用品などが寄せられたが、そんなので救われるほどヤワな炭鉱ではなかった。

ある女坑夫はいう。

「あんた、女がやめさせられたんじゃないよ。なんもかんもじわじわきたよ。どげもこげもならんごとなって、女が犠牲になったたい」

女たちは、圧政と表裏一体となった勝利に蹴つまずくようにして、みずからを支えてきた。「働かなうそばい」という炭坑気質に押しやられるように、絞られても絞られても這いあがってきたのである。それは「肉を切らせて骨を断つ」のことわざどおり、いざとなったら相手もろとものの思いであった。それがヤマの近代化によって、何もかも消えてしまった。誰かに敗北したとは考えない。一人ひとりは負けていないのに、何かがこわれ、大きく変わったのだ。それは何だろうという疑問が、彼女たちの胸のなかで渦となって消えないのである。

その頃、都会ではガスや電気が普及し、家のなかは明るく家事は軽便化された。そうして浮いた時間を勉強と称して、女性たちはカルチャーセンターに通うようになった。一方、炭坑では相も変わらず、七輪を戸外に持ちだして木切れを燃やし、洗濯板でごしごし洗っていた。森崎が見るに、そこにはなおかつ「内側からぱちっと割れてくるような、あふれんばかりのエロスと力」とが満ちあふれていた。

森崎もまた、七輪の煙にむせびながら、あえて炭坑地帯にとどまり、「涙のようにきらりと光る火だね」を探していたのである。

第五章　豊満なる忘却

一　仔牛を河むこうに

1

神もみえない無頼ですが
はるばると無量の風
ぬくもるまえに旅立ちながら

登録するのはごめんです
リボンも名もいりません
ささ笛　ひとつ

しょせんは人間ですが
しょせんはけもののむれですが

炎《ほのほ》の　笛ひとつ
いとしい人よ
生まれておいで
はるばると無量の風の中です

（「笛」）

インドに旅をして、人は七回生まれかわると聞いた。あるときは人の姿に、あるときは鳥になって空を飛んでいるかもしれない、と。七回もこの世に生きるのはしんどいが、もしあと一回変われるものなら小さい昆虫になって、韓国の娘たちのさんざめきのなかを飛んでいたい、と思った。誰にも知られず、そよ風にのって、チマチョゴリを広げて笑いあっている娘たちと一緒にたわむれたい。そんな心のしびれを折節にいだくのは、まだ目のあかぬうちから吸った、かの地の風土、自然、人々のたたずまいが身にしみているからであろう。

森崎が解放後の韓国をはじめて訪れたのは六八年（昭和四十三）の春である。亡父のかわりに、慶州中高等学校の創立三十周年の記念式典に招かれたのだった。空港に降り立つと光がまばゆい。湿気の多い日本とちがって透明感にあふれている。思わず体をふるわせつつ光を吸いこんでいた。

敗戦以来ずっと、森崎はいつの日か韓国を訪問するにふさわしい日本人になりたいと思って生きてきた。焦土と化した日本に立ってわが身をふりかえれば、やはり他民族をむしばむ弱肉強食の体質を保持している。自分のなかに侵略者とはちがう核を見つけたかったし、そういう日本人を探してきた。

引き揚げて十年を過ぎた頃、炭坑を知った。おずおずと炭坑町に住んで、権力や地位と関係なく、都市部や農漁村とも体質を異にし、男も女も働く日本人に接した。彼ら彼女らは、はじけるように明るく、地上の権威や常識をものともしなかった。それよりも大きくて恐ろしい暗黒と日々たたかっていたから。

「おてんとさまの恵みのない、まっくらな地面の下は恐ろしかばい。神さまでちゃ、地下にもぐっとる人間ば見つけきらんもの。あたしゃ十三からまっくらな坑内に入ったばい」

これこそ、自分が探しあてた日本だと思い、森崎は老女のことばにふるえた。そして、その心意気の後尾につくことで、森崎は生まれかわりたいと思った。近所に住んでいる在日朝鮮人の少女から小学校の教科書を見せてもらい、九州大学に留学している韓国人にハングルの手ほどきを受けたりした。

ようやく訪韓の資格の基礎はできた、その思いで飛行機に乗った。しかし、飛びたった途端、自信はどこかへ失せていた。森崎はこれまで炭坑町で文章を書いて生計を立ててきたが、そういったものは社会派と呼ばれて韓国では禁じられているらしい。南北分断の複雑な国内事情も気になった。

「和江さん、和江さあん」

そらみみかと思った。誰にも搭乗機を知らせてはいない。思わず乗客のなかにかくれて、あたりをうかがった。

「森崎さん、お迎えの人がみえてますよ」

税関のところで声をかけられた。どきりとした。ドアを開けると、父の教え子の第一回卒業生たちが迎えにきてくれていたのだ。歳月は一瞬にして消えた。立派になっていた。彼らは当時の数少ないエリートであり、中学校進学は日本のそれと比較にならないものがあった。それぞれ大学に進み、留学を卒《お》え、いまは政経の中枢にいた。また文化、実業界の中堅層として活躍する人もいた。

森崎が訪問した当時の韓国は、朴正熙《パクチヨンヒ》大統領が再選された後の極右軍事独裁の時代で、夜間外出禁止令もあり、韓国社会全体が抑圧されていた頃でもあった。森崎は谷川雁と一緒だったという経歴から、レフト（左翼）だとみられていた節がある。持っていた朝鮮語辞典の表紙は、迎えにきた一行によってびりっと破りとられた。「僕たちが税関にちゃんと連絡しておいたからよかったけど、これはいまちょっと……」というわけである（註：ハングルでなく朝鮮語辞典というと、北朝鮮の辞典ということになる）。

このように一瞬、緊張する場面はあったが、無事入国することができた。

ホテルに向かう車中、森崎は、父が朝鮮人と日本人共学である中学校の初代校長として、日本帝国の同化政策に加担したことを謝罪した。また、自身も朝鮮から逃げ帰った家族のひとりとして詫びた。父は個人的には人種差別はみじんもなかったし、一家はそんな父のおかげで、リベラルな考えを植えつけられたのであったが。

「なんのなんの、あなたは子どもでしたから。それにあなたのおとうさんは真の自由主義者でしたよ。当時も苦しまれましたが、敗戦の後、日本でどれだけ苦しまれたことであろうと。おとうさんが敗戦後の日本でどのように生きようとされていたか、知りたいと思ってきました」

父は公職追放のあと、ある高校に奉職したが病を得て、五十半ばで帰らぬ人となったことを伝えた。また弟の健一もその半年後に「ぼくにはふるさとがない」といって、みずからの生命を断ったことも。

「健ちゃんが――」

といって、みな一様に声を失った。それでも彼らは「二十数年使うことのなかった日本語はサビついて思うようにすべらない」と笑いつつ、はなした。

一人が近寄ってきて、いった。

「人は一生の間に、二つの国語を身につけることが可能でしょうか。気分をこわさないで聞いてください。解放後二十年もたつのに、まだわたしの感覚はにほん語をはなしています。どうなんでしょう、人間は精神の形成期に使ってきたことばから、完全に抜けられると思われますか。……わたしは日本語《にっぽん》を機械的に使っていたのではないのです。喧嘩して泣くときも、日本語で泣きわめきました。家のなかでも」

森崎は、「ごめんなさい。こちらに来るまえに読み書きを勉強したのですけれど、みなさんの話がむずかしすぎて役に立ちません」と断わりを入れてからはなさなければならなかった。

「二つの国語、そういわれましたね。わたしはそれを、二つのことば、あるいは二つの民族語、と表現していました。ですから、あなたにお答えする資格はないのです」

森崎は「あの、わたしの話をしてもいいですか」といって、話を続けた。

「わたしはにほん語しか知りません。にっぽんと表現するのにも、つまずきます。敗戦後、日本でことばに悩みました。日本語が二つに割れるのです。二つの心に割れる。あなた方のお叱りを受けるかもしれませんが、あえていうなら、わたしのなかで自分が二つの民族に割れるのです。

わたしは自分の幼い魂が、かつての朝鮮での生活の呼吸に、想像以上に深く影響されていることを知りました」

　相手の反応を待ったが、彼は坑口のような口をあけてこちらをうかがっているだけである。

「わたしは知っています。それが日本国家の侵略の結果だということを。わたしの持つことばの分裂感は、自国と朝鮮という、二つの民族へのコンプレックスのあらわれにちがいありません。それが、ことばと思想との内的関連まで関係するのかと思うと……」

「和江さんは支配民族の立場だから、そう思われたのかもしれませんね。もちろん、私たちも人並みに解放をよろこびました。が、それは突然にわれわれを襲ったものでした。わたしは魂のもっとも深いところで、わたしの精神の形成にかかわったのが、あなたのおとうさんだった。いや、そのことを悔やんでいるわけではありません」

「……」

「話が煮詰まってきました。コーヒーを持ってこさせましょう」

　ボーイが銀盆を運んでくる間に、彼がいった。

「和江さん、私たちは逢わねばならない間柄でしたよ。わたしら民族にはことわざがあります。仔牛が河むこうへ渡った、というのです。すっかり消えてしまうことをいいます。和江さん、あなたとわたしとは共通の仔牛を持っていますよ。それを河むこうに渡らせるには、あなたの力がいります。力を貸しあいたい、借りあいたい。それが明日にはもう駄目になってもいいのです。またわたしらの後の誰かが、きっと、そういいますよ。またもし、わたしらが力を寄せあった結果がまずいことになっても、それはいいのです。……わたしは慶州を愛しています。あなたもそうですね。いつか一緒にあそこの精神を掘りましょう」（『二つのことば　二つのこころ』）

森崎はうなずいた。そして「わたしらの仔牛はまだ河を渡っていない。ふたりで何かを生まなければ、仔牛はいつまでも河につかっているだろう」ということばに、深く共鳴した。

森崎は都市の喧騒から離れて、ひとりになりたかった。そして最後に誰にも告げずに、とある村を訪ねた。日かげの村のような谷間の農村である。

そこを訪れることを、韓国の友人や知人にひとことも知らせなかった。知らせることをはばかられるような雰囲気があった。それは自国の負のイメージを他国人に見せたくないのか、貧農問題が階級の問題に発展することを恐れているのかどうか、判別はつかない。ただ、韓国の友人は「農業対策のおくれに対して行政的な怠慢をあげつらうことは自由だが、その思想的な欠陥にふれることは、われわれにはタブーである」といった。

また、韓国の指導的立場にある友人らは、「都市生活の諸問題は説明ぬきに他国人の目にふれさせても誤解をまねくことはないが、三百年から五百年間同族部落をつづけているところの問題はとても伝達しえるものではない」と口をそろえていった。それが、奥歯にものがはさまったようないい方であったことが気になる。

それを押して決行するのは非礼と思えた。別の友人はこういった。

「あなたがもう少し年齢をかさね、数ヶ月間滞在してくださることができるとき、わたしの農園にご案内しましょう。そのときには、まずい食物と国をあげても救われぬ貧困をともに体験しながら、韓国の実状と真髄を感じとってほしい」

富裕者である彼は、自分の農園を持っていた。

「村の女たちは、女だけの野遊びに興じます。教育とは無縁の農婦たちは、昔ながらのひどい遊び方をしますよ。男は入れません。ドブ酒につけもの、さかな等を用意して、山へ行って大声で唄いつつ踊るのです。それはそれは大層な気炎のあげ方です。そこには祖先から受けついでいるものがいきいきと流れているのです。うんと食べ、うんと飲み、うんと騒ぐ。そして家に帰って、丈夫な子をたくさん産むのです」（『ははのくにとの幻想婚』）

あの唄声とチャングの音。はじけるような笑い声。空をも突き抜けるような唄と踊り。森崎にも記憶がある。あれはどこだったろう。ネエヤにつれられて行ったのだった。いまこそ、そういう女たちに会いたいのだ。そこへつれていってほしい……。森崎は喉まで出かかったことばをかろうじて飲みこんだ。いまは無理、たった数日間の旅ではかえって理解のさまたげになる。彼らの表情からそれははっきり読みとれたから。

「農村を歩くのはこの次にします」

森崎はそういうと、ホームで彼らと手をふって別れた。

ひとりになって、自分の胸に聞きたかった。今回は、亡父が初代校長をつとめた学校の記念式典に出ることが表面上の目的であったが、ひそかに期していたことがある。それは生《なま》の韓国、韓国の人びとに触れることであった。森崎はやはり、途中で汽車を降りて、その寒村に向かっていた。韓国の農村に行ったのではない。農婦に逢いに行ったのである。

幼女の森崎が遠くの世界を意識しはじめた頃、そこへ行こうとして果たせなかった。それは植民地朝鮮の中の鎖国的境界のように、見ようとすると、黒い霧がかかって見えなくなっていた。

いやおうなく幼魂にその実在感をおしつけ、たちまち姿をくらましてしまったあの世界。つかまえたい、逢いたい。

なぜあのオモニらは、あのように幼い森崎をつよく抱きしめ、すばやく目のまえから消えてしまったのか。森崎は消えさったその後姿を追って、放心したように突っ立っているだけである。あの後姿のかくれた先に何があるのか、知りたかった。それをいま、果たそうとしているのである。

オモニは背が小さくなっていた。顔もほっそりとして小さくなっていた。老けた笑顔に品があふれていた。森崎は背をむけて声をころして泣いた。

「泣きたくもあろう。あんたはここの人だもの」

オモニが森崎を抱きしめ、韓国語でいった。そして、たった二間きりの家のなかをじっとしておれずに、ちょこちょこさせ、客の沓《くつ》をそろえたりした。オモニは白い衿の、うす茶のよそゆきのチョゴリを着ていた。森崎は彼女の胸のまえでハンカチに顔を埋めた。オモニはかつてそうしたように、森崎の背中をよしよしという風にたたいた。

この村を訪れたのは生まれてはじめてである。朝鮮で十七歳まで育ちながら、朝鮮人だけの村に入ったのは、これがはじめてであった。村の外を歩いたことはある。車で通ったこともある。村の人はいまでも父をよく知っていた。

ここは父の教え子のSが生まれたところである。オモニはSと結婚した。年上の花嫁であった。ところがSは医大を卒業してすぐに死んだ。その後、どういう理由でオモニが森崎家に奉公して子守りをするようになったか、知らない。

手伝いの朝鮮婦人をオモニと呼ぶ。森崎はオモニの作った味噌汁を吸い、朝鮮ふうのつけものを食べ、朝鮮ふうにつくろってもらった衣服をつけて学校に通った。また、破れた衣服をオモニはていねいに繕ってくれた。森崎は母に負ぶわれた記憶はないけれども、オモニの背中のぬくもりと髪の毛が頬や唇にあたっていた記憶ははっきりと残っている。いまは、すべてが夢まぼろしのように胸のまえでかすむだけである。

オモニは泣いていた
その悲しみをわたしは知ることはできなかったが
彼女が追いだされた家のそばの孔子廟の
朱の扉にかおをおしつけ
中庭をさしのぞこうとして
白いひげの老人に叱られた
背のたかい
やせた朝鮮人だった

オモニはわたしを連れて行った
オンドルの祈禱所へ
はちまきをした老いた巫女が　うなるように
となえごとをした

おそろしかった
オモニが泣いていた
何を泣いていたのか

（『ふるさと幻想』）

オモニが現在住んでいる家は、屋根がひくく、土でかためてあった。温突《オンドル》と板ばりの部屋が一つずつ、そのかたわらに土でこねたくどがある。これが家、オモニの家だと思って、見まわす。村には十数軒の藁屋根が山裾に茸のようにかたまっていた。いずれも水の少ない田んぼに囲まれている。

森崎はみずから願いでて、父が愛した青年Sの墓にもうでた。幾度も草にとりすがりながら山のてっぺんに上がると、土まんじゅうのお墓があった。川下のはるか遠くに市街地がみえる。森崎はしばし、この墓のまえにぬかずきながら、亡父と対面していた。

父は何をなそうとし、何ができなかったのだろう。炭坑の「七つ八つからカンテラ提げて　坑内さがるも親の罰」という唄が思いだされた。森崎はまるで、親の罰を背負っているように、こんどは父のまなざしでこの山と川と遠い市街地に目をやった。朝鮮の子弟にありったけの愛情をそそいだ父を、裁くことはできない。だが帝国日本が朝鮮人一人ひとりの生涯を、どれほどゆがませたかを見て歩くことはできるであろう。

この墓に眠る青年Sもそのひとりである。その青年から愛されることのなかった年上の妻（当時の習俗として幼年期に婚約した）、つまり森崎が逢いにきたオモニもまた、まぎれもなくそのひとりであった。

とはいえ、彼らは父との出逢いがなくても同じような人生を送ったであろう。

森崎とほとんど同世代で、在日朝鮮人の詩人である金時鐘《キムシジョン》はこう語っている。森崎和江が韓国慶北の地で女学生だった頃、金は韓国の光州で、神国日本に忠実な、成りたてほやほやの皇国少年だった。異風土の朝鮮にいたいけなほど愛着をそそいだ森崎とは正反対に、金は「朝鮮」という旧い殻を脱けでることばかり考えていた。

幼き日にうたった朝鮮の歌は記憶になく、彼にあるのは日本のわらべうたばかりである。「夕やけこやけ」をうたうとき、藁屋根の向こうにある〈鎮守の森〉を歌ごころでかぶせてうたっていた。「おぼろ月夜」をうたうと、いまもって情感がゆさぶられ、瞳の奥がおぼろになる。

それだけに「それらの歌の情景からほど遠い朝鮮の風土は、ずんずん（金の）心から離れていかざるを得なかった」にいたっては、聞くだにいたましい。幼き日、日暮れまでついて歩いた旅まわりの幟《のぼり》、むしろ掛けの小屋、雪駄、羽織はかま、まん幕の内側から聞こえる拍子木の音……これらへのあこがれが日本語を上達させ、生まれながらに天皇陛下の「赤子《せきし》」だった、というのである。

成人した金は、森崎和江の少女期の朝鮮に目をうるませた。いや、皇国少年で育った金だからこそ、土着の風土にへだてがなかった森崎が救済のようにいとおしくてならなくなる。そして、彼はいう。

金と森崎は「二人合わさって呈するひとつの実相」であると。「植民地統合の合わせ鏡」のような、いわば「背中合わせの申し子」なのだと。そして、解放後二十数年たって森崎の初の韓国訪問が、とりあえず温かく迎えられたことに、金はそっと胸を撫でおろしているのである(『精神史の旅　5回帰「月報」』)。

私(内田)は「仔牛を河むこうに渡す」の出典を知りたいと思い、ある女性に教えを乞うた。森崎和江の『二つのことば　二つのこころ』「民衆における異集団との接触の思想――沖縄・日本・朝鮮の出逢い」を韓国語に翻訳した申知瑛《シンジヨン》さんである。彼女は現在、アメリカのコロンビア大学の東アジア研究所に滞在中で、牛に関する九十九のことわざを調べてくださったが、分からなかった。もしかしたら地方の独特のことわざかと探っていただいたが、見つからなかったということである。

知瑛さんはこんなエピソードを語ってくれた。玄界灘に面した海岸を歩いているとき、森崎が「ここからは朝鮮半島が見えますよ」という。知瑛さんが一生懸命探していると「ほんとうに見えるわけではないけど、朝鮮半島が見えると思っているのよ」といってわらった。また、食事のとき、森崎は時間をかけてていねいに、まるで愛する人と触れあうかのように食べるのが印象的だった。知瑛さんは目下、『第三の性』を翻訳中である。

2

森崎和江が敗戦後の日本で、母国とは何だろうと探しもとめていた頃、金任順《キムイムスン》は朝鮮動乱による戦火に追われて、釜山から船で五十分ほどの巨済島《コジユ》まで避難していた。その途上で子を産み、家族の消息は失せ、地上で泣く戦争孤児たちと暮らしはじめていたのだった。

それが愛光園で、現在の知的障害孤児の家へとつながる。彼女の活動はマグサイサイ賞をはじめ、たくさんの賞に輝いたのだが、森崎が注目するのは社会事業家としての業績よりも、その活動に至るまでの彼女の生き方であった。

金任順は、金泉で女学校最後の年に数ヶ月、机をならべた同級生である。といっても、森崎は父の急な転任により、金泉女学校の四年生に移ったばかりである。母を亡くした彼女は、気がふさいでいて、級友とあえて口をきこうとしなかったし、金任順ともはなしたことはなかった。

一度だけ、稲刈りの勤労奉仕で校門を出るとき、背丈の似ている彼女とならび、何かをはなしかけたことがある。田んぼでもことばを交わした。空が青かった。二人は校長にとがめられた。「そこの二人、何をはなしているんだ！　だまって歩け」と。それだけである。そして卒業を待たずに、森崎は玄界灘を日本へとわたった。級友に告げることもなく、それは逃亡に似ていた。

二度目（八五年）の訪韓の折、森崎は日本の新聞社のソウル支局に、愛光園という戦災孤児園をひらいている彼女の消息をたずねた。同級生といっても日本名を名乗っていたから、本名は知らず、同窓会名簿を繰って判明したのである。そのおかげで思わぬ再会をソウルで果たすことができた。彼女は戦災孤児たちがそれぞれ社会に巣立つとともに、愛光園を知的障害孤児園に切りかえたのだという。

彼女は十代の頃の面影そのままに、ふっくらとした丸顔に眼鏡をかけていた。第一線で多忙をきわめている女性らしい生気にあふれ、活力がみなぎっていた。彼女の誘いで、巨済島の愛光園にも行った。

そんななか、森崎の脳裏には、ある思いが引っかかって、なかなか切りだせないでいた。

森崎和江の自筆年譜の八五年の項にはこうある。

一月、アメリカ国会図書館東洋書館長の宋昇奎《ソンスンギュ》より、『慶州は母の呼び声』を読んで、金泉中学当時の校長の娘と知った、との便りと、東洋書館の森崎和江図書目録とを受けた。彼の父・宋昌根《ソンチャングン》博士は韓国神学大学学長。朝鮮戦争時に北へ拉致され、生死不明。

三月、（渡韓して）ソウルで旧友の金任順と連絡がとれる。クラスメート達が市内のホテルに集い四二年ぶりに再会する。金任順は朝鮮戦争中の一九五二年、避難先の巨済島で、孤児園・愛光園を創立し、孤児達を七百人ほど育てたあと、一九七八年、知的障害孤児（者）施設、愛光園に切り替えて運営していた。ソウルからの帰途、巨済島へとまわり、愛光園訪問。金任順の夫は朝鮮戦争で生き別れとなり生死不明の宋昇奎であった。

待ち合わせのホテルには、まだみんなは来ていなかった。森崎はたまたま早く来たクラスメートとはなしていた。

「ソウルにくる前に金泉に寄ったのよ。金泉の黄金町に黄金教会ってあったでしょ。牧師さんが思想問題で監視されていたという教会。そのことをあなたは当時、ご存じだったの？　町の中の教会だけど」

「黄金教会？　よく知っていたよ。あの教会の牧師は有名な学者だったのよ。アメリカ帰りの神学博士で、民族思想家としてねらわれていたのよ」

「そうですってね。なんにも知らなくて……。その方の息子さんからのお便りで最近になって知ったの。息子さんはアメリカにいらっしゃるのね」

「そう。そのアメリカにいるという宋昇奎が牧師の息子で、金任順の夫なのよ」

「え！」

　森崎は絶句した。


　愛光園の壁には創立当初の嬰児園の小さな写真がかかっていた。今夜は仕事を全部スタッフに頼んだからフリーよ、という金任順はリラックスしていた。彼女は別のスナップ写真を壁からはずすといった。

「これは私の娘の結婚式の写真。アメリカにいるの。この子の父親はね、金泉の教会の牧師の息子なの」

　森崎はうなずいた。クラスメートから聞いたときのショックが、まだ心にうずまいていた。それは大邱・金泉と森崎一家との象徴のように、民族と個人をめぐって胸に突きささる。森崎はこらえきれずに口をひらいた。

「アメリカからお手紙をいただいたの。ちょっと前に」

「手紙？」

「ええ、国会図書館のアジア館館長をしていらして、そこで私の本を見つけた、と手紙に書いてあったの。その後も何度かお手紙をいただきました。あなたのことは知らなかったけど」

　金任順は首をこっくりした。そして、黙って娘夫婦のスナップ写真を壁にもどした。

　その後も幾度となく彼女に会っている。韓国や日本で。会うたびに、金泉のあの異常な緊張感をくぐりぬけてここまで生きてきた、お互いの半生に思いを寄せる。彼女の夫とのプライベートなことに話題が及ぶことはない。それは森崎自身の人生についても同じことで、いつも再会後のいま、このときにできる協力は何か、ということを考える。

何度目かの訪韓の折、二人で小旅行を終えて愛光園に帰りついた夜のことだった。ゲストハウスの二階で夜風に吹かれながら、金泉中学校の在校生だった宋昇奎との結婚へと、話が自然にながれた。森崎が問うた。

「それであなた、いつ梨花女子大へ進学されたの」

「一九四五年の九月だったよ。家政科に入った」

「ああ、解放の直後……。四五年の八月十五日が日本の敗戦だから。その直後なのね」

「そしてね、五〇年の四月末に結婚したのよ」

「え！　そうかあ。あなたの渾名、一直線っていうの、彼が中学生の頃つけたんですってね。私、ご本人から聞いたのよ。アメリカからの便りで。あなた方はあの十代の頃からご縁があったのね、あなたにぴったり。一直線だもの、あなたは」

ふふっと、彼女がわらう。

「そしてね、六月末に韓国動乱」

「ええっ！　ああ、そうでした。あれは六月二十五日だった。福岡にも空襲警報が発令されたのよ。心配でね」

「あのとき私がソウルにいたら死んでいたかもしれない。前日六月二十四日に私の父の六十歳のお祝いがあるので、私は夫につれられて実家に帰っていたの。でもね、せっかく父の誕生日のお祝いなのに、わたしは吐き気がして食べられないの。妊娠していたのを知らなかった。そして翌日……夫は予定どおりソウルへもどったのよ、ひとりで。高校に出勤しなければならないから。動乱なんて、予想もしないでしょ。私を尚洲に残して。それが最後だったの。わたしたち夫婦の」

聞いている森崎は、ことばを失う。

彼女は淡々とつづけた。

「動乱はそのままひろがって、私はソウルへ帰れない。ソウルがどうなっているのかも分からない。ソウルの人たちも尚洲がどうなっているか分からない。北の軍隊が南へ、南へ……尚洲にも入ってきた」

「避難したの?」

「そう、洛東江《ナクトンガン》まで行ったけど水が深くてわたれない。しかたなく山奥に入った。家族も村の人たちもみんな一緒」

「……」

「その夏いっぱい、山の中にいた。九月十五日に国連軍が上陸して攻撃戦がはじまり、やがて北の軍隊が後退していった。ようやく尚洲にもどったけど、戦争は続いていて動けない」

「そこでお子さんを……」

「そう、冬になって、五一年の一月、女の子を産んだ。だが、夫のことも、夫の家族のことも皆目分からない。夫とはそれっきり。夫が勤めていた学校もなくなった。先生方も、何もかも。夫は英語を教えていたのよ」

「……あなた、彼とご一緒だったのは……」

「そう、たった二ヶ月、たったの二ヶ月しか暮らしていないのよ。何だか分からないうちに、そうなっていたの。ようやく風のたよりで、その年の夏に姑の消息は分かったけど。実家の父も動乱の最中に亡くなっていた」

森崎も焼け跡の福岡で思っていた。併合と太平洋戦争の衝撃が南北を分断占領させ、それが動乱を引きおこしたのだ、と。福岡の市内にも米兵がたくさんいて、動乱で傷ついた将兵が韓国から運ばれてきた。知人がアメリカ軍のキャンプで通訳として働いていた。

「あなた、彼のお父さまの宋昌根博士のことは……。北へつれ去られたと……」

「あの戦争のなか、姑の吐いたことばが人の口から口へと運ばれて、ようやく半年くらいたって耳に入るほどだった。舅がソウル神学大学から拉致されて行方が知れないことも。夫の学校がなくなって夫の消息が分からないことも。風の便りのようにはかなく……」

「あなたは生まれたばかりのお子さんを抱いて……」

「そう、乳のみ子の娘を抱いてともかく姑のいるところまで行こうと、トラックや貨物列車に乗って四、五日かかって大邱まで出て、それから何日かかかって釜山に着いた。教会に行けば夫の家族の消息も分かろうかと……娘のオムツだけ持ってね」

「ああ、あなた、娘さんには母乳だけ？　長い旅の間……」

「そうよ、ほかに何もないじゃないの」(『愛することは待つことよ』)

森崎は金任順の話を聞きながら、自分たち植民支配者が去ったあとの、あの山河の中で動乱が頻発し、大地が戦場と化し、分断されていく苦痛に胸がいたんだ。そして四十年を経過しようとするいまなお、同族、血族の断絶がはかられている現実を、どうしようもない思いで聞いた。

金任順はわが子を姑にあずけて、拾ってきた七人の嬰児に乳房を吸わせた。

「乳が出る出ないじゃないのよ。赤ん坊は泣くだけ、吸わせずにはおれないのよ」

金任順の話に森崎は応えることばが見つからない。

「娘には姑がオモユをこしらえて飲ませてくれた。自分の娘にはあれ以来、乳房をふくませていない」

「そんななか、孤児はどんどん増える」

「役所の人が次々と嬰児を拾ってくるの。家の前に捨てられていた子もいるのよ」

「それを、あなたひとりで?」

「ううん、教会に泣きついて、だんだん手伝ってくれる人が出てきた。女性伝導師とか学生とか」

「あ、やはり島に避難してきた人たち、ね」

「山は裸山になって薪もない。浜辺に行って流れついた板きれを乾かして、暖をとり、ミルクを沸かした。島には病院がないからハシカなどの流行病にかかると、負んぶに抱っこで、四時間もかかって船でプサンまで行く。途中で息をひきとる子も出て、海に葬ることもできないから、死んだ嬰児を負んぶして、まだ息をしている子を抱いて一目散に帰る、というようなことをして」

「行きも帰りも地獄……よく耐えられたわ」

「姑も大変になって、そのうち娘も嬰児園で一緒に暮らすようになった。娘も小学三年くらいまで、自分も孤児だと思っていたんです」

「その間、やめようと思ったことは……」

「やめようと思ったことはないけど、一年くらいたった頃、教会を通してアメリカから一通の手紙を受けとった。当時、アメリカとの文通はとても難しくて、どうして住所が分かったのか知らない。梨花大学の劉福徳《ユボクトツ》教授からで、スカラーシップの手続きをしてあるからアメリカにきて勉強しなさい、というのよ」

「アメリカで勉強！」

「将来の嬰児園のことを思って、社会福祉の勉強をしたかった。喉から手が出るほどアメリカに行きたかった。だけど、スカラーシップで勉強したら、自分勝手は許されない。帰国後に待っているのは梨花大学の教授になることでしょ。嬰児園にはもどれない。悩みになやんで、この島でひとりで子どもたちを育てる決心をした」

「断わったの」

「ううん、教授には手紙を書かなかった。書けなかったの。後でずいぶん返事を待ったことを聞かされ、申し訳ないことをしたと思ったわ」

「それも一大決心だった――」

「それ以来、わたしも腹が据わったようになって、ずっとチマチョゴリで」

「町には普通の洋服を着る女性が多くなってきていたでしょ。そこをあえてチマチョゴリで……」

「そう、化粧もしたことない。アメリカ軍相手のパンパンガールがいて、彼女らと一緒にされるのがイヤだったこともあるけど、子どもたちがそれぞれチマチョゴリの裾をぎゅっと握って離さないのよ」

森崎ははじめて納得したようにいった。

「そう、それで――」

「チマはぱあっと広がるから、たくさんの子どもが握れるでしょ」

まるで、母と子のきずなのようなチマチョゴリである。当時、子どもたちは百人を越えていた。その子たちが大きくなり進学する子も出てきて、気がついたら七百名にもなっていた。

「娘さんはその後――」

「娘は現在、アメリカにいるわ。アルバイトをしながら大学に通い、いつの間にか大きく育ってくれました」

「お姑さまは、息子さんの宋昇奎のことをご存じだったのですか」

「姑が宋昇奎のことを知ったのは、ずっと後のこと。宋昇奎、つまり私の夫は拉致されたのではなく、アメリカに行っていたの。向こうでとてもひどい病気をしたらしく、そのときも病院にいると、告げられた」

「会いには行かなかった?」

「ええ。わたし、神さまと約束したのだもの。アメリカに行ったとき（八一年）も、みんなにすすめられたけど、会わなかった」

「どうして！」

「戦争でことばでは表現できないつらい思いをして、お互い生死不明で生きてきたでしょ。むかしの愛情とかいっていられない。きりっとして次の世代の子どもたちを育てないと、戦争はすんだのに、子どもたちは誰かがやらないと死んでしまう。自分のことなんかいっている場合ではなかった」

森崎は、そのことだけは納得いかない思いで聞く。

「その後（八三年）も募金でアメリカにいった。夫の妹が、ねえさん一度兄さんに会ってくれない、と何度もいったけど、もう会わないといった。そのほうがいいのだから、と」

「娘さんはお父さんに会ったことは？」

「ええ、娘は父親に会っていて、時折、そんなことを電話ではなしてくれる。父は韓国に行ったときに愛光園を訪ねようと何回も思ったけど、そのまま帰ったって。娘が、そう伝えてくるの」

そのときだけ、金任順はふふ、と笑った。

「夫との縁は短かったけど、彼の友人とか舅の教え子とか、お弟子さんとか、姑も私をとても大事にしてサポートしてくれるの。それが有難くて……」

そして最後に、こういった。

「夫のことはただひとりの縁があった人として大事にしまいこんでいる。会わなくても、同時代をしっかり生きあったことが分かるから」

森崎は金任順の話を聞いて、こんな人生もあるのかと、胸がふさがれそうになった。人は数奇な運命というかもしれないが、そこには他人によって翻弄されない強固な意志が働いていた。そして、彼女が空の雲が流れゆくのを見ながらいったことが忘れられない。

「この子たちはみんな親が分からない。それぞれの知的障害も身体障害もちがう。でも、どの子も何か一つは能力を持っているのよ。これが大好きという何かを。それをここで一緒に暮らしながら育てて見つけてやりたい。それが私の仕事よ。見つけるためにいろいろな作業場を作りたいの。作業をさせたり遊んだりして一人ひとりに身につけさせるの。好きなことを見つけた子はいきいきと作業するよ。自信を持ってつづけるのよ。育てることは愛すること、愛することは待つことよ。五年、十年と待つの。私は生涯待つことができるよ」(同前)

ここには金任順の子育て、人生観、愛光園経営の神髄、それらすべてが圧縮されて詰まっているのだと、森崎は思った。

二 広い河

1

森崎は時間があると旅に出る。その日も彼女は、鹿児島本線を途中下車した。天地が明るく、青麦の畠が続く。茂みの向こうに小さな集落があった。どこからか唄声が聞こえ、楽器の音もする。「ンだもこーら　ええけなもんだ／あたいが　どーげん　茶碗なんざ」——療養所にいた頃、鹿児島出身の仲間から聞いた「茶碗蒸しの唄」を思いだし、引きよせられるように寄っていった。

「あんた、里帰りな」

中年の女性から声をかけられた。

「いえ、あの、里帰りではないのですけど。このあたりは私が娘の頃の、友だちの郷里のような気がして。あの音は何かしら」

「ああ、ゴッタンなあ。まあ、のぞきやはんか。おいがたん小屋は、そこ」

小道を曲って小屋をのぞくと、三、四人の男たちが弾きつつ唄っていた。ゴッタンは手作りの箱三味線だった。めいめいが古びたゴッタンを持っていて「ゴッタンを弾きよらん男はおらん」と語った。女たちは手作りの焼酎を自慢にしていた。森崎はこれをもとにラジオの台本の『ごったん狂騒曲』を書き、福岡放送局から全国に流された。

やはりラジオドラマの『枕崎の女房たち』を書いたのは、鹿児島からローカル線に乗り、枕崎で降りたときであった。カツオぶしで知られる町はホームまで魚の匂いの風が吹いた。その日、海岸線を坊ノ津まで行き、漁師の妻たちに会った。かつて大陸文化の門戸となった港まで歩くと、波濤を枕に生きた海人族のことがしのばれた。

また、六六年（昭和四十一）にラジオ沖縄から放送された『沖縄の星』は、戦後、福岡市中央区天神のバラック建ての辺りをふらついていたときに思いついたドラマであった。夕暮れ、ぼんやり歩いていると、どしんと男の子がぶつかった。「ごめんね、大丈夫?」。「なーんもない」。男の子はぶっきらぼうにいって走りさった。

まだ返還前のことで、敗戦後、闇市と呼ばれたその場所には、引き揚げ者の沖縄県人会があった。第二次大戦下、学徒動員された子らが多くいた。本土の工場で出会った沖縄と本土の少年少女、その再会と別れを物語にしたのである。

こうして森崎は、ドラマを書くためでもあったが、何かに憑かれたように海岸端を歩く。娘も息子も、二、三日なら留守番できるようになっていた。

ラジオドラマは、故・丸山豊のみちびきであった。丸山が放送局へつれていき、まるでわが子のように紹介してくれたのである。あらためて師の恩が感じられた。そのお陰でいまは、母子三人の生活が成り立っている。ラジオドラマは生活の糧でもあったが、生きるエネルギーでもあった。

続いて森崎は、敗戦直前、朝鮮海峡をひとりで越えた体験をもとに、『誰も知らない海峡』を書いた。母国へ帰る在日の人たちの漁船がいくつも沈み、何万ものタマカゼが漂う朝鮮海峡である。

「あんた、タマカゼを知らんとな。誰にも拾われんまま、あの世にも行かれん。こん世にも帰れん。地の底、海の底、なんぼでも沈んでござる。あんた、それば、こんだラジオでもテレビでもしない」

男たちと伍して働いてきた海女たちがいう。そして、森崎の体力の失調症をしばしば叱った。

「あんた、今、なんというたな。死にたいというたろ。ことばは無駄に使うもんじゃなか」

書物などとは無縁の老女たちの、飾り気のない、真っ当すぎる叱責を身に受け、森崎はおろおろと歩きだす。それでも海辺や人だまりのする路地を歩き、土着の人とはなしていると、不思議と気力が湧いてくる。

その頃、森崎の体調は最悪だった。あの強姦・殺人事件以来、心身ともに不安定の日が続いた。病院にいくと、決まって精神科にまわされる。肝臓障害にも悩み、子どもに付きそってもらって薬を買いにいった。原稿書きだけは生活があるので止めるわけにはいかないが、一日の活力はそれだけで精一杯だった。それに加えて訪問客があると、どっと疲れて嘔吐をもよおす。人ひとりに会うと回復するのに四、五日はかかった。

森崎のラジオドラマをいくつか手がけたNHKディレクターの斎明寺以玖子も、何回かその場面に出くわした。花巻へ向かう車の中で、または談話の途中、森崎がぐったりして「ごめんなさい、目がまわる」といって横になってしまう。あらかじめ用意していたチョコレートをかじり、しばらく眠った後、「ああ、もどった」といって起きあがったことなどを回想している（「地球の祈り」）。

それでもラジオは原稿の文字から離れて、音声や音楽のなかで登場人物が動きだすのでたのしい。これまでの孤独な作業とは異質の、生きた声や音声との思わぬ効果に自然と心がときめく。こんな一瞬、一瞬にささえられて森崎はかろうじて生きてきた。

自筆年表の「一九七八年（森崎五十一歳）」の項に「二月『遙かなる祭』朝日新聞社。二月、沖縄へ取材に出る。宮古島、石垣島。五月、RKBテレビドキュメント『草の上の舞踏』放送、芸術祭優秀賞受賞。十月、NHKラジオドラマ『海鳴り』放送、芸術祭優秀賞受賞」とある。

森崎が返還後の沖縄の土を踏んだのは七七年である。初の沖縄は海をわたって行きたいと思い、「えめらるど・おきなわ」号に乗った。メモ帳によると、福岡市内の中学校の修学旅行生と一緒で、甲板で体操をしたりしている。前の晩、原稿書きで一睡もしなかった森崎は睡魔におそわれ、うつらうつらしているうちに那覇港に着いていた。

旅に出ると、森崎は決まって小さな寺や社や墓地などを訪ねる。沖縄とて例外ではなかった。

なかでも、琉球時代の足跡が残されている地域を好んで歩き、宮古島では、大きなガジュマルの根っこの間からバショウの葉が生えている御嶽《うたき》で、十名ばかりの老女が拝んでいるのに出くわした。また、近くの島ではノロ（祝女）に案内されて、拝所《うがんじよ》の水辺に供えられていた線香と御幣《ごへい》（白紙を細長く切った供え物）を見た。いずれも土地の人と信仰心がなじんでいることが分かって興味深かった。

旅の途中、五月だというのに摂氏二九度。那覇市も宮古島も水涸れで、そろそろ断水か、とホテルのテレビが告げていた。

森崎は「南の水　北の水」というエッセイの中で、こんなことを語っている。

「暮らしのなかで味噌汁のだしのように、何げなく、しかし繰返し体験している心くばりは、書物の世界よりも歴史が深い。その形なき歴史の手ざわりをかかえて、私は旅をする」（『精神史の旅　4漂泊』）

旅をして海辺や山の中を歩きながら目にとまるものは、そのような生活文化の跡であった。それは文化と呼ぶほどのものではなく、そこに降りつもっている心くばりといった程度のものである。それでも、日常のささいなことを大事にして、地道に生きている女の歴史に目を向けたい。それは女総体の歴史ではなく、一人ひとりの女性がたどった朝夕を感じとることであろう。私は、ここに森崎のいう「女の無名性」にゆきつくのだと思う。

かれこれ十五、六年にもなるが、森崎は近所の主婦たちと二十日会という、月に一回のお茶飲み会をひらいてきた。とてもささやかで、社会的には無力でしかないつながりが、日本を知らない森崎には救いであった。まるで、味噌汁のだしのように、それだけでは何の役にも立たない集まりだが、日常の目に見えないところを単調に流れながら、気がついたら強固な心の支えとなっていたのである。

集まりには文字の読めない主婦もいたので、書物の話をすることはまずない。こむずかしい理屈など出ようはずもなかった。それでも森崎は、文学の根をここに置きたいと、切に思った。書きことばや思考用語よりも、はなしことばが保守され機能しているこの世界に、である。彼女たちは、小説よりももっと小説ごたる体験を口承文化さながらに語った。文字の世界に一切関わることのない彼女たちの伝える風習や伝承は、素朴でなまなましい。しかしながら、それだけに、生きている者の緊張感や自然に抱かれている豊饒な豊かさに彩られていた。

森崎は列島を洗う海を手がかりに、海岸に沿って歩きはじめた。島に心惹かれるのは、交流のとぼしい環境の中で、人びとがそれを生かしつつ個性のある文化をつくり、伝承しているからであった。ややもするとそれは閉鎖性ととられがちだが、そこには他国者に犯されない生活様式が息づいていた。森崎はそうした未知の人生にそっと触れたいと思う。

女たちのささやかな生活の営みや心くばりは、およそ名誉や権威からほど遠く、社会的な評価とは無縁の、現代の世からしたら不合理で非現実的なことであるかもしれない。それでも森崎には、それを支えてきた女たちの歴史が見えて、いとおしくてならないのである。幼い精神を養うものは、身近な人間関係はもとよりだが、それにもまして、人びとをとりまく自然や風土だということは、体験的に知っていた。

誰しも記憶にあることだろう。遊び呆《ほう》けて夕暮れどき、友だちが一人、二人といなくなったときの虚脱感。村雀《むらすずめ》が空をわたって森に消え、その余韻を残した空には夕焼けがひろがる。やがて刻々と闇が迫ってくる静寂のなか、父や母がいとしく恋しくなる瞬間である。大人はみなそれを忘れ、日常の繁忙へと取りまぎれていくのだが。森崎のなかには抜きがたく、いつまでも残っている。それが時折噴きだして、「ああ、美しい」と思った途端、歯痛のような疼きが走るのだった。

折口信夫が「昔の文章に意味が一つきりだという考えを持つのは、大きな間違いである」と述べている（「古風の婚礼」）ように、古くから伝承されてきた文章には幾通りもの意味をふくんでいる。それは文章にかぎらず、日常の生活を支えてきた習慣や風俗にも、たくさんの意味合いがはらんでいるのだった。それを認め受けいれること、その容認が民俗学を民間伝承の実態へとみちびくのであろう。

折口はまた「豊満な忘却」ともいっていて、そこには味わい深い豊さがこめられていた。生きてきた者たちへの思いやりや、悠久の時の流れさえ感じられて、森崎はそのことばにつよく惹かれる。では、現代に生きる私たちはそこから何を学び、何を引きだせばいいのだろう。それは伝え聞いた話を全身で受けとめて、女たちの思いを推しはかることではないかと、森崎は思った（『精神史の旅　4漂泊』）。

南九州の坊ノ津では、共同井戸の洗い場に、沖縄でみかけた拝所と同じ形の祭壇と供えものをみた。井戸の石段には、線香をそなえた石の祭壇がしつらえてあった。

森崎はふっと、沖縄出身の青年から折々に聞かされてきた水の話を思いだした。それは、沖縄の離島では井戸水が出ないので、クバの木に紐を結びつけて水がめに垂らし、紐を伝わってくる雨水をためて使う習わしだった。気の遠くなるような話だと思いながらも、森崎は、天水を待ちつつ子を育てた女の感性にいたく感じいり、それはさぞかしきめ細かく、しかもひろびろと天空を駆けめぐるような大らかさがあっただろうと思ったものだ。

いまどき天水にたよる生活なんて馬鹿な、と思うかもしれないが、それでも天水や川水を使っていた遠い昔の人びとの心のありようは、びんびんと伝わってきて、水道を出しっぱなしで茶碗などを洗っていても、その想像の世界をいつしか辿っているのである。そして、森崎が韓国を訪ねたり、日本の水辺を歩いて母国探しをする旅は、この「豊満な忘却」のうちから豊かなものをさぐり当て、みずからの想像力で忘却を埋めていく道でもあるのだと思った。

二度目の沖縄は空路にした。石垣島へわたり、豚肉や魚介や野菜をならべる市場をのぞき、夜はひとり海辺にたたずむ。海鳴りだけが大きく小さく音をたてて、暗闇を切り裂く。不意に森崎は何かに突き動かされるように、ぺしゃんと坐りこんで嗚咽した。

『海鳴り』というラジオドラマは、沖縄本島と八重山諸島から東京に働きに出た十代の男女の、自分探しの旅を物語にしたものである。七八年十月にNHKで放送され（演出・斎明寺以玖子　主演・大竹しのぶ）、芸術祭優秀賞を受賞した。

それぞれの原郷からはばたく少年と少女。たがいに惹かれあいながら、ことばや生活習慣の相違が恋のすれちがいを引きおこす。背景には、変貌する郷土の現在と未来への不安があり、主人公の少女は苦悩する。旅に出た少女は本州の北端での廃屋で一人呆けつつ暮らす老女の母性と出会い、原郷に思いを寄せる。そんな少女の胸に、いのちの呼吸さながらの海鳴りが押しよせる……といったストーリーである。この少女は森崎自身の投影にちがいない、と私は思う。

2

森崎はいまでもふと、思いだすことがある。森崎が十六歳、母は三十代半ばであった。母の胃ガンが再発して死期が近づいていた。家族が見守るなか、目が見えなくなり、ことばもいえなくなり、昏睡状態に陥った。いまにも暗い洞窟のなかに引きずりこまれそうな母を必死で押さえたくて、母のひたいを、頰を、足をそっとなでる。知らず知らず出てきたのが子守唄であった。

おろろんおろろん　白うさぎ
なぜにお耳が　なーがいの
母さんのポンポンにいたときに
椎《しい》の実　榧《かや》の実　食べたから
おろろんおろろん　ねんねしな

これは母の郷里の子守唄か、母が勝手につくって歌っていたのか、はたまた母から聞いたのをぼんやりと覚えていて脚色したものか分からない。母と別れる悲しみが、自然に口をついて出てきたものと思える。母の耳元でかすれるような声で歌う子守唄は、ありし日の幼い和江を抱いている母の姿を彷彿とさせた。

おろろんおろろん　ねんねしな

するとの一生が見えてきて、その母を抱っこする祖母や、祖母を抱く曾祖母の姿が浮かんできた。そんなふうにして、子を抱いて育ててきた無数の女の像と、その無言の歴史が、死にゆく母の枕元で、広い河のようにつながって見えてきたのである。

それは母から娘におくる、女としての最高の贈りものだったのかもしれない。母を同性としてつよく意識した出来事で、とても広くて、深い流れを感じたのだった。

森崎はその流れを感じたくて、またも旅に出る。日本海を、北部九州の海辺の人びとは「河」という。海の向こうの大陸は、河向こうなのだ。それほど深く、大陸の文化とかかわってきた。そして海向こうからやってきた祖先をいたわるように沿岸に沿って祠を建てたり、先祖祭りをおこなったりしている。河向こうで育った森崎にとっても、対馬海流が流れこむ細い海峡は、船頭さんの渡し船が通う田舎の河のような気がすることもある。

いつの旅でも森崎は、夜明け前に海辺に出る。潮風がその風土のながい歳月を語るかのように、暮らしが明けゆく。小暗い闇のなか、人影がうごき、すでに働いているのだ。ある磯辺では、暁の浜で乗れとすすめられ、どことも知れぬ海辺につれていかれて降ろされたこともある。密漁船だった。

江戸時代の書物に長寿の海女の話が書かれていて、それがなぜか心に引っかかっていた。うら若い海女が地元の海のほら貝を食べて以来、不老長寿を得た。だがその結果として、何世代もの縁者を見送らねばならず、ついに旅の空をさまよい、とうとう北の果ての津軽の海にたどり着く。不老長寿はいつの世の人びとにも夢物語だったようだ。それが海女の身の上におきて、玄界灘の海辺に伝承されていることに、心を動かされたのであった。

しかし、長寿の女はなにゆえに、ほら貝とか人魚の肉を食べて永遠の若さを与えられたのか。なぜ、この世に何百年も生き続けて死ぬことが出来なくなったのだろう。永らく生き続けるということは、家族や友人など、近しい人すべてを見送って、永遠にそのさいごを見届けることである。その運命を背負うことは、どこかおぞましさがつきまとう。『うらしまたろう』のお伽話《とぎばなし》を出すまでもなく、長寿の話には、どこか人間の欲望の果ての醜悪な痛々しさが感じられてならないのである。

禁断の果実を食べた八百姫の比ではないけれども、森崎もまた、玄界灘あたりを歩いた後、北陸、佐渡、東北、北海道と日本海側を黒潮の流れに沿うかのように旅してきた。どうしても北沿いに足が向いてしまうのは、対岸にある朝鮮半島や中国、シベリアを意識してしまうせいか。原生林のブナ林を歩いているときは、ふと誰かに呼ばれている気がしてふり向いた。

降りつむ雪と響きあう
北東北の山のエロス
いのちの子らが光ります

（「歌垣」）

津軽半島まで行けば何かがありそうだ、十三湖のあたりへ行くと、きっと予期せぬ遭遇が待ちかまえているにちがいない。そう思っていつしか見知らぬ土地に入りこんでいる。津軽半島の十三湖では、湖畔近くに住む老女と出会った。お産の話だとか恐山のこととか、東北北部に伝わる風習などを聞いているとき、老女がふと口にした。

「そういえば昔、ヤナギダクニオという人がおまえさんのように昔話を聞きに来よったな」

「おひとりでしたか」

森崎がびっくりして聞くと、

「ああ、ひとりで。歩いてなあ」

といい、まだ木橋もない頃で向こう岸に渡りたいというので、老女のつれあいが小舟をこいで送っていった、ということだった。

柳田國男は民俗学の草分け的存在である。会ったことはないが、森崎はかつて、空一面に染まる茜《あかね》色に、若き日の柳田の面影を描いたことはある。それは小学校さいごの年だった。新羅の都、慶州で、女学校受験の勉強でおそくなり、いそぎ帰宅していたときである。見知らぬ男性に声をかけられた。その人は、慶州の博物館のことや、大坂金太郎先生のことなどを調べているようだった。それらは父から聞いて知っていたことだったので、和江は一生懸命こたえた。メガネをかけた細身で長身のその人は、内地（日本）から着いたばかりの研究者にちがいない、直感的にそう感じた。そして、戦争の最中でもいますぐ役に立たない研究を大事にしている人がいるのだ、と子ども心にも印象ぶかく残っていたのである。むろん、柳田國男とは無関係の人であるが。

日本海の沿岸には、そこここに海女漁の地が点在していた。玄界灘に面した鐘崎で、夫婦であわび漁をしていた年寄りに出会った。

「男は舟に乗って気楽なもんと思うかも知れんが、男も楽じゃなかと。ここぞと思うところを知っとらないかん。そして舟とめて、舟がいご（動）かんごと、ずっと櫓を漕いでおらなならん。たいていの海女は五、六尋《ひろ》もぐって、あわびを採る」（註・一尋は約一八三㎝）

八十四歳になるという老人の肩はぶ厚く、茶褐色に焼けた顔には深い皺がきざまれていた。

「そんで、船頭は櫓を漕ぎ漕ぎ、じっと上海女《じょうあま》のもぐっていった先を見とる。白か襦袢着とるけん、よう見える。そして上ってくるときに、長い竿を頭の先の、海のなかにいれてやる」

海女には桶海女と海の谷間までもぐって仕事する上海女がいる。上海女にはなかなかなれるものではない。上海女だったという老女はいった。

「海の底は山あり谷ありばい。太かあわびをみつけても息のつづかん。そん時は、すぐ、腰につけとるあわびの殻を上向けてそばに置いてあがってくる。あわびの内側は光るとたい。海の底で、きら、きら、と見ゆる」

森崎は聞いているだけで息苦しくなる。

「舟ばたに手をかけて一息いれて、またもぐる。つーっとまっすぐ底へ泳いでいくとき、きら、と見えたあたりに降りていく。あわびの起こし金で、あわびの腹をくりっと起こす。もうカンじゃね、じっと目をあけて採るとじゃないとじゃけん。そしてすぐ上がってくる。目が痛うてたまらんごとなるばい。潮でやられるとたい。海から顔出して、父ちゃん目の痛か、ちゅうと、ザバッと真水ばかけてくれる」

海は、炭坑の地下同様、とてつもなく広くて深い。

「わしらも海のなかのことは半分も分かっとらんね。海女は海のなかで商売するが、十尋二十尋入っていけばもう目は見えんとじゃもの。海のなかは何がおるか分からんばい。ぴたっとタコに吸いつかれたら、人間のつばをつけると、するっと離れるけん。ワカメやホンダワラも畠のごと生えとる。地面の上といっちょん変わらんばい。畠やら森やらある。そこへもぐって、手でさぐるとたい。じがっと刺す。なんに刺されたやら、分からん。あいたっ、というたときには逃げとる」

地下の闇と、海底の闇、どちらが怖いのだろう。どちらも人間の思考のとどかぬ領域にちがいない。森崎はそう思って聞く。

「刺されて死ぬげな目にも遭う。痛うて痛うて商売がでけんごと痛いとが、おこぜ。おこぜに刺されたら何日も寝るげな目に遭うばい」

「はあ、おこぜ？」

「まあそげなもんなら、まだよかうちばい。なんに会うたのやら、あ、と思うたときには、ワカメやカジキの畠のなかにぼうとなって、ゆらあと寝てしまうことのある。息ののうなって倒れとるのとちがう。海の底に長うなってしまう。なーんも分からんごと、ぼうとなるとじゃな」

ヤマにも埋もれたままの死者が多くいたが、海の中にも数えきれないほどの仏が沈んでいる。その魂がまつってもらいたくて、海女にすがりつくのだという。

「それはそうじゃろう、いまでこそ機械のついとる発動機船のぽんぽんいごく。けど、それまで千年も二千年もこの海を舟板一枚で渡ってきとるとじゃ。いま生きとる人間の数くらい、海のなかに仏さんはござるじゃろ。戦争もなんべんもあったとばい。その仏さんも大勢ござる。その仏さんが海女にすがりつくとじゃなあ。……ぼうとなった海女を舟に上げると性根を失うたごとなって、わけのわからんことしゃべるばい。ああ、カゼに会うたなあと思う。……そげなったら、巫女さんか山伏さんにおたのみしてお祓いしてもらう。そして海女にすがってきなさった仏さんの魂をおまつりするばい」

海には海の弔い方があるようだ。

「仏さんを引きあげるときは、ひとりが『いまからあんたを助けあぐるけん、漁ばさせなさい』という。そうすると他のもんが『はーい、漁はさせまっしょ』という。そして名は分からんけど、舟に引きあげてやるとたい。どうしても上げられんときは、苫《とま》でも投げこんでやるとばい。それにすがって成仏するごと。決して無縁仏にせんで、拾い神さんとして家にまつる。家の仏壇に拾い神さんまつっとるところはいくらもあるばい」

拾うということがこれほど奥深いことなのか、森崎ははじめて知った。それは、よみがえりや復活にも似ていた。死者をまつることで、生者も救われる。死はけがれだという精神は、海にはない。死者を拾いあげて、手篤くまつり、その霊を海にかえす。赤ん坊が生まれてくるときは潮にのってくると老女は語ったが、この世に誕生するいのちと、あの世によみがえる死者の霊とが潮のまにまに、この海洋にゆきかっていると、海女たちは考えているようであった。

「今日の世なら警察にとどけて、署が身元を調べる。それでおしまいじゃが。昔は仏さんの身元を調べる電話があるわけじゃなし、警察に知らせることもなし。それでも粗末にするもんは居らんかった」（『海路残照』）

それだけではない。いまは水中メガネがある。酸素ボンベがある。ダッコちゃんがある。「あの黒いゴムの服たい」。素手でもぐる海女はいない。

「海にもぐるっちゃ、一息の仕事たい」という海女もいなくなった。

「あたしら潮の時間で暮らしてきた。昼も夜もない。ずーっと潮の時間。そんで年中、濡れお腰たい。乾くひまもなかたい。そんでも海女の仕事ば好いとる」

ここにも自分でつかみとったことばがある、と森崎は思った。彼女たちは気負いなく、さらっと日常を語る。そこには見かけ倒しのつよさとはちがって、夕焼けの空のようなエロスが満ちていた。やがて、あかあかと染めていた夕陽も、列島と大陸を洗ってきた日本海にしずむ。

第六章　はるかなるエロス

一　巣ごもりの愛

1

翻訳家の朝吹登水子《あさぶきとみこ》から森崎和江に電話があったのは、（一九六六年）十月八日の早朝であった（森崎は九月中旬と記しているが記憶ちがいである）。

「もしもし、ボーヴォワールさんがあなたに会いたい、とおっしゃってるの。ご存じよね、ボーヴォワールさんが来日されていること」

もちろんそのことは新聞で知っていた。でもどうして？　とまどっていると、朝吹は、評論家の鶴見俊輔から森崎の名前を聞いた、といった。森崎はその前年に『第三の性』を三一書房から出し、『慶州は母の呼び声』を出したときも鶴見と対談している（『思想の科学』八四年十月）。

「いま、福岡の東中洲《ひがしなかす》のホテルにいるの。お出《い》でになれる？」

「あ、はい」

咄嗟に答えたが、頭のなかで時間のやりくりを考えていた。当時はまだ中間の炭坑地帯に住んでいたから、まず福岡に出る列車の時刻を調べなければならない。大まかな段取りをつけ、気がついたときには夕刻の時間を約束していた。

それは歴史的な事件といえば、そうであった。ボーヴォワールといえばサルトルと〈契約結婚〉をした、有名なフランスの作家である。その業績よりも『第二の性』を出し、「人は女に生まれるのではない。女になるのだ」という名言で知られていた。日本の女性にとっても、知的女性の最先端にいる人であった。来日のとき、私はちょうど大学を卒業する頃であったが、あわてて女史の著書を漁《あさ》った覚えがある。ジェンダーやフェミニズムもさることながら、サルトルとの関係も深く理解したとはいえなかったが、それだけでもボーヴォワールを謎めいた女性にするには充分であった。

街に出れば、百貨店では「大ナポレオン展」が催され、フランス製のワインやベッドに人が群がり、雑誌も軒並みフランス特集を組んだ。どこからかシャンソンがながれ、枯れ葉までも詩情をさそう。「知的ビートルズ」とか、「実存が第二の性を連れてくる」といった、サルトルの概念をもじった俗語が紙上をにぎわせ、外人記者がペンを借りて日本人のフランスかぶれを皮肉った。

朝吹登水子の『サルトル、ボーヴォワールとの28日間・日本』によると、来日のときサルトル六十一歳、ボーヴォワール五十八歳。四週間の日本滞在中、そのほとんどを朝吹が付き添っている。

六六年（昭和四十一）九月十八日、折からの台風襲来のなか、二人は飛行機のタラップから降り立った。その主な目的は慶応大学や朝日新聞主催の講演をすることにあったが、京都、奈良を訪れ、広島では被爆者を見舞っている。谷崎潤一郎に心酔するサルトルと、『源氏物語』の世界をこよなく愛するボーヴォワールは、歌舞伎や能、日本の近代建築に興味を持ち、知識階級との座談会も数多く組まれ、どこに行ってもまぶしいほどのフラッシュがたかれた。

一流料亭での接待も少なからずあり、芸者に囲まれることもあった。生魚を食べる習慣のないサルトルが刺身を食べて、その名作『嘔吐』さながらに悶絶したニュースが新聞のコラムに載ったりした。どちらかというと、二人は気の張るお店は苦手で、バーで女性からお酌をされたり、マッチを擦って差しだされるのは嫌いのようであった。銀座の裏通りにある小さな焼き鳥屋やトンカツ屋に入ったときは、二人ともとてもリラックスして上機嫌だった。某メーカーの通称〝だるま〟（ウィスキー）が気にいったサルトルは、ホテルの部屋に持ちこんで、毎晩のように嗜んだ。彼の話は機知に富んでおもしろく、ボーヴォワールはアルコールが入ると陽気になり、いつもの早口がより早口になった。

雑誌や新聞などのインタビューも殺到した。哲学的、政治思想の提案もいいが、マスコミの関心は二人の実証する男と女の関係にあったろう。ここに一部を紹介すると――

◆女性が自由を獲得するために

九月二十一日午後（於・ホテルオークラ）

最初、ボーヴォワールひとりのインタビューの約束だったが、サルトルも同席した（ただしこれは月刊『マドモアゼル』編集部の質問事項を朝吹が質問する形式）。

――お二人はご一緒の時どのように過ごしますか？

「同居していないのでいつも一緒ではありませんが、一緒の時は、午後仕事をして夜はおしゃべりです」

――食事やお茶の支度、洗濯などの家事はどうなさっていますか？　子供は欲しいと思いませんか？

「子供は欲しいとは思いませんね。私たちは秘書とかお手伝いさんを雇っていませんから、へたですけれど、お料理など全部私がやっています」

――お二人は契約結婚で、法律上の届けはしていないとのことですが、日本ではたとえば離婚したり、死別した時、慰謝料や遺産相続などで、法律上夫婦でないと大変不利になりますが……。

「私たちは結婚制度には反対です。そして、性的関係は、子供を産まない限り、自由にもっていいと思います。それは男女の間では自然だと思うからです。

だから私たちの場合、契約はしましたが、契約結婚というのは正確ではありません。慰謝料とか遺産相続とかになると、法的に夫婦でない場合、たしかに不利ですね。たとえばブラジルでは、宣言さえすれば、法的な手続きをしなくても、夫婦として認められます。そして、カトリックですから離婚できません。……その国その国によって、結婚が法律で制度化されています。だから、結婚の法的手続きするかどうかは、その国、その人によってお考えになったほうがいいのではないでしょうか」

――お二人は契約後の恋愛は、お互に許し合っているのでしょうか？　また、その恋愛は、二人の生活にどんな影響を及ぼしたでしょうか？

「もちろん許し合っていますよ。私たちは一応二年間の契約でした。そして、それからは、どちら側からでも、いつでも自由に破棄できるという約束でした。でも、いまだに破棄していないのは、それぞれの恋愛が、私たちの関係に影響を及ぼさなかったから、といえるでしょうね。私たちはお互いに男女関係をざっくばらんに打ち明けました。それでも、ほかの人のように、さほど悲劇的にはなりませんでした。それは私たちがインテリで、分析したり考えたりする力を持っていたからだと思います」

サルトルがここで、口をはさんだ。「私たちは作家だから、いろいろ考える。だから第三者が私たちの間に現れても、つまり三角関係になっても、相手や自分のことを考えたし、理解した。私たちの間には、いつでも精神的、知的な深い結びつきと理解がありましたね」

——普通の女性でも、お二人のような契約という形式の結びつきはできるでしょうか。

「たしかに、私たちは作家だったから、ともいえるでしょうね。一般には不可能とは思いませんけど、むずかしいかもしれません。男女の関係は個人だけの問題ではなく、政治や社会と深くかかわっているのですから」

——女性の自由を獲得するためには、どんなことからはじめればよいのでしょう?

「それはあらゆる意味で他人に従属せず、社会人として社会に参加し、経済的に自立することでしょう。経済的に誰かに頼っていては、本当の自由はありません。そして、女性ばかりでなく、人間の自由の問題は個人的なものではなく、私たちの住む社会の経済機構と密接につながっていることを自覚して、女性全体が男性と真に平等な立場で働けるよう、社会的な機構は力を貸すことにあるでしょう」

こうしたインタビューに、日本の女性のほとんどはホオーッとため息をついた。なぜなら、当時、経済的に自立することも、作家というフリーな立場も夢の夢であり、とても現実的なこととは思えなかったからである。これはやはりフランスの国の話だ、そう思ってみずからを慰めたにちがいない。

朝日新聞紙上で、ボーヴォワールは「理想的な男女の間柄」と問われ、「完全な平等」と答えている。これにはサルトルも、「家事でも育児でも平等に分担すれば、女性も男性と同じ条件で才能を伸ばすことができる」と補足している。これ一つをとっても、とうてい日本で実現するとは思えない。フランスの超合理主義の社会なればこそ、と思われても仕方がないだろう。

実際、二人の〈契約結婚〉はサルトルが死去するまで五十年続いた。その間にサルトルには幾人かの恋人ができ、ボーヴォワールもアメリカの作家から求婚されるほどの仲になったりするが、その都度、嫉妬や衝突ではなく、はなしあったというのだろうか。いずれにしても日本の女性からは、サルトルとの新しい型のカップルにいどむボーヴォワールは理想として、画餅でしかなかったように思えるのだが。

ただ、サルトルもボーヴォワールも知識層だけでなく、庶民にも目を向けるきさくな面も持ちあわせていた。街中でも電車での移動中でも一般人との触れあいを好み、サインにも気軽に応じている。ホワイトカラーもいいが、むしろブルーカラーの人たちの話に積極的に耳を傾けた、ということを記しておかなければならない。

二人が公式の訪問から解放され、ようやくプライベートな旅行をたのしめるようになったのは、十月に入ってからであった。フェリーで九州にわたり、雲仙、阿蘇、長崎をまわり、福岡着。朝吹の記述にはこうある。

「十月八日（土） 福岡では着いた晩、炭鉱の人びとの世話をしている作家森崎和江さんから、炭鉱労働者たちの生活について興味深い話を聞く」

「炭鉱の人びとの世話をしている森崎和江さん」となったのは、朝吹がフランス滞在が長く、森崎の現状を認識していなかったからであろう。

森崎がフロントで聞いた部屋のドアをどきどきしながらノックすると、「アントレ」と軽やかな声が聞こえた。シルクのワンピース姿のボーヴォワールが迎えてくれ、サルトルは大きな窓ガラスを背に立っていた。逆光だからよく見えなかったけど、背広姿で眼鏡をかけ、思ったより小柄な男性であった。朝吹も入ってきて、自己紹介をした。

「ボンジュール・モリサキ、いえマダム・モリサキ」

とボーヴォワールがいうと、サルトルが手を差しのべた。

「ボンジュール・マドモアゼル」

はじめて聞くフランス語のひびきは、森崎の耳にも心地よく響いた。それでも緊張していたのだろう。お茶が出され、やがてルームサービスで食事がはこばれてきたが、料理やお酒に気をくばるのはサルトルであった。ボーヴォワールがゆったりと椅子に坐って鷹揚にかまえているのに比し、サルトルが落ち着きなく動きまわる姿ばかり気になった。

　地元の新聞も、フランスの著名な作家が九州入りしたことを、毎日のように写真付きで報道していた。そんなことを一通り話題にした後、ボーヴォワールは訊いてきた。

「あなたはいま、どんなことを調べているの」

　森崎は炭坑の女たちのことを語った。アトヤマの女たちは結婚という制度にしばられないこと、働かない夫はうち捨てて、さっさとよか男を見つけて躊躇なく駆け落ちすること、子どもたちは「おれんちのかあちゃんラブレター書くばい」と自慢したり、駆け落ち先が向かいあった家なので子どもは両方を行ったり来たりして遊んでいることなどを夢中ではなした。この労働と開放感を軸にした愛情の一致は、炭坑で生きる人たちのバックグラウンドとして土壌にあった。

　ボーヴォワールはちょっと吹きだし、朝吹の通訳でこういった。

「私のくにでも同じ傾向があります。フランスの上流階級には無原則な性の解放があり、下層労働者階級には人間的な開放をもとめた性的開放感が育っています。けれども、中間どころは夫の保護に依存して閉鎖的でつまらないですね」

　森崎は、炭坑でも近年、女性は夫の籍に入り、お化粧をして幼稚園の子どもの送り迎えなどをするようになったことを、思った。それは妻や母になることを、人生の最終目的にしているかのようにみえた。かつてのアトヤマたちは、産むことも育てることも生涯の一過程で、そこには全力で生きることしか選択になかったのである。「子どもをわがもんと思っちゃでけんばい。子は子の道があるとじゃけ。自分で食えるようになるまで、ふとらかすのは産んだ者のつとめばって、それから先は子には子の考えがあるけんのう」というのが、炭坑の女たちの考えであった。

ボーヴォワールはふんふんとうなずいて、坑内で働く男と女の関係について聞いてきた。森崎は、坑内でヤマの女たちは先山と赤の他人であっても夫婦であること、ある意味、いのちを賭けた夫婦以上であること、彼女たちは男以上に圧政とたたかいながら働いてきたことをはなした。地上の常識は坑内では通じないし、女たちはみずからの知力で生きぬいてきたのである。

女坑夫の過酷な状況に首をかしげながら、ボーヴォワールはこんな疑問を投げかけた。

「なぜ、彼女たちは一括して総評に加入しないの」

総評とは労働組合、といった意味であろう。森崎はそのときの感想をこのように述べている。

「(私に)ボーヴォワール女史の思考が大味に過ぎたり、またかつての女権論者の域を破りがたいものとして映ずる理由が分った思いでした」(『ははのくにとの幻想婚』)

炭坑の労働や意識構造はアジアの前近代性として驚異的に映ったにちがいない。森崎はそこまで述べてはいないが、インテリ女性を代表するボーヴォワールに、ヤマの女たちが汗と労働でつかみとった知性をひとことで理解させるには、無理があったのだろう。

現に、翌日訪れた門司港では船底で働く女沖仲仕に会って、ボーヴォワールはこんな話をしている。

「あなたが一日の仕事を終えて帰宅すると、ご主人は夕食の仕度や片づけなどを手伝ってくれますか」

「いやあ、全然。うちのは何もしちゃあくれねえな」とひとりが答えると、仲間がどっとわらった。

「うちじゃね、息子が三人いるんけど、あたしの帰りが遅いから夕飯の支度やっといてくれる」

という人もいたが、たいがいはちがった。一日の労働の後、亭主はごろりとなれるが、主婦は夕餉の買いだし、煮炊き、さらに片づけを一手に引きうけているというのが大半であった。

ボーヴォワールは、彼女たちの給料、同じ仕事の場合、男女に給料の差があるかどうか、老後の生活の保証の有無などを質問した。

「いや、なーんも」

女たちは、またも快活にわらった。

サルトルとボーヴォワールは、日本の婦人たちは辛い仕事にもかかわらず明るさと笑いをもっている、とはなし合っていた。

ボーヴォワールがヤマの女たちに直接会っても、同じような印象を抱いたかもしれない。門司港では、貨物船の深い船底で、高いところから見ると男女の区別がつかない恰好で働いている女沖仲仕をみて驚いた様子だった。だが、泥に埋まったような坑底の労働は、はるかに女史の想像を超える別次元の世界であったのだろう。

翌日、このときの情景がＴＶで放映されたが、大きな白人の女性が畏まった小さな日本女性をはげましているように見えた（ボーヴォワールは身長一六〇センチと決して大きくなかったが、恰幅がよく、どこに行っても大柄に見られた、と朝吹も語っている）。

2

しばらくボーヴォワールとの邂逅に昂揚していたが、次第に頭が整理されてきた。

森崎は東洋の女であり、女という条件を欠落しては考えられない。妊娠・出産はもちろん、女の性をぜんぶ肯定して生きたかった。女史が産まない女として女性の感覚の思想化を提示してくれたのなら、自分は産んだ女として、女の感じ方を世の中に知らせよう。かつて妊娠したとき、「わたし」といえなかったもどかしさも含めて。

後年、ボーヴォワールは自国フランスのインタビューでも、「子どもを持たなかったことは後悔していないのか」という質問にこう答えている。

「全然！　わたしの知っている親子関係ときたら凄まじいですよ。私はその逆で、そんな関係を持たずに済んで本当にありがたいわ」(『ボーヴォワールと語る――『第二の性』その後』)

これをもって、子を持つ・持たないを云々することは短絡的であろう。いえることは女史に子を持つことの選択肢はなく、森崎は産んだ、という事実だけである。

森崎の『第三の性』には直接、「強姦・殺人事件」に触れたところはない。だが、事件と、その後の谷川雁や行動隊メンバーの対応によって、男女間の深い溝を否応なく突きつけられた。そのことが男女の性愛を論じたこの書に影を落としていないはずはないだろう。この書では、二人の女性の交換ノートを通して、性を支配してきた男の理不尽な歴史認識を問いつつも、新たな女性の自由と性のあたたかさをうたっている。だからといって決して、男の性を断罪する書ではなく、「(私は) 骨のずいまで男が好きです」といっているのである。

森崎は幼時から「女大学」のようなしつけを親から受けてこなかった。分相応といった生き方を強いられた記憶もない。父は、男も女もいちばん大切なのは「精神の自由だ」といった。母が「おへそも大事ですよ」と、それとなく性教育をした。そんな父母のもとで育ったのだが、いつから女として生まれた自分自身にとまどうようになったのだろう。

それは十八歳の頃にさかのぼる。好意を寄せてくれる男子学生に、はかばかしく返事ができないでいた森崎は、あるとき雪を見ながら、こうつぶやいた。「あたし、女とは何かを知らせる。社会へ、それを知らせるために生きている……」。「へえ」男子学生からは吐息のようなものが聞こえた。それは決意ではなく、胸につかえていた涙がこぼれたようなものであった。それまで女と社会との関連が分からなくて、ずっともやもやしたものを抱えていて、あるときを境にあふれ出たのである。

それからは折あるごとに考えるようになった。ありのままの女を社会に受けとめてもらうにはどうすればいいのか。書物で女性史とか婦人論を読みあさっても、核のところはつかめない。その頃、女の生き方のパターンは決まっていた。世間との折り合いをつけて嫁にゆくか、一生独身で職業婦人になるか……。友人のなかには、政治運動に身を投じて、自己を統一しようとする人もいた。ちょうど敗戦の直後であった。

そのとき森崎に湧きでた思いは、こうだった。

わたしだけピンセットでつまみあげたように愛されるのはいや！

最初の結婚のとき、若気のいたりでそんな悪態をついたりした。女たちすべてが落ちこんでいるのに、自分だけ浮揚しても女の状況は変わらない、という思いからである。谷川雁と一緒のときも、女の持つ「くらやみ」を何とかして知らせようとしたが、むしろ混迷さは深まった。そして、みずからの半生をつらつら考え、人ひとりのひらかれた生き方は、他の人びととの人生をもひらかれたものとしない限りは、独りよがりになるのだと、肝に銘じた。

自分だけピンセットでつまみあげたように愛されるのはいやだ、とは、視点を変えればこういうことにもなろうか。

一人の男性をえらんだ行為は、他の男性ぜんぶへ対して不感症の宣言をした行為ではないということです。そうではなくて、えらんだ一人の男をとおして、男たちの総体へ対するあたたかさやさしさを心に定着させた行為である、というふうに私は思っています。そうでない性愛の関係もいくらも人間には可能ですけれども、異性の総体へ対するやさしさのともなわぬ関係は、自分ひとりの性の自慰にとどまってしまいます。

（『ははのくにとの幻想婚』）

彼女にとって、性とは、愛しあう二人の内側だけに通うものとしてみるとき、かぎりなくやさしいものである。では、「日本の思想界にはエロスがない。一緒に切りきざんでいこう」といったときの谷川雁のことばは間違いであったのか。そうではないだろう。エロスは性の二重唱だし、生命の誕生へいたる母と胎児への前奏でもある。それでも、頭で考えることと、その過程をぜんぶ愛しあうことはおのずから別のニュアンスを持っていて、森崎は長いことためらい、苦しんだのであった。

性は本来（そのように）敵対したり勝負しあったりするものではないと思います。性愛は、勝ち負けなしの、互に補いあう世界であるのです。ちいさなエゴのいがみあいは、そのエロスの河の芥であることでしょう。そしてエロスは、たった一人の男だけを、男の世界からぬきとるものではなくて、一人の男によって男性という私たちにとっては未経験の生態にたいする尊厳を、回復させてくれるものなのです。（同前）

私は「森崎和江」を書いてきて、ようやく一本の道筋が見えてきた実感が湧いた。彼女が『無名通信』を出したのもこういう発想からであった。炭坑の女たちの話を地道に拾い集め、日本海側の海岸を泡沫のごとく歩いて海女たちに会ったのも、ここにつながるのだろう。取材は、学ぶためではなかった。ひたすら生きなおしたかった。

森崎は炭坑町に住みこんで、女たちが性愛と労働の一致を存在回復の核心にすえて、地上では想像もつかない地下労働を男とともにするのを目の当たりにしてきた。地下で働く彼女たちは、いつしか現代の人びとを超越した自由な発想を持つにいたった。ありのままの女とは何かを問い、それをことばや行為で男たちに伝えようとしていた森崎は、そのことに頭がくらくらした。

日本では武家社会のなごりで、夫婦は長いこと上下関係にあるとされてきた。男女の性愛に関しても、女は性交渉に未開発で無感覚だと男たちは考えて、疑いもしなかった。歴史的に女の感情が抑圧されたり、阻止されてきたからで、そこにあるのは男性側の無自覚と鈍感さであろう。そういう感覚が女の未熟さを助長させてきた一面もある。女性側の性を動物的な肉体表現にのみとどめるなら、多くの婦人雑誌があつかっているように、寝室のテクニックに長ずればいいのだ。

しかしながら、性は、男あるいは女という、生まれもったものであるとともに社会的なものでもある。女が男をやさしく抱きとめることも可能なら、そこに人間回復の起点をおくのは当然のことであろう。これからすると、女の解放イコール人間回復と叫ばれるのは至極もっともなことであるが、性にはそれだけでは不十分といえる。なぜなら、性は、互に平等な立場にある単独者としての男と女とがカップルになってはじめて、未開拓の「対の世界」をつくりあげるからである。

これは「対の思想」または「対の意識」といい替えることもできるであろう。このことに関して森崎はこう説明している。

社会がどうであれ自分たち二人はそれを作っている、というような巣ごもりの愛だけでは不十分なのです。なぜなら、たった二人だけにしか通用しない意識空間は、どのようにそれが一対としての内容を高度に生み出していても、「さしむかいの孤独」を二人にもたらしてきます。私は巣ごもりの愛にならぬように炭坑町へ行って、多くの労働者と接しながら、家庭と社会の間の扉を開いた生活をすることに努めてきました。何もかもごちゃまぜにするのでなくて、今日の小市民の結婚が閉鎖的ですので、少しでも開かれた家庭をつくりたいと思ったのです。

(『産小屋日記』)

これは谷川雁と暮らしはじめた頃の森崎和江の決意として、非常に清々しいものを感じる。たとえそれが「たたかいとエロスとが対となって心にひびくことの充足感と苦痛とを感じ」続け、結果として「さしむかいの孤独」を招いたとしても、思想の依ってくるところの輝かしさは光を失うことはない。いかに世のなかに流布されている男女同権論や、女性解放論と位相を異にしているか。私たちは、ここに森崎和江の上級の、きわめて良質の女性論（思想）が被歴されていることを忘れないだろう。

二　いのち、ひびき

二〇一五年十月十、十一日の両日、福岡県の中間市で「谷川雁没後二十年記念集会」が催された。中間はかつて『サークル村』があったところである。谷川雁が逝って二十年、彼が中間を去ってちょうど半世紀というべきか。いまや、かつて激しい波が逆巻いていた頃の痕跡はないが、こうして全国から人が集まり、谷川雁のありし日を語りあうことに意義があるように思えた。ことに大正行動隊隊長の杉原茂雄はじめ、行動隊、大正鉱業退職者同盟の中心的人物であった東武志、古川実、小日向哲也、仰木節夫といったメンバーが顔をそろえ、かくしゃくたる老青年ぶりを見せてくれたのは望外のことであった。

夕闇せまる刻、いまでは緑一色となったぼた山を背に、かつて谷川雁・森崎和江が棲んでいた旧宅を訪ねる機会を得た。目の前の香月線（鉄路）はすでに廃線となり車の往来する道路となっていたが、家がそのまま現存しているのには驚いた（現在は別の方が住んでおられる）。

夜の懇親会もたけなわとなり、あらかじめ許可を得ていたとおり、何人かと抜けだして例のホルモン焼き屋の暖簾をくぐった。むろん、当時の面影はないけれど、その残像は不足ないほどに感じられる。

私はホルモンを焼く煙と喧騒のなかで、森崎和江の思いにひたった。ここにどれだけ多くの人が来たであろう。谷川雁、行動隊のメンバー、炭坑の労働者、雁をしたう学生たち……店はつねに酒の匂いと激論が入り混じり、そのなかには労働者たちの怒声や喧嘩もあったにちがいない。気がつくとジャーナリストがひっそりと東京に発信する記事を書いていることもあった。

森崎和江も東京から人がやってくると、ここへつれてきた。竹内好が中間を訪れたときは上野英信も加わって、三人で飲んだ。上野が自宅を開放して「筑豊文庫」をやっていた頃である。二人は負けず劣らずの酒好きで、ホルモン焼きをがつがつ食べながら、何をはなしたか覚えていないくらい酒がすすんだ。森崎は竹内の「侵略と連帯は紙一重」(「現代思想体系9『アジア主義』」)の名言に心酔していたから、一口ごとに酒量があがる竹内の姿をあっけにとられて見ていた。竹内の逝去後は鶴見俊輔の紹介で「竹内先生とのおわかれ」(日本読書新聞)や、「巡り会い、竹内好のこと」(毎日新聞)などを書いている。

だが、多くは無名の人たちであったろう。森崎が女性やいのちの問題を書いているからか、OLや卒業論文を書く学生、主婦、親の介護をしている人たちが来訪し、手紙ももらった。子連れの人が思いつめてやってくることもあった。みんな、職場や家庭や社会での問題をかかえていた。突然、家のベルを押したり、約束もなしに駅から電話をかけてくる人もいる。森崎は「とりあえず、すぐ家に来なさい」といって、招きいれた。二、三晩泊って、気がついたら名前も住所も聞いていていなかったことも少なからずあった。相手の切羽つまった声に、黙っていられなかったのであろう。このとき、森崎の胸には、むざむざ弟を帰して死なせてしまった呵責の念があった、と思われる。

森崎はあえて悩みを聞こうともしない。忙しくなると「とにかく、ゆっくり寝て食べていきなさい」といって、ホルモン焼き屋につれていき、自分はその頃借りていた炭坑の長屋にいって原稿を書く。そんなことがたび重なると、店主の息子が「おばちゃん、お金もないのにみんなの世話するのやめナイ、見ちゃおれん」と心配していったりした。

帰途、私は新幹線の中で、いつまでも消えない燠火《おきび》のような熱さをもてあましていた。

閑話休題。森崎が松崎武俊に会ったのは、学生や無名の人たちが盛んに出入りしていたその頃である。松崎は私服警官であった。

後になって聞けば、「あそこの家はアカだから見張っとれ」といわれたらしい。若者がたくさん出入りしていたから秘密結社でもあると危ぶまれたのだろう。

六〇年後半から七〇年代初頭にかけて、全共闘をはじめとする学生運動がもっとも盛んなときであった。全共闘運動は、日本の大学のほぼ半数を席巻《せっけん》していた。森崎は地方にいたから直接ひびくことはなかったが、東大安田講堂が占拠され機動隊が入ったことを契機に、学生運動は過激化した。当時、谷川雁はすでに森崎と訣《わか》れ、「いっさいの執筆をやめて」事業（ラボ活動）に精を出していたが、いまや伝説となった谷川の「連帯を求めて孤立を恐れず」は全共闘のシンボル的フレーズとなった。そもそも「この指とまれ」式の、やりたい学生が集まり、やりたい方法で活動するといった全共闘の精神は、大正行動隊にならったものなのである。

民衆といかにつながるかに腐心していた森崎は、政治にも学生運動にも加担することはなかった。運動よりも、自分自身の肌感覚でものごとをとらえ、切り拓こうとしていたのである。そんな彼女の感性や論理はむしろ彼らにとって魅力で、運動に疲れた全共闘こぼれの学生がたくさん流れてきた。森崎宅を訪れるのは女性ばかりではなかったのである。彼らもそれなりに壁にぶつかったり悩んだりして、森崎の書いたものから運動の意味を読みとろうとしていたのだろう。そんな若者のひとりに、のちに三里塚《さんりづか》闘争でいのちをおとした（七七年）東山薫もいた。機動隊員のガス弾を受けてのショック死である。

そんな時代であったから、警察もマークしたのかもしれなかった。ところが、いくら見張っても、女（森崎）は割烹着を着て若者の世話をし「メシばっかり作っとる」。世間知らずというか「日本知らず」の森崎は、相手が自分を見張っている警官だとは思いもよらない。あるとき「からゆきさんのことを調べたい」といったら、「そんなもん、いくらでもある」という。なんと、つれて行かれたところが警察署で、ごっそり資料があった。出来すぎているが、ほんとうの話である。松崎は詩人でもあった。まだ話は続く。

森崎が「からゆき」のことを聞いて歩いていたとき、こんもりした林の上の方で旗がひらひらしている。お地蔵さんのお社《やしろ》でもあるのだろうかと上っていくと、そこは宅地分譲地であった。ちょうど家を探していた彼女はうれしくなって、「どこでもいいからよろしく」といって帰ってきた。喜びいさんで報告すると、松崎からは「バカもん。シャツ買うのと違うばい」と叱られた。家を購うには地形地盤から日当たり、交通の便不便まで調べるものらしい。「おれが見てきてやる」。警官の彼は土地勘があるらしかった。

それが森崎が現在住んでいる大井台という、ちょっと高台にある新興住宅地である。松崎は故郷にある梅林から梅の木を一本持ってきて、お祝いに玄関脇に植えてくれた。私が大井台の森崎宅を訪れたときは梅の実をもいだ後であった。松崎とはその後、インドにも旅行して仏教の聖地などを巡拝している。

それにしても、森崎は人と接するにあたって警戒心がないというか、ハードルがひくい。私服警官というのは、ときがときなら秘密警察である。そんな人物をも虜《とりこ》にするなんて、その寛容は推《はか》り知れないところがある。それが彼女の、人物としての裄丈《ゆきたけ》の大きさでもあろう。

森崎は二十年間、筑豊で暮らした。はじめて詩人の男につれられてやってきたとき、長女は四歳であった。草花をいじるのが好きな娘だったから、ここには土がないといって泣いた。そんな子どもらを叱りつけ、たまらぬ日々を歌をうたって過ごした。あれほど寂しく心細くてたまらなかったのに、気がついたらすっかりこの地になじんでいた。炭坑の人たちの、驚嘆するほど明るい人間性にきたえられたのである。

こうして森崎は、三つのハンコを持つことになった。一つは娘と息子の学校の呼び名で、それは父親の姓である。別れて暮らしても親子の関係を、生涯切らないこと、これが自分の心に下した決断であった。たがいに時が降りつもり、子どもらの父親が新たに世帯を持ってからも、家族どうしの付き合いがずっと続いている。私は取材で訪れたとき、表札に「松石」と「森崎」の二つがきざまれているのを目にとめた。そして彼女の決意を思い知ったのである（森崎は子息と同居していた）。

二つ目は、森崎をつれだした詩人の姓。つまり谷川である。これが地域の通称として使われていたようだ。ある編集者が炭坑町に降り立って、森崎という家を尋ねたが分からない。谷川、といったらすぐに分かったという。これからも明白であろう。

三つ目が、生来の森崎である。原稿料の受けとりにつくハンコ。

この三つのハンコ、いずれも自分である。知人は思い思いの名前で呼ぶ。あるとき詩人は、自分のハンコを捨てるか、女がみずからのハンコを捨てるか、どちらかにしようといったが、このままがいいと答えた。森崎はのびのびと自然にまかせることを望んだ。詩人は、そうか、この家は多民族国家だ、いいな、といってわらった（「三つのハンコ」）。

やがて、詩人は東京に去り、森崎だけが炭坑町に残った。閉山になっても、町には坑内で働いていた女性たちがたくさんいた。子どもに世話になろうという性根はなく、彼女らにはそれなりの暮らしがあって、朗々と暮らしていた。まだ地熱があった。

原稿書きでしばらく姿を見せないと「書きものばっかりしよると気がふさぐばい、一休みしない」といって、おかずを持ってきてくれたりした。また、仕事をしているわりには貧しく暮らしている森崎に、こういって発破をかけた。

「あんたね、けんかの仕方ばおぼえなつまらんばい。女は、だまっとると、いつでん男より賃金は安い。会社のえらいさんでも、市長さんでも、大学の先生でも、ちゃんと主張せないかん。人間と人間じゃけんね。しっかりけんかして、働いたしこの金とって、子ども養わな。あんた、ちゃんと金ばもらいよるとな？」

何やら書いているらしいけど、まだ腹が据わっていないと、見抜いていたのかもしれない。

閉山に追いやられ極貧状態に陥っても、彼女たちはさっぱりしていて、人間をみる眼がたしかであった。みせかけの親切など、叱りとばして追いはらうつよさと、やさしさを持っていた。

森崎は彼女たちの聞き書きをはじめて、その体験でもってわが人生を洗ってもらうようであった。そして、十代、二十代をかけて抱えこんだものを、こんどは自分のことばで解くために歩きはじめたのである。そのときの心境を、森崎はこう語っている。

「私は、うんと遠まわりしつつ歩こうと決心しました。私がかかえている問題意識を解くために、なるべく遠く、なるべく深く、およそ関連もなさそうなほど大きくゆっくりと山を巡ろう、と思ったのです」(「筑豊のぬくもり」)

くりかえし出発点に立つ、その弾力性を森崎は好んだ。


このように、ようやく自分で歩きはじめた森崎であったが、その平安はなかなか保たれない。彼女に「法事によばないで」という小文がある。私はわざと間違えたが、ほんとうは「法事」という題で、内容は「法事によばないで」なのである。簡単に記すと——

森崎は家にいるとき、エプロンを手放したことがない。洗いものと片づけが終わると、食卓で書きものをする。洗うことも書くことも、自分なりのその日いちにちの始末なのだが、一方で、いつまでたっても始末しかねることがある。

『からゆきさん』を書いてしばらくして、身内の者から電話があった。

——また何か書いているようだが、おまえの父や母や弟の何回目かの忌日がやってくる。おまえはただの一度も法事をやらず、墓参にもこないが、こんど、こちらでかわってかれらの年忌をしてやろう。ついては、ぜひ出てくるがよい。

いうまでもないが、電話の声は充分、思いやりをふくんでいた。それだけに森崎は、傷口に塩をぬられるような激烈な痛苦をおぼえた。からだが震え、顔がひきつった。

法事をしていない、ですって。あなたは、法事というものをご存じなのですか。私はようやく、それらしいものをしたばかりだというのに。私の念仏の声があなたには聞こえないのですか。

もちろんそれは、声にはならなかった。

森崎は、三十半ばで若死にした母、引き揚げの後、仮住まいで亡くなった父、その半年後に自分でいのちを断った弟の、その生き死にのそばへ寄りたくて、『からゆきさん』を書いた。それは身をよじる思いであった。故人を弔うには、あの細い道しか見つからなかったからである。

胸がつまり、涙が出そうになったが、ようやくこらえた。あえて一呼吸おくと、蝋燭の炎を消さないような気持ちで、気分を落ちつかせてから、ゆっくりと口をひらいた。

――人を弔うすべは、人さまざまだと思います。わがままいって申し訳ございませんが、わたしを法事によばないで。

文章はそれだけである。いいえ、正しくはその後に、父、母、弟への思いが綴られているものの、それは意味をなしていない。途中でぷつんと切れている。森崎がこういう終わり方をするのはめずらしく、結果として彼女の動揺の激しさを際立たせている。

私はこの文章がいつまでも気にかかってならなかった。既視感《デジャヴュ》というか、同じ感覚に陥ったことがあるからだ。私は共同体の因襲によわい。それを楯《たて》にとられると、身のおきどころが分からなくなる。森崎より十数年遅く生まれている私に植民地経験はないが、東北の片田舎の伝統と称する慣習はかなり後まで私をしばりつけた。これまで、朝鮮は未知の分野であったから、主人公との距離もほどよく保たれてきたが、ここにいたって、彼女の苦悩と心の空白が他人事と思えなくなってきたのである。文字通り、矢も楯もたまらなくなってしまったのだ。これは書き手として失格であろう。

息苦しくなった私は、ペンを放りなげて街に出た。当てもなく歩いていると、どこからか聞いたことのある曲が流れてくる。たしか、甲子園の入場行進に使われていた歌で、「♪　涙の数だけつよくなれるよ」という歌詞がつよく心に響いた。

私は深呼吸をして息をととのえ、少なくとも帰りには、原稿に向かう気分になっていたし、森崎もいたみをヒダに隠して立ち直っていくだろうと思った（「はるかなるエロス」とは『第三の性』の副題である）。

終章　まばたきするほどの時間

谷川雁が肺ガンにより死去したのは九五年（平成七）二月二日である。享年七十二。『文藝』『すばる』が早くも追悼特集を組み、ＮＨＫテレビがＥＴＶ特集「詩人・谷川雁――炭鉱と安保と革命と」を放映した。翌年には河出書房新社から『谷川雁の仕事Ⅰ　Ⅱ』が出て、埴谷雄高、吉本隆明、鶴見俊輔、石牟礼道子らが寄稿しているが、そのいずれにも森崎和江は関与していない。ゆいいつ書いているのが『現代詩手帖』の「反語の中へ」という追悼文だけである（九五年三月）。少し長くなるが引用してみよう。

雁さん、まばたきするほどの、短い時間でしたね。私は昨年末からの熱がなかなかとれなくて、まだ寝ています。

とうとうどうすることもできなかった、と、あなたがまたつぶやく声が聞こえる気がします。でも、こんなふうに生きるしかなかった、と私も思っていますよ。

「どうぞお願い。申しわけないけれど、ここには来ないでね。元気にしていますから。私も子どもたちも。孫も元気よ」

電話の声に私はそう言いました。

「男と一緒だな」

また雁さんはそう言った。

「そうだな」と。

笑いたくなるほど、遠い個体が二つ。互にもう六十代だし、老いとセクシュアリティは、若さと性の内側に、若い頃よりももっと死と生との個別のたたかいが入りこんでいるにすぎませんけど、でも、私はもうずっと以前にあきらめていました。

いつかの春先、野間岬の先端で東シナ海を眺めていた時も、そうしか言わなかったし、ずっと若い頃、「女の現状をなんとかしたいので一週間ほど東京で出版社に当ってみます」と置手紙を残して家を出た時も、帰宅した私に、そう言った。男の名を言え、と。

なぜなの、と、何度も問いました。

縷々、話してくれた。

女性不信の根っこには、幼時体験があるということを。母親のこと、子守りのこと、自分ら家族が履き古した下駄を洗って、盆毎に与えていた人びとのこと。書き言葉の世界には、ちらとも自己表現することのない、それら女たちのエゴイズムについて。

でもね、私は言いました。

子守り女の背中のぬくもりや、唇にふれた髪の毛などの記憶は私にもなまなましい。それは、みんな、朝鮮の人びとでした。書き言葉どころか、話し言葉の世界にも、その心の内は出ていません。私には、幾重にも屈折しているネエヤたちの体のぬくもりを、だまって吸って太った自我へのゆるせぬ思いがあるの。

なぜ、あなたは、その人びとを外から眺めて育てた自我と、たたかわないの。その抱いてくれたぬくもりの中を流れているものが女なのよ。声をかけて、一本釣りをしてかかった魚だけが、男と女の関係ではないのよ。そんなの、遊びにもならない——。

私の青くさい言葉は、彼の幼魂を育てた南九州の風土を知らぬ旅行者の、寝言にすぎないと、夜を徹して話してくれました。

私はいつまでも青臭くて、自分でもいやになります。成熟への手だてを知らないのでしょう。電話の声がしつこい。

「男と一緒だな」

「男と一緒になりたくて、六十年間生きてきたのを知ってるはずでしょう。自己実現って最近の女の子は言うけど、自己って、オレだけと言ってるのと少し違うのよ。でも、あたし、みっともないから、もう止しますよ」

「おれは君のような白鳥じゃない。日本の黒鳥階級だ。憎悪と差別でまっくろだ。日本の女はね、黒鳥なんだ。君なんか……」

「そうですか……、あたし、異邦人ですね、日本の女になれないね。もうこの電話、切っていい？」

「ほんとのこと、言え。誰と暮らしてるんだ」

「北海道に行ってみませんか。北海道でオホーツク海を見ながら話そう。あそこでなら言葉が通じると思う」

「北海道は異神の地だぜ。神がちがう。君にはそれさえわかってないところがあるよ。あそこは日本ではないんだ」

あのね、と言いかけて止しました。

私があきらめているのは、人間個々の意識や感性は、十年、百年、千年という時空の層を持っていて、個体は一生の間に、せいぜい百年の時空しか自己認識しないのかも、ということでした。そして個々に、その肉体が　記憶している千年の時空に養われている気がするのです。雁さんから見れば、戦前のわずかな歳月を植民地で育ったにすぎない私が、九州の千年を感知する力もなく、戦後デモクラシーにのっかって、性の平等とか自由とかを女だてらに口にするのがあわれなのでしょう。私の千年は、遊女です。

でも、私は、私たちの身近かで起ったレイプ殺人事件が、私の性の千年を現象したかのように、衝撃を受けていました。雁さんとは戦後十年の日本を歩いていました。彼は「原点が存在する」と言いましたが、そのレトリックの見事さ以外は、私には、植民地での日本人社会で生まれた者たちに共通していた相互承認法に通う世界としか見えないのです。これでは、個体の責任が欠落する。

同じ思いが、レイプ殺人事件で私の心身を駆けめぐりました。性の解放と平等とは、個体の心身の中に、それぞれのセクシュアリティがかかえている千年と対峙する個々の女、個々の男を目覚めさせる以外にない、と。

その目覚めたがっている男くささ、女くささの、今後の千年を、私は一緒に歩きたいと願いました。男の世界と共に生きたい。

その願いを他人に伝えようと、努めました。ひとりの男を通して男性の世界へ。同性の痛みを重ね合わせながら。

夢ですよね。

雁さんも言葉にならなかっただけだと、私は思っています。幼時体験とは幼時をとりまく風土の、一方的な抱擁とも言えると思います。そしてまた、幼い肉体をはらんでいる自然が、意識以前に、感応している大自然との共鳴でもあると思います。

だからこそ私はその無心な対応と、それに対して小さな自我を合理化させていった自分の心の軌跡がつらい。ゆるせない。

雁さんは風土の被害者としての自分を、私にぶつけつづけました。私はそれを風土への甘えだと言って、受けつけませんでした。その余裕がありませんでした。自分のことで、やっとこさでした。雁さんは、私があの事件以来、性交障害を起こしていることを知っていて、そして、知らなかった。

私には、あなたのてのひらが、手当という言葉さながら、一晩中、背をさすっていてくれたぬくもりが痛みとなって残っています。やっと、生きられたと思っています。

私が、そのてのひらを裏切っているとするなら、それは千年の風土の中に、あなたの幼魂にひびいたものとは別の、まるで水の自在な変転のような水脈が異神を超えて流れているのを恋うている点です。

その千年の水脈が、昨今の幼児に知覚からとおどおしくなっています。（中略）

私は雁さんがいてくれたから、戦後の未知の日本で生きてこれました。反語に満ちた沢山の手がかりを、ありがとう。また、会いたいよ。

谷川雁は死ぬ前年の十月、右気管支にガン腫瘍を発見され、清瀬の国立東京病院に入院した。その入院中、西日本新聞に幼年時代をつづった『北がなければ日本は三角』を連載している。後に出た単行本の「あとがき」によると、放射線の照射が半分ほどすすみ、他に転移した部分は「根治しない」段階にあって、彼は「油っこい幼年時代」を遺棄したいといっている。「二十代も三十代もおぼろになりゆくわが身の、幼年時代だけなおもあざやかな数ヶ所があるのに」いらだっているというのだ。そして、物心ついてから十歳くらいまでの情景を「スライド風にばらまいた」とあるが、まず、このへんてこな題名から説明しておかねばなるまい。

雁が十歳になるかならない頃、まるで「鼻歌からうまれてきた」ような陽気な子守り娘がわが家にやってきた。次男である彼の下には弟、妹たちがいたのでまだまだ子守りを必要としたのだろう。雁の父親は眼科医で、学校の校医もしていたから、家での衛生管理にはうるさかった。折から、昭和八年という年はチフスが発生し、その夏は子どもの棺が続いたと記している。

そこで、平気で食べものを手づかみする娘に「きたないッ」というと、娘はどこでそんなことばを仕入れてきたのか、即座に明るい声で「北がなければ日本は三角！」と応じた。それは、父母ともに清潔思想にがんじがらめになっていたお家芸が、フックの一撃で吹っとぶほどの衝撃であったというのだ。

また、「いま何時？」は、年とった（誠実なばかりで何の芸もない）お手伝いさん相手に、幼い雁が発したことばである。時計が読めない彼女は、いやがらずに何度も駆けていっては「いま、こうしとります」と、短針と長針を形づくってみせた。
「ああ、彼女を回想すれば、がんこな唯物論を数秒間封印し、譬喩としてあの世に向わずにはおれません。彼女に、まず詫びをいって、それからまた時間を聞くでしょう。あの世にいつまでも柱時計があることを念じます」

いかにも隠喩《メタファ》を手法とする谷川らしく、ここでもそれが存分に発揮されている。

谷川家の秀才ぞろいは地元でも有名だったらしい。兄は民俗学者で『太陽』の編集長でもあった谷川健一、弟は東洋史学者の谷川道雄、その下の弟は日本エディタースクールの創立者となった谷川（後に養子となって吉田姓）公彦である。

雁が二歳半にもならぬ頃、親と離され、母の実家にあずけられた。祖母が結核になったことと、すぐ下の弟が生まれたためだが、長男の健一は体が弱かった。第一子は真綿でくるんで育てられるせいか病弱と決まっていて、そのツケは次男にくる。九ヶ月にもおよんだ母子別居は、（雁が）母親の顔を忘れさせるところまでいった。この後遺症は小学校に上がってからも続き、父母会にきたよその女の人を母親とまちがえたことが二度もあるというから、後の人格形成に少なからず影響をおよぼしたのではなかろうか。やがて生家にもどされたが、わが家なのに居場所がつかめず、不快と不安を火のように爆発させて疳癖をつのらせた、とある。

朝鮮は森崎にとって、体ばかりか心をも養ってくれた異郷であった。オモニやネエヤに負ぶわれて幼魂をはぐくまれたが、雁もまた、子守り娘の背中で育った。当時は、一つの町に使用人や子守り娘が層をなして存在していたのである。余裕のある家では、子どもそれぞれに専用の子守りが付き、ときには実の母親よりはげしく慕われた。

飛躍するが、井上靖の『しろばんば』も、それの形を変えた自伝小説であろう。少年は軍医の父が転勤がちなことから、曾祖父の「妾」だったおぬい婆さんに育てられるのだが、本家の人びと、離れて暮らす両親など、複雑な人間関係のなかで、大人たちの思惑に翻弄されながら成長していく。二人が暮らす土蔵は暗いながらも、おぬい婆さんの愛情とぬくもりにささえられて、一つの家をなしていた。この物語は、親と子の関係のみならず、人間の愛情や信頼とは何か、といったことまで読者に考えさせる。

話をもどすと、雁は子守りの背に負ぶさって、黄色いくちばしでいっぱしにあれこれ指示する子どもであった。幼児にしてすでに、「石橋をたたいても渡らない」臆病風と理屈っぽさを身につけていたのである。子守り娘の背中で数や物の名をおぼえ、猥雑な子守り唄を聞いては未分化のエロスの発芽をうながされ、世の中には「差別や偏見という黒いしずく」があることも知った。

町医としても豊かな谷川家にくらべ、使用人を雇えない家では、上の兄妹が弟妹の面倒をみる。雁のクラスにも二人の幼児が共学していて、授業中寝ぼけた声をあげたり、一すじの液体とともに湯気まで立ちのぼらせて、教室中の笑いをよんだりした。兄は当然のように弟を教壇に寝かせておむつをとりかえ、別の子はバケツと雑巾を持ってきて、しぶきのかかった机を拭きはじめる。担任の教師もしばらく授業を中断して、ことのおさまるのを待っている。

このあたりの記憶は一つのスローモーション・ピクチュアになっていて、とても愉快だといっているが、そこには彼の家庭とはちがう、もう一つの子守り文化があるのだった。

おそらく雁自身も自覚していたのだろう。『サークル村』で行動をともにしたとき、女性不信の根っこには幼児体験があると語っている。森崎はそれをいっているのだ。

それは大正炭鉱での運動がゆきづまり、労働者の問題を一つの思想性に結びつけようとしているときであった。

なぜなの——森崎は問うている。

——なぜ、あなたは、その人びとを外から眺めて育てた自我とたたかわないの。

そして「その抱いてくれたぬくもりの中を流れているものが女なのよ。声をかけて、一本釣りをしてかかった魚だけが、男と女の関係ではないのよ」と声をつよめながらいう。「そんなの、遊びにもならない」

そのたびに、彼はいうのだった。「君はまだ世の中を知らん、青いよ」と。

谷川雁を貫くのは女性不信だけであったろうか。むしろ人間不信で、本人がいちばん、自分への不信を募らせていたのではないかと、私には思える。

森崎が二人の軋轢《あつれき》を避けるようによそに小部屋を借りたとき、谷川は「男と遊んでいるのだな」といい、東京の出版社に行くため一週間ほど留守にしたときも、「男の名をいえ」と迫っている。

「あなたはあたしを愛しているような錯覚があるだけ……あたしでなくてご自分を愛しているのよ……あなたの中にあなたの描いたあたしを飼っていたいだけなのよ」（『闘いとエロス』）

こういう森崎もまた、地獄を見たにちがいない。

森崎が閉山町で起った性暴力事件によって苦しんでいた頃、東京にいる叔父（森崎実）が心配して電話をくれ、こうさとした。父の末弟である。

「おまえ一人が帰国者ではない。おまえ一人が植民地育ちではないのだ。前向きに生きることだ、東京へ移れ」

東京へ移れ、の真意をはかれば、おそらく東京なら子持ちの女でも生きる職種はある、あるいは書きたいなら出版社も多いことだし、といった叔父のはからいであったろう。叔父は満州新聞社の支社長をしていたが、敗戦とともにソビエト軍によって中央アジアに抑留され、数年後に帰国、銀座近くにある広告会社の本社に入った。その後、TV開局とともにビデオリサーチの創設者となる（森崎実が亡くなったときの葬儀委員長は森繁久彌）。

森崎は叔父に「わたしも前向きに生きているつもりです。植民地はわたしの過去ではなく、いまにつながっているのです」といいたかったが、ことばにはならなかった。

ここで与太話めくが、東京に移った谷川雁はなぜか、この叔父を訪ねている。その態度がふるっていた。（雁は）足を靴ごと机にのっけて、ふんぞりかえっていたというのだ。雁が帰ってすぐ、叔父から電話があり、

「和江はどうしてあんな男とつきあっているんだ」と、かんかんに怒られた。

ラボを設立して二、三年目、ようやく軌道にのりはじめた頃である。雁は虚勢を張っていたのだろうか。あるいはラボとのコラボレーションてなことも、考えていたのかもしれない。いまとなっては確かめるすべもないが、森崎は取材の際、「（雁さんが）どうしてあんなことをしたか分からない」と、半世紀近くたったいまでも解せない風だった。

『からゆきさん』を上梓したとき、森崎は叔父に送った。そしたら電話があって、

「わるかった、和江の気持ちはよく分かった」といってくれた。

それも（雁が叔父を訪ねていってから）十数年後である。

森崎の『からゆきさん』はセンセーショナルな話題をよぶ、といった派手さはないが、明治時代の新聞をたんねんに読み、元「からゆき」を養母にもつ友人からひろげていき、歴史的な背景にまでふくらませる。そこには時空を超えたやさしさがあった。それがまた、労組すらない中小炭鉱の労働者への思いにも引きつがれていったのだろう。

筑豊炭田が小ヤマもふくめて全面閉鎖し、企業はいとも簡単に他産業に転じたが、数万の労働者はそうもいかなかった。彼らは会社と納屋制度との二重にしぼりとられ、抜けがらのようになっていた。閉山地帯には転出する当てもない男たちが酒におぼれ、町はさながらゴーストタウンのようになった。ぼうぜんと突っ立っている男たちの姿が、ボタ山の陰に見えかくれした。

森崎はアル中の夫から逃げてくる女性をかくまったこともある。ひとりや二人ではない。ついに炭坑長屋を二軒借りて、女たちの仮の宿とした。その長屋の地続きに、かつては坑底で働いていた老女が生活保護を受けながらひとり暮らしをしていた。快活でやさしい人だった。森崎はふと思いついて、一緒に炭坑跡をたずねて、彼女が語るヤマの話をラジオの電波にのせたりした。

帰途の土手で老女は、「地の底のことは掌の中をみるごと知っとるが、地面の上はいまはじめてゆっくりみるばい」と空をあおぎ、「おかげで、あたしゃ自分の仕事をみんなにはなした。これでいつ死んでもよかよ」といった。

『無名通信』の仲間のひとりが妊娠して、産むかどうか迷っていた。年下の学生と駆け落ちして、相手は無職だった。森崎はかつて、下血したことを思いだした。流産だった。詩人の男が一緒に病院にいき、背中をさすってくれた。隣のベッドから細い声が聞こえた。

「よかねえ、あんたらは。一緒に泣いてくれる人がおらして……」

森崎はその声に動顛して、息を凝らしてじっとしていた。

「うちらは小便と同じごたるよ。うちん人は堕したことも知らん。うちは十回も堕しとる。もう体がきつうて……」(『いのち響きあう』)

そうした女たちも炭坑の崩壊とともに、破れたのか新生したのか、わが道を歩きはじめた。森崎もエロスの回復へと、長い旅がはじまった。

谷川雁からは折節に連絡があった。彼が九州入りしたときには、実際に会って食事をともにしている。その頃であったろうか、私は専務理事室で、森崎和江とは時々会って食事をする、と聞いたのは。

修羅場をくぐりぬけ訣れた男と女、フィクションの小説や映画ではない、現実にはどういう状況になるのだろうか。いまなら聞いてもいいような気がする。

たがいに仕事の話はしなかった。彼がラボを語ることもなかったし、森崎が書いていることを聞かれることもなかった。「で、どんなことを?」という質問に、森崎はいった。

「何はなしていたんだろう。いま付き合っている彼女のこととか……」

私は、吹きだした。谷川は昔の女をなつかしみ、女と暮らした時代を確かめたかったのではないか。そんな気もしたが、それは、彼のたわむれであったにちがいない。

「しまいに、もう来ないでね、といったのよ。わたし、原稿が書けないのだもの」

それからは電話だけが思いだしたようにかかってくる。長男が思春期に入ったある日、自室のドアに「入るな」と張り紙がしてあった。すでにママから、かあさん、おばはん、あんた、となっていた。若葉がひるがえるように、とらえどころがなくなって、日頃他人の世話ばかりしている母親はおろおろした。そんな近況をはなしたのだろう。東京の雁から、

「しっかりしなくては青年期の母子関係は保たんぞ」

と、叱る電話があった。

森崎は、女たちとの語らいをもたつきながらやっていたとき、はげしく罵倒されたことを思いだした。雁の口から時折発せられるやさしいことばは、皮膚の上をすべりころがるばかりで、閉ざされている心にはとどかない。彼のなかにひそむ排他性ばかりが気になった。そして、植民地体験——つまりは日本と朝鮮の歴史に対してどう向きあうのか、自分のなかにその答えを育てぬかぎりは、たったひとりの男をも、心から愛せないのをうすうす感じていた。なんの疑いもなく、まるで自分を抱くように男を抱ける日本の女性が心底、うらやましかった。

ときには、「君は、ファザコンの最たるものだよ」と腐《くさ》されたりもした。切羽つまると彼は「おれのきたないおそろしさを知らんのだ、君は」ともいった。

電話は執拗だ。あるときは彼のことばのレトリックが森崎を追って離さない。

——おれは憎悪と差別でうす汚れている。日本の黒鳥階級だ。君のような白鳥じゃないんだ。

——そう、あたし、異邦人なんだ。わたしが日本の女になりたくて苦しんでいたのを知っているくせに。

——君なんか……日本の女はね、みんな黒鳥なんだよ。

――そうですか、電話、切ってもいい?

――君が誰と暮らそうと、知ったことじゃないんだ。男の名をいえ。

――北の果てに行ってみませんか。北海道でオホーツク海を見ながらはなそう。あそこでなら、ことばが通じると思う。

津軽海峡をわたる青函連絡船のなかでも、脳裏から離れない。自分は何をしているのだろう、もういいではないか、消え去った日々のことなど、明日に向かって歩めばいいのだ、という思いが頭を過った。もし子を持たなかったら、このように日本海の海辺をさまようことなどなかったであろう。娘の頃、女は一本の樹木のように葉をつけ幹をふとらせて、子を産むものだとばかり思っていた。娘から母となる間に、何が変わるのだろう。自分はなまじ知恵の実を食べたばかりにつまずいているのかもしれなかった。

しかし、津軽海峡をわたると気分は爽快だった。北海道の地は、森崎の心を軽くした。少しくらい熱のあるときでも、冬のきびしい空気を吸いこんでいるうちに、微熱は消えていく。他民族の風土で育った彼女には、どこかなじみの空となって息をつぐことができるのだった。多分、この広々とした空間と肌を刺す冷気とが、彼女の棘をやわらげてくれたのだろう。彼女には、温暖で快適な場所にはとどまれない屈折した思いがあった。それは何不自由なく、人のぬくもりを吸って育った植民地体験に由来していて、いつまでも自己を許せないのである。晩秋や早春の北の大地を彷徨し、サハリンをのぞむ宗谷の岬から、知床《しれとこ》、納沙布《のさっぷ》、厚岸《あっけし》まで出た。故郷とは、いのちとは、と自問し、自分を生きなおす旅であった。

だがそれは、かつて一緒に暮らした男には通じない。のっけから否定された。

――北海道は神がちがう。異神の地だぜ。君にはそれすら分からないのか。あそこは日本ではないんだぜ。

あのね、といいかけて、森崎はやめた。

そのほとぼりが冷めた頃、また電話が入る。

「今日は雪がえらい降ったよ」

「そう」

「一両日中に雪をみに来ないか」

なんと強引な――。森崎は朝鮮の慶尚北道のさらさらした雪しか知らない。

それでも、森崎は一度だけ妙高高原まで行ったことがある。彼が駅まで迎えにきてくれて、野尻湖を案内してくれた。東京で下宿している娘と息子を訪ね、足を延ばしたのだった。私はラボの黒姫キャンプを思いだした。野尻湖は夏の定番だが、冬の野太いつららにはおびえた。妙高高原といえど、新幹線がまだ走っていない頃で、東京から上信越方面への列車は不慣れでもあり、森崎にはさぞかし心細い旅であったろう。

当時、谷川雁は苦境に立たされていた。それをいっても本人は認めないだろうが、いわゆる谷川雁追放劇である（『新版 谷川雁のめがね』）。それがラボを封印し、「沈黙の十五年」につながるのだが、ともあれ当人にとっては不愉快なことではあったにちがいない。

むろん、森崎とは関係ないことである。私は、くわしいことは避けた。

「（雁さんは）逢いたかったんでしょうね」

「いや、そうじゃなくて、彼は東京がイヤでたまらなくなっていたの。あれほど東京に行きたくてたまらなかった人が、と不思議でならなかった。もう寸時も東京にいたくないって感じで、とても心配したの」

何があったのか。聞こうともしなかったし、いまさら聞いても仕方のないことである。

そして森崎は、現実にもどった顔でいった。

「あなたの『めがね』を読んで分かったのよ。ラボで喧嘩したとき、わたしに電話を寄越したのね」

そんなことはどうでもよかった。彼はあるとき、いった。

「結婚するよ」

森崎もこう応じた。

「ああ、よかったわね」

老いとセクシュアリティーを内側にしまいこんだ二つの個体、その乖離が埋まることはない。森崎は既知の人とのぬくもり、未知の人との出会いを大切にしてきた。昨日のわたしではない、今日のわたし。また、昨日のあなたでもない、今日のあなた。瞬間ごとに生誕するいのちの音、それに触れあいたくて生きてきた。

森崎のなかで、拒絶と容認、不条理と道理、闘いとエロスとがせめぎあう。それは瞬間ごとに死滅するいのちの音と背中あわせであるにはちがいなかった。

人は訣れたからといって、片づくものではない。谷川雁は森崎に考える力を与えてくれた。彼がいなかったら『サークル村』も存在しなかったし、『無名通信』もはじまらなかった。そして、炭坑の女たちとの語らいもなかったであろう。そしていま、ようやく日本に近づきつつあった。
私は小学生向けの百科事典に載っている地層を想起した。男も女も、すれちがった人間は触れあった分だけ層として集積され、その上にさらに幾重もの人生を重ねていくのだ。森崎和江は深い感性に恵まれた、やさしい女性《ひと》である。鋭い表現者としての谷川雁との伴走は決して平坦ではなかったであろう。深く愛し、傷つけば、それだけ鮮やかな地層として残っているにちがいない。森崎にとって、谷川雁は何層にもなる、どの辺に堆積されているのだろう。それは遠くて近い、近くて遠い層であるのかもしれない、と思った。

あたしはあなたが好きだわ。あたしはあなたを愛していたのよ。いまも愛しているわ。あたし、あなたのような人しか愛せないんだ。寄ってこないでよ。寄ってこないでよ。
（『闘いとエロス』）

谷川雁の死は、も一つ、森崎和江をして深い思考を与えた。

参考文献

『ふるさと幻想』森崎和江著　大和書房　一九七七年
『奈落の神々――炭坑労働精神史』森崎和江著　大和書房　一九七四年
『異族の原基』森崎和江著　大和書房　一九七一年
『二つのことば　二つのこころ――ある植民二世の戦後』森崎和江著　筑摩書房　一九九五年
『慶州は母の呼び声』森崎和江著　ちくま文庫　一九九一年
『いのち、響きあう』森崎和江著　藤原書店　一九九八年
『闘いとエロス』森崎和江著　三一書房　一九七〇年
『からゆきさん』森崎和江著　朝日新聞社　一九七六年
『まっくら』森崎和江著　三一書房　一九七七年
『産小屋日記』森崎和江著　三一書房　一九七九年
『北上幻想』森崎和江著　岩波書店　二〇〇一年
『ははのくにとの幻想婚』森崎和江著　現代思潮社　一九七〇年
『森崎和江コレクション　精神史の旅』1～5　藤原書店　二〇〇八～二〇〇九年
『見知らぬわたし――老いて出会う、わたし』森崎和江著　東方出版　二〇〇一年
『第三の性――はるかなるエロス』森崎和江著　河出文庫　一九九二年
『日本断層論――社会の矛盾を生きるために』森崎和江・中島岳志　NHK出版　二〇一一年
『匪族の笛』森崎和江著　葦書房　一九七四年

『愛することは待つことよ』森崎和江著　藤原書店　一九九九年
『いのちを産む』森崎和江著　弘文堂　一九九四年
『いのちへの旅』森崎和江著　岩波書店　二〇〇四年
『海路残照』森崎和江著　朝日新聞社　一九九四年
『こだまひびく山河の中へ――韓国紀行八五年春』森崎和江著　朝日新聞社　一九八六年
『語りべの海』森崎和江著　岩波書店　二〇〇六年
『いのちの母国さがし』森崎和江著　風濤社　二〇〇一年
『原生林に風がふく』森崎和江著　岩波書店　一九九六年
『消えがての道』森崎和江著　花曜社　一九八三年
『津軽海峡を越えて』森崎和江著　花曜社　一九八四年
『地球の祈り』森崎和江著　深夜叢書社　一九九八年
『遙かなる祭』森崎和江著　朝日新聞社　一九七八年
『風　森崎和江詩集』森崎和江著　沖積舎　一九八二年
『谷川雁の仕事』Ⅰ　Ⅱ　谷川雁　河出書房新社　一九九六年
『汝、尾をふらざるか』谷川雁　思潮社　二〇〇五年
『谷川雁――永久工作者の言霊』松本輝夫著　平凡社新書　二〇一四年
『新版　谷川雁のめがね』内田聖子著　日本文学館　二〇一一年
『「サークル村」と森崎和江――交流と連帯のビジョン』水溜真由美著　ナカニシヤ出版　二〇一三年
『サークル村の磁場――上野英信・谷川雁・森崎和江』新木安利著　海鳥社　二〇一一年
『幻影のコンミューン「サークル村」を検証する』松原新一著　創言社　二〇〇一年
『後方の思想』大沢真一郎著　社会評論社　一九七一年

『出ニッポン記』上野英信著　社会思想社　一九九五年
『火を掘る日日』上野英信著　大和書房　一九七九年
『父を焼く――上野英信と筑豊』上野朱著　岩波書店　二〇一〇年
『蕨の家――上野英信と晴子』上野朱著　海鳥社　二〇〇〇年
『キジバトの記』上野晴子著　裏山書房　一九九八年
『炭鉱（ヤマ）に生きる：地の底の人生記録』山本作兵衛著　講談社　二〇一一年
『筑豊炭坑絵巻』画文・山本作兵衛　葦書房　一九七三年
『うたがき炭鉱記』伊藤時雨著　葦書房　一九九七年
『長崎海軍伝習所の日々』カッティンディーケ著　水田信利訳　東洋文庫26　一九六四年
『戦後文学と編集者』松本昌次著　一葉社　一九九四年
『歴史を問う⑥』上村忠男・大貫隆ほか編　岩波書店　二〇〇三年
『潮』一九七一年九月号　潮出版社
『Myaku――特集・内田聖子の『谷川雁のめがね』』13号　二〇一二年八月　脈発行所
『現代詩手帖』二〇〇二年四月号　思潮社
『山の神信仰の研究』堀田吉雄著　伊勢民俗学会　一九六六年
『自叙益田孝翁伝』長井実著　中公文庫　一九八九年
『植民地朝鮮の日本人』高崎宗司著　岩波新書　二〇〇二年
『日本による朝鮮支配の40年』姜在彦著　朝日文庫　一九九二年
『族譜・李朝残影』梶山季之著　岩波現代文庫　二〇〇七年
『民族』二巻　菅多計著　民俗発行所　一九二八年
『愛媛県史』民俗下　愛媛県生涯学習センター　一九八二年
『南国記』竹越与三郎著　二酉社　一九一〇年

『南洋雑記』石井健三郎著（出版地）シンガポール　一九二六年
『日本とアジア』竹内好著　ちくま学芸文庫　一九九三年
『敍説Ⅲ10「特集・戦後文化運動とサークル誌」』花書院　二〇一三年
『現代思想体系9　アジア主義』筑摩書房　一九六三年
『思想の科学』一九八四年十月　思想の科学社

『土』長塚節著　新潮文庫　一九五〇年

「『丸山豊の声――輝く泥土の国から』松原新一編　弦書房　二〇一二年
『月白の道』丸山豊著　創言社　一九八七年
『サルトル、ボーヴォワールとの28日間・日本』朝吹登水子著　同胞舎出版　一九九五年
『ボーヴォワールと語る――『第二の性』その後』塩谷真介訳　人文書院　一九八七年
『花衣ぬぐやまつわる……――わが愛の杉田久女』田辺聖子著　集英社　一九八七年
『昭和二十年夏、子供たちが見た日本』梯久美子著　角川書店　二〇一一年

あとがきに添えて——さわやかな狂気

いま憶いだした。谷川雁はこういったのだ。「森崎を婚家から口説いて」。雁は、ご飯一杯の貸し借りや、夫婦喧嘩つつぬけの炭坑長屋での暮らしを愉快そうに語った。いま思うと、私はもっと聞くべきであったかもしれない。だが「口説いて——」に臆して、それ以上、訊くことができなかった。私がラボ・テューターをしていた三十数年前のことである。

私は何一つ知らなかった。どうして森崎和江は谷川雁と一緒に暮らすようになったのか。それがなぜ炭坑町だったのだろう。谷川雁だけ東京に出てきて、森崎はひとり炭坑町に残った。そこにある必然性は何だったのか。

三年前、私は雑誌の対談でインタヴューをさせてもらうことになった。八十五歳になった森崎和江との初の対談である。彼女は三十代かと紛《まご》うほどの若々しい声で、雁との出逢いや『サークル村』以降の亀裂を縷々語ってくれた。時折発せられる「ああ、雁さんに逢いたい」は、彼女の心の奥底から湧きでる迸《ほとばし》りのように私には聞こえた。そのときの印象を私はこう記している。

「いつしか（私は）、森崎の持つある種の感性に惹かれはじめていた。それは女らしさともいえるが、そういってしまうと少し違った意味になる。ほかの女性にはほとんど感じたことのない何かなのである。その不思議な感覚とは、あえていえばエロティシズムといえるものであろうか」

森崎自身もエロスということばを多く使っている。印象記は続く。

「若い娘にはないエロス――それは彼女にとって他者の存在をみとめ、他者のいのちをはぐくむ包容力なのかもしれない。

八十のばあさんにだってエロスはあるのよ。森崎は、老いの坂をのぼりつつよみがえるエロスがあることも知った。年齢を重ねるごとに、男にも女にも、子どもにも、老いた者へも、悲しみに似たいとしさが湧いてくる。それからは生きることに恐怖を感じなくなった。過去にでなく、明日に向かって生きるいのちである」

これまで森崎は大きな社会が崩壊するのを二度見てきた。一つは植民地であり、もう一つは炭鉱の消滅である。谷川雁との共棲はその過程にあった。それらの苦難は、一種の狂気なしにはくぐり抜けられなかったにちがいない。それは私が知るかぎり、さわやかな狂気である。やっと得た自在な境地、彼女は老いにさえ、ういういしいというのである。

谷川雁と訣れてからは、起居不能となった身体をなだめつつ旅を続けた。まず生れ故郷の韓国を訪れ、やがて玄界灘から日本海沿いを北上して習俗をたどり、北海道の先住民族を知り、北東北の原生林を歩いた。自分のなかの生物的感覚だけを頼りに、見知らぬあなた、見知らぬいのちに出会う旅である。一回きりのティッシュペーパーのように、さよならさよならと歩き、記憶にとどめるには余りにもささいな旅もあったが、その一つひとつにも土地の人びととの息づかいを心にとめて刻みこんだ。

私は取材中、森崎が「こうしてあなたに会うことも旅でしょ」といったことを思いだした。

いま、私もまた、長い旅を了えようとしている。

この評伝を書きはじめて、ほぼ一年余ケ月の旅であった。思えば谷川雁から「森崎和江」の名前を聞いた三十数年前から、その旅ははじまっていたのかもしれない。

森崎は詩人・作家であるとともに思想家である。自分自身の生の根拠に根ざした主題を生涯にわたって繰りかえし考えぬく思想家である。

感動することがいちばん好き。

彼女はそういう。だからこそ私は森崎和江という偉大な思想家の精神史につきあってくることができた。そのことばに牽かれるように、ここまできたのだ、そういう思いがする。


これも現《うつつ》である。私がまだものを書いてない頃、ある作家がいった。「目の前で原稿を読まれると（編集者を）殺したくなる」。私は吃驚したが、編集者と書き手とはそういう関係なのかと妙に感心した記憶がある。幸い、私は今回、編集者を「コロシタイ」と思ったことは一度もなかった。森崎和江さんの著書をかつて所属していた大和書房で八冊も手がけた小川哲生さんだが、森崎さんもそうであったろう。小川哲生さんは作者が書きたいように気持ちよく書かせてくれた。それだけでなく、こちらが煮詰まったときには小川さんのことばによって、私は何度も蘇生し、原点に立ちかえることができた。書き手としてこれ以上のよろこびがあるであろうか。

それとともに九州在住の坂口博さん、井上洋子さんは森崎さんを深く理解しておられ、そこでしか知り得ない貴重なお話と資料も提供して下さった。私は森崎さんのお膝もとにおられる両氏をはじめたくさんの方々が、彼女の「精神の鉱脈」をしっかり受けとめておられることを心にとめた。
また、校正とともに、編集の過程で辛抱強く付きあって下さったスタッフの方々に深く感謝を申しあげたい。

二〇一五年　晩秋

内田　聖子

[著者紹介]

内田聖子（うちだ・せいこ）

1943年福島県南相馬市生まれ。早稲田大学教育学部を卒業後、ラボ・パーティ（子どもの言語教育活動）のテューターとして谷川雁を知る。50歳を機に小説家デビュー。

著書に『駆けろ鉄兵・田鶴記』（オリジン出版センター、第37回農民文学賞受賞）、『紫蘇むらさきの』（茨城県教育委員会、第7回長塚節文学賞大賞受賞）、『新版 谷川雁のめがね』『清水紫琴——幻の女流作家がいた』『あなたのようないい女　明治編』（いずれも日本文学館）など。

雑誌『Myaku』13号（2012年8月、特集・内田聖子の『谷川雁のめがね』）で本書の主人公の森崎和江と対談を行なう。現在、日本ペンクラブ会員。谷川雁研究会（「雁研」）会員。

編集協力………小川哲生、田中はるか
DTP制作………勝澤節子

〈言視舎　評伝選〉
森崎和江

発行日❖2015年12月20日　初版第1刷

著者
内田聖子

発行者
杉山尚次

発行所
株式会社言視舎
東京都千代田区富士見2-2-2 〒102-0071
電話03-3234-5997　FAX 03-3234-5957
http://www.s-pn.jp/

装丁
菊地信義

印刷・製本
中央精版印刷㈱

ISBN978-4-86565-040-2 C0395

言視舎刊行の関連書

言視舎　評伝選

吉田松陰

幽室の根源的思考

井崎正敏著

978-4-86565-016-7

いま松陰を追体験する意味はどこにあるのか？幽室の思想者・松陰の行動と思考を追体験し「大和魂」という荒ぶる魂を鎮魂する試み。左右のイデオロギーに染まった読解とは異なり、煩悶する松陰の生身の思考に迫る書き下ろし評伝。

四六判上製　定価2700円＋税

言視舎　評伝選

竹内敏晴

今野哲男著

978-4-86565-024-7

「からだ」と「ことば」の復権を求めて――「生きること」を「からだ」で追い求めたレッスンする哲学者の生涯の全貌に迫る。

四六判上製　定価2900円＋税

飢餓陣営叢書１

増補　言視舎版

次の時代のための吉本隆明の読み方

村瀬学著　聞き手・佐藤幹夫

978-4-905369-34-9

吉本隆明が不死鳥のように読み継がれるのはなぜか？　思想の伝承とはどういうことか？　たんなる追悼や自分のことを語るための解説ではない。読めば新しい世界が開けてくる吉本論、大幅に増補して、待望の復刊！

四六判並製　定価1900円＋税

飢餓陣営叢書２

吉本隆明の言葉と「望みなきとき」のわたしたち

瀬尾育生著　聞き手・佐藤幹夫

978-4-905369-44-8

３・１１大震災と原発事故、９・１１同時多発テロと戦争、そしてオウム事件。困難が連続する読めない情況に対してどんな言葉が有効なのか。安易な解決策など決して述べることのなかった吉本思想の検証をとおして、生きるよりどころとなる言葉を発見する。

四六判並製 定価1800円＋税

飢餓陣営叢書７

橋爪大三郎のマルクス講義

現代を読み解く『資本論』

橋爪大三郎著　聞き手・佐藤幹夫

978-4-905369-79-0

マルクスの「革命」からは何も見えてこないが、『資本論』には現代社会を考えるヒントが隠れている。世界で最初に書かれた完璧な資本主義経済の解説書『資本論』について、ゼロからの人にも知ったつもりの人 にも、目からウロコが落ちる「橋爪レクチャー」。

四六判上製　定価1600円＋税